LIBERACIÓN

IMPEDIMENTA NARRATIVA, 301

JAMES DICKEY

LIBERACIÓN

Traducción del inglés y prólogo de Jon Bilbao

IMPEDIMENTA

Título original: *Deliverance*
Primera edición en Impedimenta: marzo de 2025

Juan Álvarez Mendizábal, 27. 28008 Madrid

http://www.impedimenta.es

ISBN: 978-84-19581-91-4
Depósito Legal: M-158-2025
IBIC: FA

Impresión y encuadernación: Kadmos
P. I. El Tormes. Río Ubierna 12-14. 37003 Salamanca

Impreso en España

Impreso en papel 100% procedente de bosques gestionados de acuerdo con criterios de sostenibilidad.

PRÓLOGO

POR JON BILBAO

Corría el verano de 1971. Un equipo de rodaje, con el director de cine británico John Boorman al frente, se encontraba desplazado en las orillas del río Chattooga, en el condado de Rabun, un paraje de orografía accidentada, rico en bosques y escasamente habitado del estado de Georgia. Rodaban *Deliverance,* la adaptación de *Liberación,* la popular novela de James Dickey. El escritor formaba parte del equipo. Junto con Boorman, había firmado el guion de la película.

Dickey tenía cuarenta y ocho años y se había construido una imagen pública que emulaba la de Ernest Hemingway: escritor varonil, pendenciero, gustoso de hacerse oír, coleccionista de amantes, vaca sagrada de la literatura y versado asimismo en actividades al aire libre. Al escribir la novela se había basado en su experiencia personal en descensos de ríos en canoa y en cacerías de ciervos con arco, una amplia experiencia, o eso decía él, pues Dickey padecía una tendencia confesada a modelar favorablemente su pasado. Era un poeta con una carrera extensa, reconocida y muy mediática. En 1969, la revista *Life* le había encargado un poema para conmemorar la llegada del hombre a la luna, motivo por el que Dickey tuvo la oportunidad de asistir al lanzamiento del Apolo 11 desde Cabo Kennedy. En 1977 leería un poema en la ceremonia de toma de posesión del presidente Jimmy Carter. En ambas ocasiones, su carácter bravucón y competitivo, de macho alfa que no tolera a rivales en su proximidad, fue motivo de situaciones tensas, con Norman Mailer en un caso, con Paul Newman en el otro.

Liberación, publicada apenas un año antes, había sido su debut en la narrativa. De inmediato, la novela se había aupado a las listas de los libros más vendidos, codeándose con *El Padrino* de Mario Puzo y *La mujer del teniente francés* de John Fowles, y, en menos de doce meses, estaba siendo trasladada al celuloide. La adaptación al cine se hallaba en manos de un director que había demostrado su buen hacer en títulos como *A quemarropa* (1967) e *Infierno en el Pacífico* (1968). Para el reparto se barajaron nombres como Marlon Brando, Charlton Heston y Lee Marvin. Finalmente, los cabezas de cartel fueron Burt Reynolds, que con esa película terminó de consagrarse como icono de masculinidad, y Jon Voight, que obtendría una nominación a los Globos de Oro por su interpretación. A priori, se podría pensar que James Dickey tenía razones sobradas para sentirse satisfecho.

Sin embargo, no era así. El poeta, y ahora exitoso novelista, no cesaba de despotricar y de poner pegas al rodaje. Por cuestiones de autenticidad, el reparto, íntegramente masculino, debía rodar en persona muchas de las escenas peligrosas, las cuales incluían descender en canoa los rápidos del río Chattooga —rebautizado en la novela como Cahulawassee—, tirar con arco y escalar un acantilado. Cada vez que Burt Reynolds, Jon Voight y los otros dos actores principales, Ned Beatty y Ronny Cox, manifestaban sus reparos ante el riesgo de sufrir un golpe contra las rocas del río o de acabar ahogados, se debían enfrentar a las burlas del novelista, que fanfarroneaba diciendo que él podría rodar cualquiera de aquellas escenas sin pestañear. Dickey se ensañaba en particular con Ronny Cox, que, casualmente, interpretaba al personaje más comedido y cívico. Al final, compaginando la firmeza con la diplomacia, John Boorman invitó a Dickey a abandonar el rodaje. Más adelante, el escritor aseguraría que fue Burt Reynolds quien de veras presionó al director para que lo expulsaran. Reynolds era la estrella de la película, pero también el que más intimidado se sentía por la presencia, siempre protagónica, de Dickey. Que el escritor aprovechara todas las oportunidades que se le presentaban para burlarse de las alzas del actor o del maletín donde guardaba sus treinta peluquines no contribuyó a suavizar los ánimos.

Christopher, el hijo de James Dickey, de diecinueve años, permaneció en el rodaje, contratado como doble de luces. Con la excusa de visitarlo, el escritor regresaba periódicamente al Chattooga, pese a la prohibición expresa de Boorman.

Su actitud no mejoró. Las críticas a la, desde su punto de vista, insuficiente entrega de los actores —a quienes no se dirigía por su nombre, sino por el del personaje que cada uno interpretaba— también incluían al director de la película. A Dickey le parecía que John Boorman no llevaba las escenas hasta el extremo que él consideraba imprescindible. Tampoco le gustaban los cambios que Boorman iba introduciendo en el guion escrito entre los dos. Sobre todo, le molestó que prescindiera por completo de las diecinueve escenas iniciales, en que se exponían los antecedentes de los personajes.

Desde que, en 1962, Dickey empezó a trabajar en *Liberación,* estuvo convencido de que la novela se adaptaría al cine. Ya por aquel entonces hablaba de *su* película. Tenía claro qué actores quería que la interpretaran, quién la dirigiría, cómo sería la banda sonora e incluso el cartel promocional. Se podría pensar que su verdadero fin no era la novela sino la película. Por si eso fuera poco, en las fechas en que arrancó el rodaje, y refiriéndose a este, Dickey escribió en su diario: «Tengo la impresión de ser el portador de una suerte de mensaje inmortal para la humanidad». No obstante, sus planes no se estaban cumpliendo. Cada nueva visita al Chattooga hacía más evidente que su control sobre el rodaje era muy escaso, cuando no nulo.

Una personalidad como la de James Dickey incluye, claro está, la afición al alcohol. Por las noches, bebía y se quejaba, ante quien estuviera dispuesto a escucharlo, de que Boorman estaba destrozando su novela. De ese modo continuó incubando su animadversión. Respecto a lo que sucedió cuando esta llegó a su culmen, las versiones son evasivas; los presuntos testigos, intencionadamente inconcretos; el incidente, si lo hubo, digno de lástima. Borracho, el escritor irrumpió en el rodaje y arremetió contra Boorman. El director, de constitución menos robusta que la de Dickey, acabó con la nariz rota y cuatro dientes menos. Es posible que los dientes perdidos fueran más. Como decimos, las versiones son confusas.

En cualquier caso, unos meses después de la trifulca, cuando llegó el momento de promocionar la película, las tensiones se barrieron bajo la alfombra. Entonces, novelista, director y reparto solo tuvieron buenas palabras para los demás. Alabaron su entrega, sus capacidades físicas, su talento, su virilidad... Para celebrar el fin de la filmación, James Dickey regaló a cada uno de los actores un imponente cuchillo de caza forjado a mano. Bueno, a todos no. A Ronny Cox le regaló una navaja de bolsillo.

Los ingredientes que sazonaron el rodaje de *Deliverance* —el recelo ante un paraje agreste y desconocido, las pendencias, la violencia, las mezquindades y también los elogios mutuos— se hallaban asimismo presentes en la novela.

La película fue la quinta más taquillera en los Estados Unidos en 1972, obtuvo una amplia cobertura crítica y recibió galardones. Sin embargo, no todos los frutos fueron positivos.

En 1999, Christopher, el hijo de James Dickey, publicó *Summer of Deliverance,* una crónica tanto del rodaje de la película como de su difícil relación con su padre. Allí dejó escrito que, después de *Deliverance,* «todo empeoró».

Motivados por lo que habían visto en la cinta de Boorman, decenas de miles de turistas tomaron por asalto las orillas del río Chattooga, hasta entonces casi despobladas. Resueltos a emular a Reynolds y Voight, se lanzaron a descender sus aguas en canoa. El resultado: degradación del entorno y más de veinte personas muertas en los tramos de rápidos, lo que obligó a la autoridad forestal a imponer medidas restrictivas. Hoy en día, el turismo es la principal fuente de ingresos del condado de Rabun. Las autoridades y los empresarios de la región están agradecidos a *Deliverance,* aunque tanto la novela como su adaptación cinematográfica despiertan sentimientos encontrados. Muchos no han olvidado, ni perdonado, la imagen que ambas obras ofrecen de los sureños blancos de clase baja, contribuyendo a arraigar el estereotipo de estos como gentes incultas, zafias, violentas y ancladas en un pasado del que el resto del país trata de distanciarse. Ya durante la producción de la película, cuando el equipo de Boorman recorría el condado de Rabun en busca de localizaciones, se topó con vecinos que habían leído la novela de Dickey y los invitaron a volverse por donde habían venido.

En cuanto a James Dickey, siguió impartiendo clases en la Universidad de Carolina del Sur y coleccionando guitarras, máquinas de escribir y arcos de caza, enviudó y, dos meses después, se casó con una alumna a la que doblaba en edad, publicó una larga lista de libros de poesía y continuó hundiéndose en el alcoholismo. También escribió dos novelas más: *Alnilan* (1987) y *Hacia el mar blanco* (1993). En ambos casos, la recepción crítica y popular estuvo muy lejos de la obtenida por su debut en la narrativa. Y para entonces, cuando se hablaba de

Deliverance, la gente pensaba en la película; pocos recordaban que esta había surgido de una novela.

La cinta filmada por John Boorman es uno de los títulos más representativos del Nuevo Cine Americano, un movimiento —si así podemos denominarlo— sumamente creativo, renovador e influyente, desde entonces no superado en la historia del cine. En el imaginario colectivo, eso ha hecho que la historia ideada por James Dickey haya quedado asociada a un estilo de narrar y, sobre todo, a una época muy concreta: comienzos de los años setenta. Esto puede suponer una traba para el lector actual —que habita en un mundo ávido de contemporaneidad, donde la corrección política pasa su apisonadora por la cultura popular y en el que la rapidez y brevedad de los mensajes dificultan la plasmación de sutilezas y complejidades— a la hora de abordar la novela de Dickey. Lejos de nuestra intención está poner en duda la capacidad del cine de construir iconos visuales. Sin embargo, en cuanto a profundidad y matices, no puede competir con la palabra escrita.

Leído hoy, *Liberación* se revela como un texto complejo y fascinante, problemático y pertinente. Las décadas transcurridas desde su publicación, así como los debates, reivindicaciones y cambios que han mediado, nos proporcionan nuevas posibilidades a la hora de interpretarlo.

Cuatro amigos —o más bien, tres amigos y un conocido— de mediana edad y clase media, con trabajos apenas dignos de mención y vidas familiares normativas, acuerdan pasar un fin de semana juntos en las montañas. Lewis Medlock, el líder natural del grupo, ha propuesto a los demás bajar en canoa el río Cahulawassee, que discurre por un paraje virgen, *genuino,* por el que no ha transcurrido el tiempo. Se encuentra en marcha la construcción de un embalse en el río. Dentro de poco, su cauce y los bosques que lo bordean quedarán bajo las aguas. Si quieren disfrutar de la experiencia de escapar de sus vidas rutinarias por unos días y sentirse como los antiguos exploradores, es ahora o nunca.

A Lewis le acompañarán Ed Gentry, su mejor amigo y discípulo en la práctica del tiro deportivo con arco, además de verdadero protagonista de la novela; Drew Ballinger, ejecutivo de una compañía de refrescos y modelo de hombre cabal; y Bobby Trippe, rechoncho, chistoso y a quien incorporan al grupo por la única razón de que necesitan un cuarto remero. Ninguno tiene experiencia descendiendo ríos con aguas blancas. Las canoas las deben pedir prestadas.

La excursión empieza bien. Sortean con éxito los primeros rápidos, Ed tira a un ciervo con su arco, se sienten en comunión con el entorno. Sin embargo, cuando ya están muy lejos de la ciudad de la que partieron, del villorrio donde compraron comida y de cualquier otra expresión de la civilización, se topan con dos lugareños armados. El recelo inicial deja paso a la violencia verbal y esta a la física. Uno de los cuatro amigos es sodomizado a punta de escopeta. Lo que sigue es el periplo de venganza y huida de los urbanitas.

La película de Boorman se promocionó con la frase: «El fin de semana en que no jugaron al golf». Tanto la película como la novela fueron descritas como una fantasía masculina que se transforma en una pesadilla. Quien lea *Liberación* contará con más datos que el espectador de su adaptación al cine y le cabrá preguntarse si realmente es así. En el caso particular de Ed Gentry, el protagonista, ¿de veras vive una pesadilla? Y en tal caso, ¿no es lo que buscaba? En la mente, o en el inconsciente, de ese diseñador gráfico, pequeño empresario, casado y padre de un hijo, ¿la pesadilla es sinónimo de fantasía? Suponiendo que entendamos «pesadilla» como transgresión del orden establecido, como liberación.

Son más las preguntas que se pueden plantear y que nos invitan a indagar en lo que en la novela no se dice pero sí se muestra o se deja entrever. ¿Cómo se manifiesta tal liberación? ¿Trae consigo una transformación de los personajes? Cuando los supervivientes escapan de ese entorno ajeno al transcurrir del tiempo que es el río Cahulawassee y regresan a la ciudad, al trabajo, a las responsabilidades familiares, al progreso, ¿esa transformación se hace duradera y tiene una utilidad real?

A comienzos de los años setenta, las movilizaciones en favor de los derechos civiles, la creciente incorporación de la mujer al mercado laboral, el cuestionamiento de los valores familiares llevado a cabo por la contracultura, los progresos de los derechos de los homosexuales y la mala imagen del ámbito militar a resultas de la guerra de Vietnam habían hecho mella en la masculinidad tradicional. Los hombres se veían empujados a repensarse. Puede que, en la práctica, esa evolución forzada no implicara grandes cambios en sus vidas, pero algunos lo percibían como una verdadera emasculación. En semejante contexto, resulta verosímil que Lewis, Ed y los demás llenen el portamaletas del coche con equipos de acampada y arcos de caza y pongan rumbo a las montañas para sentirse, durante un fin de semana, como se sentían antes, o como les gustaría haberse sentido en algún momento, o como se sintieron sus padres, o como creen que se sintieron sus padres… En definitiva, como hombres de verdad.

Esa masculinidad se presenta asociada a una tensión homoerótica no resuelta. El propio Dickey gustaba de decir que las experiencias homosexuales son ritos necesarios en el desarrollo del hombre heterosexual. En la novela, Ed admira el cuerpo de Lewis, a la vez que este se recrea exhibiéndose ante él. Por fin, el sexo alivia la atracción, pero no el sexo entre ellos dos. Ambos son testigos de la violación de uno de sus compañeros. Para Lewis y Ed, la catarsis llega seguidamente, gracias a un mecanismo de causa y efecto, a través de la violencia, la cual sí es compatible con los modelos de masculinidad que ambos creen encarnar. Una de las cuestiones que en la novela se plantean entre líneas es la de si Lewis Medlock, que actúa como salvador en el pasaje de la violación, como varonil héroe al rescate, no podría haber intervenido antes. Oculto, a la espera del momento oportuno, presencia el crimen hasta el final. Solo interviene cuando los lugareños, ansiosos por seguir desfogándose, se disponen a disfrutar de una segunda ronda, en este caso con Ed, su íntimo amigo.

Durante la filmación de la película, llegado el momento de rodar la violación, parte del personal técnico se sintió violentado y optó por ausentarse. En la novela, se trata del pasaje más sobrecogedor, además del pilar central del libro. Contribuyen a ello su extensión y grado de detalle; aunque el lector no se encontrará con la expresión «¡Chilla como un cerdo!», que la película hizo famosa y que fue fruto de la improvisación.

A la hora de preparar la escena, Boorman convocó a Christopher Dickey como doble de luces del personaje que sufría la sodomización. El hijo del escritor se tuvo que arrodillar en el suelo y apoyar el vientre en el tronco de un árbol caído. Fue una experiencia sumamente humillante. Esa noche llamó a su padre para preguntarle por qué se había recreado en tal medida en aquel pasaje. El novelista respondió que buscaba que el lector sintiera, en las páginas que restaban hasta el final de la novela, que el peso de la moral estaba del lado de los urbanitas, que lo que hacían se hallaba justificado.

Se puede interpretar *Liberación* como una historia de «violación y venganza», con el matiz de que quien lleva a cabo la venganza no es la víctima de la violación. La víctima es importante en la medida en que sirve de excusa al protagonista, Ed Gentry, para ponerse a prueba a sí mismo y hacer lo que los mecanismos de control social nunca le permitirían hacer sin sufrir a cambio un severo castigo. Después, la víctima pasa a importar poco. Incluso es vista con recelo, desagrado y sospecha.

Bajo este prisma, cabe ver *Liberación* como una tergiversación perversa y jocosa del clásico viaje del héroe definido por el antropólogo Joseph Campbell. Ed sería el héroe, o al menos el personaje central de la narración. Lewis, el guía o mentor, aunque desaparece de la acción cuando su consejo es más necesario. Drew comienza siendo uno de los aliados de Ed, pero ¿su civismo y su integridad no lo convierten en un antagonista que dificulta su liberación? A su vez, el papel antagonista de los lugareños se torna dudoso. ¿No serán más bien aliados, o quizá meras herramientas para, de nuevo, lograr la liberación?

Una de las etapas que Joseph Campbell diferenció en el viaje del héroe es la muerte simbólica. El héroe ha de experimentar una suerte de fallecimiento, del que luego surgir cambiado, dotado de nuevos saberes y aptitudes. Una de las metáforas más socorridas para mostrar ese renacer es la inmersión en el agua. James Dickey también parece reírse de este tropo. A lo largo de *Liberación,* Ed Gentry se ve sumergido una y otra vez en las aguas del Cahulawassee, en circunstancias casi siempre dramáticas. ¿Cuál de ellas simboliza el renacimiento? ¿O acaso semejante repetición viene a decirnos que para él no es posible el cambio?

En la segunda mitad del libro, *Liberación* tiene ecos de novelas como *Extraños en un tren* y *El juego de Ripley,* de Patricia Highsmith, en las que alguien que nunca ha transgredido las normas se ve forzado a hacerlo en una medida radical y trágica. Al igual que sucede en las intrigas de Highsmith, el lector no solo sigue los pasos del personaje para lograr su objetivo, sino también, y lo que resulta de mayor interés, los malabarismos mentales llevados a cabo para justificar sus acciones. En lo primero, en la cuestión práctica, Ed Gentry se sorprende por ser más capaz de lo que creía: tira con arco, escala un acantilado, rema forzando los límites de sus fuerzas. Pero es en lo segundo donde se revela como alguien sumamente dotado. La clave de su triunfo, de su supervivencia a largo plazo, reside en unas habilidades que no ha ganado a marchas forzadas durante las trágicas jornadas vividas en el Cahulawassee, sino que adquirió, acaso de manera inconsciente, en su vida anterior, de hombre blanco de clase media con familia heteronormativa, la vida de la que buscaba liberarse durante un fin de semana.

Previamente en la novela, Ed ha escuchado un alegato de su amigo Lewis ensalzando las capacidades de quienes habitan en lugares como el Cahulawassee, gentes no contaminadas por el progreso, conocedoras del entorno salvaje, preparadas para «hacer lo que hay que hacer» e incluso bien dispuestas a ello. Claro que, llegada la hora de tratar en persona con esas gentes, Lewis las ve como penosos ejemplos de pintoresquismo y las trata con una superioridad indisimulada. En realidad, sus palabras admirativas no iban dirigidas tanto a las personas como a su saber y sus recursos, que él desearía para sí mismo.

Los recursos para la supervivencia que, por su parte, Ed Gentry manifiesta son de otra índole, pero asimismo eficaces, más apropiados para alguien como él: recursos para autojustificarse, para olvidar con rapidez, para tergiversar los recuerdos, para cambiar la opinión que tiene de sus amistades y verlas, si es necesario, como culpables parciales, como individuos por los que no merece la pena detenerse a padecer remordimientos, porque la vida sigue y va muy deprisa, sobre todo en la ciudad.

¿Son lícitas las estrategias de Ed Gentry, dadas las circunstancias? ¿En qué medida son consecuencia de un cambio experimentado por el personaje? ¿El cambio será duradero o acaso ese fin de semana en que los cuatro amigos no jugaron al golf no fue más que un episodio carnavalesco experimentado a un precio demasiado alto? ¿Y en qué medida James Dickey pretendía retratar, criticar, castigar a unos personajes que en algunas facetas tanto se parecen a él mismo?

Pese a los desacuerdos y las disputas entre Dickey y John Boorman, el director de cine accedió a que el novelista apareciera en la película. Interpreta al sheriff Bullard, ante quien Ed Gentry y sus compañeros deben rendir cuentas al cabo de su peripecia. Bullard sospecha que el relato de los hechos no se ciñe a lo sucedido, un relato pergeñado por Ed sirviéndose de sus personales recursos de supervivencia. Bullard no puede, o no quiere, demostrar nada, y finalmente los deja ir. El propio James Dickey libera a sus personajes.

JON BILBAO

LIBERACIÓN

Para Edward L. King y
Albert Braselton,
compañeros.

Existe en la base de la vida humana
un principio de insuficiencia.

GEORGES BATAILLE

El orgullo de tu corazón te ha llevado a engaño,
a ti que morabas en las grietas de la roca,
en elevada estancia; dijiste en tu seno:
¿Quién me hará caer?

OBADÍA, versículo 3

ANTES

Se desplegó despacio, forzado a mostrar los colores, y volvía a enrollarse de golpe en cuanto alguno de nosotros lo soltábamos. El paraje permaneció en tensión hasta que pusimos las cuatro jarras de cerveza sobre las esquinas y el río discurrió ante nuestros ojos a través de montañas, doscientos cuarenta kilómetros al norte. Lewis cogió un lápiz y trazó con fuerza una pequeña x en un punto donde el verde se aclaraba al elevarse el terreno, y a continuación fue señalando el curso, corriente abajo, en dirección noroeste-suroeste, a través de los bosques impresos. Yo miraba la mano más que la ubicación que señalaba, pues parecía ostentar poder sobre el terreno, y cuando se detenía para que Lewis nos explicara algo, era como si todas las corrientes, por doquier, cesaran de fluir, aguardando en silencio a que él concluyera lo que tenía que decirnos. El lápiz se dio la vuelta y la goma de borrar que tenía al otro extremo señaló los límites de un área de ochenta kilómetros de largo por la que el río trazaba meandros cerrados.

—Cuando hagan otro levantamiento topográfico y actualicen el mapa —dijo Lewis—, todo esto de aquí será de color azul. Ya han empezado a construir la presa en Aintry y, en primavera, cuando la acaben, desaparecerá un largo tramo del río. Todo este valle quedará inundado. Pero de momento es zona salvaje. Salvaje de verdad; parece Alaska. Tenemos que ir antes de que las inmobiliarias se apoderen de la zona y la conviertan en un paraíso, como ellos dicen.

Me incliné y estudié el contorno invisible que había dibujado, traté de imaginar los cambios venideros, el ascenso nocturno del agua embalsada que crearía un nuevo lago, con sus parcelas en primera línea, puertos deportivos y latas de cerveza, e intenté también visualizar el paraje tal y como Lewis decía que era ahora, un lugar deshabitado y libre. Respiré hondo y solté el aire; mi cuerpo, en especial la espalda y los brazos, estaba listo para algo así. Eché una mirada al bar y de nuevo al mapa, fijándome en el punto por donde accederíamos al río. Un poco al suroeste, el papel empalidecía.

—¿Esto significa que aquí la altura es mayor? —pregunté.

—Sí —dijo Lewis, lanzándome una mirada fugaz para dejarme claro que estaba siendo tolerante conmigo.

Vale, tiene la intención de hacer de esto algo más, pensé. Una lección. Una enseñanza moral. Un principio vital. Una senda.

—Debe de discurrir por una garganta o algo así —dijo—. Pero podemos recorrerlo en un día, sin problemas. Y el agua debería estar bien, sobre todo en esa parte.

No entendí qué significaba que el agua estuviera bien, pero para que a Lewis se lo pareciera el agua debía cumplir un estándar de calidad muy definido. Tenía una manera muy personal de abordarlo todo; lo que más le gustaba, en realidad, era hacer las cosas a su estilo. Disfrutaba en particular eligiendo un deporte muy especializado y difícil —habitualmente alguno que se pudiera practicar en solitario— y elaborando una aproximación personal sobre la que luego se pudiera explayar. Yo había sido testigo de ello cuando practiqué con él pesca con mosca, tiro con arco, halterofilia y espeleología, disciplinas para las que Lewis había desarrollado en cada caso toda una mística. Ahora le tocaba al remo en canoa. Me recosté, apartando la vista del mapa.

Bobby Trippe estaba frente a mí. Tenía el pelo fino y escaso y la tez de un rosa subido. Era al que menos conocía de quienes estábamos a la mesa, pero me caía bien. Era cínico en una medida amable y me daba la impresión de que coincidía conmigo en que no debíamos tomarnos a Lewis demasiado en serio.

—Es la típica cosa que a los padres de familia de clase media les da por hacer de vez en cuando —dijo Bobby—. Pero la mayoría se tumba a esperar a que se les pase el arrebato.

—Y la mayoría acaba en el cementerio antes de llegar a levantarse —dijo Lewis.

—Es como cada vez que te propones volver a ponerte en forma. Igual que cuando eras reserva en el equipo del instituto y tenías que esprintar. Hay quien sale a correr de vez en cuando, pero ¿quién se va a poner a esprintar? ¿A quién se le ocurre hacer descenso en canoa?

—Ahora tienes la oportunidad —dijo Lewis—. Este fin de semana, si te puedes pedir el viernes libre. O bien vamos Ed y yo, o podemos ir los cuatro. Pero me lo tenéis que decir ahora, para conseguir la otra canoa.

Me gustaba Lewis; me había vuelto a contagiar su entusiasmo caprichoso y tenaz, el mismo que me había arrastrado a tirar con arco, a la caza de descaste y a meterme en una cueva angosta donde hacía un frío horrible y vimos una rana translúcida muerta. Lewis era el único hombre al que yo conocía capaz de hacer exactamente lo que quería con su vida. No dejaba de hablar de irse a vivir a Nueva Zelanda, Sudáfrica o Uruguay, pero no se podía alejar del edificio de viviendas de alquiler que había heredado y que, en mi opinión, nunca abandonaría. No obstante, siempre estaba pensando en mudarse a otro sitio, en irse a alguna parte, en hacer algo más. Todas esas disciplinas y místicas le habían hecho desarrollar una forma de ser que me resultaba impresionante. No solo era resuelto, sino también osado. Era uno de los mejores arqueros de competición del estado y —pese a haber cumplido los treinta y ocho, o treinta y nueve— uno de los hombres más fuertes a los que yo había estrechado la mano. Levantaba pesas y practicaba con el arco a diario, y como resultado había desarrollado una resistencia que le permitía mantener completamente tendido un arco de sesenta libras de potencia durante veinte segundos. Una vez lo vi abatir una codorniz con una flecha de aluminio de tiro al blanco. El proyectil se le clavó entre las plumas de la espalda cuando el ave estaba ya tan lejos que parecía imposible acertarle.

Yo lo acompañaba siempre que me lo pedía. Tenía un arco que él me había ayudado a elegir y algunos accesorios de segunda mano, y me gustaba ir al bosque con Lewis cuando hacía buen tiempo, como sucede habitualmente en esta región del sur durante la temporada de caza. Por practicarlo en un paraje tan grato y por la compañía de Lewis, el tiro con arco en el campo —con la improbable promesa de cazar un ciervo— me gustaba más que el golf. Pero, sobre todo, por Lewis. Era el único hombre al que conocía que estaba resuelto a conseguir algo de la vida y que poseía tanto los recursos como la voluntad para hacerlo, y me intrigaba saber, a modo de experimento, hasta dónde lo llevaría su resolución.

Yo no era muy de teorías, pero aquella excursión me daba buen pálpito. Después de mucho tiempo tirando a ciervos de papel, me entusiasmaba pensar en enfrentarme a uno de verdad.

—Y ¿cómo llegamos al río exactamente? —preguntó Drew Ballinger.

—Hay un pueblo de mala muerte aquí, una vez dejas atrás la parte alta —dijo Lewis—. Se llama Oree. Podemos acceder por allí y salir en Aintry un par de días después. Si el viernes a última hora estamos en el agua, podemos regresar el domingo a media tarde, y a lo mejor hasta ver el segundo tiempo del partido en la tele.

—Hay una cosa que me preocupa —dijo Drew—. No tenemos ni idea de dónde nos estamos metiendo. Ninguno sabemos nada de bosques ni de ríos. La última embarcación en la que me subí fue la motora de mi suegro en el lago Bodie. No sé ni llevar un bote en línea recta, no digamos ya una canoa, ni solo ni acompañado. ¿Qué diantre se me ha perdido en esas montañas?

—Escucha —dijo Lewis, haciéndole una seña para atraer su atención—, correrás más peligro en la autopista volviendo a casa esta noche que en el río. Alguien se puede saltar la mediana.

—A mí todo este asunto me parece un disparate —dijo Bobby.

—Muy bien —dijo Lewis—. Dejad que os lo aclare. ¿Tú qué vas a hacer esta tarde?

—Bueno —empezó Bobby, y se quedó pensando un momento—. Lo más probable es que vea a un par de clientes nuevos para hablar de fondos de inversión inmobiliaria. Tengo que redactar unos documentos y llevarlos al notario.

—¿Y tú, Drew?

—Hablar con comerciales. Estamos analizando el desempeño de cada uno para ver en qué estamos fallando. Intentamos dar con formas de aumentar las ventas de refrescos. Es lo mismo de siempre. A veces suben, a veces bajan. Ahora están bajando.

—¿Ed?

—Sacar unas fotos para Tejidos Kitts —dije—. Kitt'n Britches.[1] Una chica mona en bragas acariciando un gato.[2] Un gato de verdad, quiero decir.

—Una pena —dijo Lewis con una sonrisa, aunque nunca parecía disfrutar hablando de sexo.

Nos había dejado claro lo que quería decir sin soltar prenda sobre cómo pasaría él la tarde. Echó una mirada al bar, un típico local de las afueras, y apoyó la barbilla en la mano a la espera de que los otros dos tomaran una decisión.

Yo pensaba que no vendrían. Estaban satisfechos con su día a día; no se aburrían como Lewis y yo. Bobby, en particular, parecía disfrutar de la vida que llevaba. Creo que era de alguna otra parte del sur, puede que de Luisiana, y desde que se había mudado aquí —al menos desde que yo lo conocía— las cosas parecían irle bien. Era muy sociable y no le molestaría que alguien se refiriese a él como un vendedor nato. Le gustaba la gente, afirmaba, y él le gustaba a la mayoría de la gente, a algunos de manera genuina y a otros solo porque estaba soltero y era un buen invitado para cenas y fiestas. Te lo encontrabas en todas partes. Lo veía allá donde iba, o me lo cruzaba al llegar o al marcharme. Ya fuese en un aparcamiento o en un supermercado, no me cabía duda de que me encontraría con él; si pensaba que lo iba a ver, lo veía, y si no lo pensaba, también. Era una persona de apariencia afable, aunque una vez lo había visto enfadarse en una fiesta y esa imagen se me quedó grabada. Sigo sin saber qué sucedió, pero la cara se le transformó

1. El nombre del producto para el que van a hacer las fotos se puede traducir literalmente como «Kitt y bragas», pero en inglés la pronunciación coincide con la de «trasero de gatito». *(Todas las notas son del traductor.)*

2. En el original: *Cute girl in our britches stroking her pussy*, donde *pussy* significa «gato» pero es asimismo un término vulgar para referirse a los genitales femeninos. De ahí la aclaración que el personaje realiza seguidamente.

de una manera aterradora, como a un rey débil presa de un arrebato de furia. Pero fue solo una vez.

Drew Ballinger era un tipo franco y tranquilo. Adoraba a su familia, en particular a su hijo pequeño, Pope, que tenía una especie de verruga protuberante y alargada en forma de cuerno sobre la ceja, un espantoso recordatorio de los horrores de la biología. Era supervisor de ventas en una gran compañía de refrescos, y creía con toda su alma en la empresa y en los valores en los que esta decía basarse. Tenía un ejemplar de la historia de la compañía en la mesilla de centro de la sala de estar de su casa, y la única vez que lo vi perder los papeles fue con motivo de los eslóganes publicitarios de una nueva empresa de la competencia, en los que afirmaban que sus bebidas tenían propiedades adelgazantes. «¡Malditos mentirosos!», había dicho. «Tienen tantas calorías como las nuestras y lo podemos demostrar.»

Pero Lewis y yo éramos distintos a ellos, y también éramos distintos entre nosotros. Yo no compartía su empuje ni sus obsesiones. Él aspiraba a ser inmortal. Tenía cuanto se le podía pedir a la vida y aun así no le bastaba. No toleraba las renuncias ni ver cómo la edad le iba arrebatando cosas, privándolo de la oportunidad de dar por fin con lo que realmente quería, lo cual debía de hallarse en alguna parte y habría de acabar sometido a su voluntad. Era de la clase de hombres que trata por todos los medios —pesas, dieta, ejercicio, manuales de diversas disciplinas, desde la taxidermia hasta el arte moderno— de dominar su cuerpo y su mente y desarrollarlos, para imponerse al paso del tiempo. Al mismo tiempo, siempre era el primero en correr riesgos, como si la laboriosa tarea de lograr la inmortalidad fuera una carga demasiado pesada y buscara librarse de ella mediante un accidente, o algo que lo pareciera a ojos de los demás. Un par de años antes, había sufrido una caída y se había arrastrado cinco kilómetros por el bosque hasta llegar a su coche, y luego había vuelto a casa usando un palo para apretar el acelerador porque se había roto la rodilla derecha. Fui a verlo al hospital, sobre todo porque me había invitado a ir al bosque con él y yo no había podido acompañarlo. Le pregunté qué tal estaba. «Esto es un lujo», dijo. «Durante una temporada no tengo que levantar pesas ni dar puñetazos al saco.»

Lo miré. Tenía cara de halcón, pero de un tipo de halcón particular. Su cabeza parecía aplastada por los costados, lo que daba como resultado un rostro puntiagudo en el que destacaba la nariz, larga y curva. Tenía la tez de un tono arcilloso y el pelo rubio, con una mancha canosa cerca de la coronilla, precisamente donde más oscuro era el resto del cabello.

—Bueno, qué —dijo—. ¿Os apuntáis?

Yo estaba encantado de ir. Mientras oía a Drew hablar de sus análisis de ventas, visualicé la tarde que me esperaba a mí. Las luces del estudio se encendieron en contra de mi voluntad y oí crujir bajo mis pies los periódicos extendidos por el suelo. Imaginé el aspecto que seguramente tendría la modelo, aunque solo había visto una foto suya, de pie en la segunda fila de un certamen de belleza en una pequeña ciudad vecina, rodeada por un círculo de lápiz rojo trazado por mi socio, Thad Emerson. Había contactado con ella a través del periódico y de la Cámara de Comercio y la había llevado a Tejidos Kitts, donde había gustado. A la agencia de publicidad con la que trabajaba Kitts también le había agradado bastante —aunque al que llevaba la cuenta no le había parecido «muy profesional»—, y ahora íbamos a emplearla como modelo. La chica —de una belleza nada llamativa, convencional— sería el meollo de un millar de decisiones y de compromisos que concluirían en un anuncio en un catálogo de ventas de escasa circulación, muy parecido al resto de los que aparecían en sus páginas. Pensé en cómo sería ella y en la sesión de fotos, y en los diseños que me tendrían ocupado durante horas y horas, y en el toma y daca interminable con la agencia, en la facturación, en el engorro de la contabilidad y en todo lo demás, y me alegré de irme con Lewis. Estableciendo una extraña conexión entre el tiempo que iba a pasar con él y mi día a día, volví a mirar el mapa, pero ahora como si fuera uno de los diseños con los que trabajaba en el estudio.

Desde luego, no era gran cosa desde el punto de vista del diseño. El terreno elevado, en color canela y tonos aún más claros de marrón, trazaba meandros entre verdes de diversas tonalidades y formas, sin nada que llamara la atención ni te hiciera detenerte en ningún punto. Aun así, era difícil apartar la vista del conjunto; había una suerte de armonía. Quizá, pensé, es porque trata de mostrar lo que existe. Y porque representa algo que va a cambiar para siempre. Cerca de mi mano izquierda, un color nuevo, el azul, se colaría por el papel remontando el curso del río, y traté de trasladar mi mente allí, solo allí, e imaginar algún detalle concreto que si no veía ese fin de semana ya nunca podría contemplar; intenté visualizar el ojo de un ciervo entre las hojas, elegir una piedra en particular. Con qué facilidad se escapa el mundo entre los dedos.

—Yo voy —dijo Drew— si puedo llevar la Martin.

—Claro, llévala —dijo Lewis—. Será agradable escucharla allí.

Sin poseer ningún talento, como él habría sido el primero en reconocer, Drew tocaba muy bien, a fuerza de entrega. Llevaba doce años dedicándose a la guitarra y al banjo —sobre todo a la guitarra—, y le entusiasmaba el estilo *fingerpicking* más puro: el reverendo Gary Davis, Dave Van Ronk, Merle Travis, Doc Watson.

—Tengo una Martin restaurada que le compré a un chaval —dijo Drew—. No os preocupéis, no pienso llevar la mejor de mi colección.

—Muy bien, mis primitivos amigos —dijo Bobby—. Pero yo insisto en disponer de algunas comodidades elementales. A saber: alcohol.

—Lleva todo el que quieras —dijo Lewis—. De hecho, la sensación de bajar los rápidos medio borracho es digna de vivirse.

—¿Llevarás el arco, Lewis? —pregunté.

—Claro que sí —dijo—. Y si uno de los dos caza un ciervo, podemos comernos la carne y guardar la piel y la cabeza, y yo me ocuparé de curar una y disecar la otra.

—Técnicas de supervivencia dignas de una guerra atómica, ¿eh? —dijo Bobby.

—De la mejor clase.

Yo estaba de acuerdo, pese a que estábamos a principios del otoño y se trataría de caza furtiva. Pero sabía también que Lewis haría lo que se proponía; el furtivismo se contaba entre sus conocimientos. Las camareras, con ropa ceñida y translúcida y flores en el pelo, no dejaban de echar ojeadas al mapa. Era hora de irnos. Lewis retiró dos de las jarras de cerveza y el mapa se enrolló de golpe.

—¿Puedes llevar tu coche, Drew? —preguntó cuando nos pusimos en pie al mismo tiempo.

—Claro —dijo—. Mi chaval no va a necesitarlo. Todavía no tiene edad para conducir.

—Ed y yo nos encontraremos con vosotros el viernes a primera hora, a eso de las seis y media, donde la carretera de Will's Ferry se une a la autopista, delante del nuevo centro comercial, el Will's Plaza. Yo llamaré a Sam Steinhauser esta noche y le preguntaré en qué estado se encuentra su canoa. Ya tengo casi todo el resto del material. Vosotros traed zapatillas de tenis, licor y la mente abierta.

Nos pusimos en marcha.

Hacía sol en la calle, y yo iba pensando mientras caminaba. Se me había hecho un poco tarde, pero no tenía importancia.

En nuestra empresa nadie sudaba la camiseta, como dijo Thad en una ocasión, y le encantó que esa expresión se popularizara. Hacía diez años que teníamos el estudio, desde que se lo compramos a su fundador, que ahora debía de rondar la setentena y que estaba haciendo realidad el sueño de su vida: retratar a turistas en Cuernavaca. En cierto sentido, era un placer trabajar en Emerson-Gentry, al menos si se comparaba con cómo funcionaban los demás estudios de la ciudad. Thad se había convertido en un hombre de negocios razonablemente eficaz, y yo, cuando me lo proponía, era un asesor y director gráfico más que aceptable. El estudio estaba repleto de hombres afables y canosos que habían probado suerte en Nueva York y vuelto al sur para vivir aquí el resto de sus días. Eran competentes, aunque no poníamos el listón demasiado alto, y cuando no estaban ocupados con diseños y maquetas, se reclinaban tras su mesa de dibujo, cruzaban las manos en la nuca y perdían la vista en el vacío. De vez en cuando también nos llegaban chicos recién salidos de la facultad de Bellas Artes —o, con menos frecuencia, de la de Ingeniería— que tenían una idea asombrosamente buena cada seis meses y el resto del tiempo intentaban colarte ocurrencias absurdas. Estos no duraban mucho con nosotros; o bien nos utilizaban para adquirir experiencia y luego ascendían a mejores empleos, o bien probaban suerte en otros campos. Desde que Thad y yo dirigíamos el negocio también habíamos contratado a un pequeño grupo de personas que se veían a sí mismas como verdaderos artistas y que solo estaban dispuestas a hacer lo que consideraban abiertamente como trabajo rutinario para luego poder dedicarse a su propia obra por las noches, durante los fines de semana y en vacaciones. Eran los que más pena daban; más que el excopiloto de bombardero que ahora acarrea sacos de fertilizante; más que el recién graduado de la facultad de Diseño que comprende que debe abandonar la industria porque es incapaz de ascender. Uno era un tipo de mediana edad que colgaba reproducciones de Utrillo en su cubículo e intentaba dar la impresión de que se hallaba en una situación coyuntural, en una estación de paso donde lo recordarían cuando se fuera. Pero nunca se habría ido si nosotros no lo hubiéramos echado. Cuando se largó, trabajó durante un tiempo en otro estudio, y después, sencillamente, desapareció. Yo nunca había visto a nadie tan apasionado por el arte. A diferencia de Lewis, él tenía un único interés, y pensaba que poseía el talento necesario para convertirse en algo más que un artista local. Para los artistas locales y los pintores de fin de semana solo tenía palabras de desdén y rehusaba acudir a sus exposiciones. Siempre proponía aplicar las técnicas de *collage* de Braque a los diseños para catálogos de fertilizantes y plantas de procesamiento de pulpa de madera, y para mí fue un alivio inmenso no tener que volver a oír nada de eso.

Nos habíamos consolidado como un estudio modesto. Yo era consciente y me alegraba de ello; no aspiraba a superar nuestras limitaciones, ni a contratar a genios que estuvieran de camino al museo Whitney o al suicidio. Sabía que teníamos suerte y que seguramente seguiríamos teniéndola; que nuestro éxito se debía sobre todo a la escasez de sofisticación gráfica en el sector. Éramos capaces de manejar bien lo que teníamos, y el clima empresarial permitía que todo el sector se mantuviera a flote, incluso las firmas que tendían a la incompetencia, siempre que fueran serias y puntuales. Las agencias más grandes de la ciudad y las sedes locales de las empresas de Nueva York y de Chicago no nos hacían muchos encargos. Les ofrecíamos nuestros servicios a algunas con poco convencimiento, pero cuando respondían sin entusiasmo, nuestro estudio —o al menos Thad y yo— se alegraba de volver adonde siempre había estado. Las agencias que nos gustaban y con las que nos entendíamos mejor eran las que se parecían más a nosotros, las que trabajaban sin urgencia y cuidaban de su gente. Nuestros clientes eran pequeños negocios locales: bancos, joyerías, supermercados, emisoras de radio, panaderías y empresas textiles. Era la línea que queríamos seguir.

Al pasar bajo la sombra de un gran árbol, sentí que se me subía la cerveza, no a la garganta, sino a los ojos. Hacía un día cegador, que parecía girar sobre una suerte de eje, y entre los destellos cayó una hoja, teñida en el borde de un color inusual. Me percaté entonces de que ya casi era otoño. Subí la última cuesta.

Estaba a medio camino de la cima cuando me fijé en cuántas mujeres había a mi alrededor. Desde que había dejado atrás la estación de servicio de Gulf que había en la esquina, no había visto a un solo hombre. Me fijé en los coches que pasaban, pero en los minutos que mediaron hasta que llegué al edificio no vi a ninguno. Casi todas las mujeres eran secretarias o archiveras, jóvenes y no tan jóvenes, de mediana edad, y sus voluminosos peinados colmena, sostenidos con abundante laca, o cardados o recogidos, en cualquier caso rígidos, me deprimieron. Yo no dejaba de buscar un culo decente y al fin di con uno, enfundado en una falda beige, pero cuando la chica se volvió hacia mí, mascando chicle, y vi su cara anodina, todo se fue al traste. Me sentí de repente como George Holley, el admirador de Braque, debía de sentirse cuando trabajaba para nosotros, repitiéndose de todas las maneras posibles, día tras día: estoy aquí, pero no soy como vosotros. Sin embargo, yo no me engañaba. Yo era como ellas, uno más de aquel grupo de gente que subía la cuesta delante de mí y entraba en el edificio. Formé parte de la corriente de personas que ceremoniosamente se dividió en dos para rodear la moderna fuente llena de monedas de uno y de diez centavos.

Al abrirse la puerta, una chica con un peinado colmena me adelantó y entró al interior climatizado. Mientras cruzábamos la puerta giratoria, tanto las mujeres como yo emanábamos un leve pero incuestionable olor a comida. En el ascensor había hilo musical, y subimos con el acompañamiento de «Vienna Blood» interpretado con abundancia de cuerdas. Durante uno de los estribillos me sentí como si tuviera una piedra en el estómago. Me aflojé el cinturón y la cerveza se asentó mientras yo me enjugaba el sudor con la manga de la americana. En el sexto piso ya solo quedábamos dos mujeres y yo; las otras trabajaban en las oficinas más grandes, de planta abierta, que había en los pisos inferiores: agencias de seguros. Recorrí el pasillo diáfano, sin ventanas, hacia la puerta de nuestro estudio, cuyo cristal lucía la efigie de una cabeza de caballo. Lo único bueno que había hecho Holley para nosotros había sido transformar uno de los pájaros de Braque en un Pegaso, que voló ligero a mi lado cuando entré.

—¿Alguna llamada?

—Ninguna importante, señor Gentry. A Viviendas Prefabricadas Shadow Row le gustaría ver las pruebas la semana que viene. Ha llamado una chica que quiere trabajar con nosotros. No ha dejado su nombre. Volverá a llamar. Y ya ha llegado la modelo para Kitts.

—Muchas gracias —le dije a Peg Wyman, que llevaba mucho tiempo con nosotros y se le notaba—. Voy enseguida.

Crucé el vestíbulo mientras me quitaba la americana. La mayor parte del estudio era un espacio abierto. Un sitio de buen gusto, en mi opinión. Thad y yo teníamos unos despachos muy agradables, con mucha luz, y los directores artísticos con más antigüedad o los mejor pagados disponían también de su propia oficina, más pequeña, o al menos de un cubículo. El resto del estudio consistía en una estancia diáfana con mesas de dibujo, y me quedé un momento observando las cabezas calvas y grises en sus puestos de trabajo, así como las morenas lustrosas, las rizadas y las de pelo lacio. Quizá yo no pudiera atribuirme todo el mérito de haber creado aquel lugar, me dije con una voz interior diferente a la voz con la que habitualmente dialogaba conmigo mismo, pero sí al menos una parte. Nunca había experimentado con tanta intensidad la sensación de hallarme en un sitio creado por mí. Alton Rogers no estaría allí, soñando despierto con la vez que sobrevoló el Himalaya durante la guerra, si no fuera por mí. El cubículo de George Holley seguiría empapelado con reproducciones de Utrillo. La distribución de cabezas, dedos, gafas, no sería la que era en aquel momento de no ser por mí. Aquellas personas seguramente estarían trabajando en otra empresa. En cierto modo, eran mis prisioneros: pasaban allí la vida; en algunos casos una parte pequeña; en otros, la mayor parte.

Pero lo mismo podía decirse de mí. En realidad no los consideraba mis prisioneros, sino mi responsabilidad. Entré en mi despacho, colgué la americana y durante un instante apoyé una mano en la mesa de dibujo, como si posara para un anuncio de una revista de decoración: el vicepresidente Gentry toma una decisión importante. Sería una de esas poses que aspiran a comunicar que tales decisiones, tomadas por hombres responsables de mediana edad, suponen un factor importante para el mantenimiento de la economía y la moral de Occidente. Quizá fuera verdad. Seguramente en cierto modo lo fuese.

Entre los diseños apilados asomaba la foto de mi mujer y de mi hijo, Dean. Había fajos de encargos, unos aprobados y otros en curso de valoración, procedentes de agencias de publicidad, y escribí una nota para recordarle a Thad que algunas de las menos imaginativas nos seguían insistiendo para que trabajáramos con ellas como departamento artístico, algo que a ninguno de los dos nos apetecía hacer. Llamé a Jack Waskow, el fotógrafo, para ver si ya estaba listo. No lo estaba, necesitaba unos minutos, y yo tomé asiento y pensé si había algo que pudiera resolver en el breve ínterin, algo que pudiera quitarme de encima.

Sin embargo, no hice nada; me quedé inmóvil, sin pretenderlo. No sentía ni mis propios latidos. La sensación de que cualquier cosa que hiciera o en la que pensara o que ojeara sería completamente intrascendente se me filtró hasta la misma médula de los huesos. ¿Cómo me sacudo esta idea?, me pregunté. La mejor respuesta que se me ocurría era hacer algo accesible, eso y no decirle a nadie cómo me sentía. No era más que la clásica sensación, muy humana, de mortalidad, de desamparo, de miedo ante el paso del tiempo. Me había sucedido un par de veces previamente, aunque en esas ocasiones había estado con mi familia; en el estudio era más fácil mantenerme ocupado, o al menos parecerlo, lo que en algunos casos era más complicado que trabajar de verdad. Pero esta vez sentí auténtico miedo. Esa sensación había calado en mí, y supe que, aunque lograra ponerme en pie, imponiéndome al enorme peso de la lasitud, solo sería para acercarme a la fuente de agua o hablar con Jack Waskow o con Thad sintiendo que no era yo mismo, sino otra persona, un pobre imbécil tan insustancial e impotente como un fantasma, que repetía una y otra vez los mismos movimientos.

Cogí un boceto que había hecho para el anuncio de Kitt. Si de algo estaba razonablemente seguro era de mi habilidad para disponer los elementos de un diseño en una suerte de composición armoniosa. Por regla general, no me gustaban los anuncios de estilo tradicional y facilón, como los de Boraxy, con tipografías chillonas y un uso obvio y chabacano del sexo con fines comerciales, ni tampoco la publicidad demasiado «creativa», basada bien en planteamientos pillados por los pelos o tramposos, bien en un desmelenamiento calculado. Me gustaban la armonía y las composiciones cuyos elementos no entraran en conflicto ni se eclipsaran entre sí. Había ganado un par de modestos premios locales de dirección artística, aunque lo cierto era que la competencia no era muy reñida, y los tenía colgados en la oficina. Estudié el diseño para Kitt, pensado para anunciar una colección de lencería femenina de seda artificial llamada Kitt'n Britches. Aparecía una chica vestida con nada más que unas bragas, de espaldas a la cámara y mirando por encima del hombro. Tal como habíamos decidido, la cabeza de un gato que ella sostendría en brazos debía asomar bajo su barbilla, y a mí me preocupaba un poco que, con un encuadre lo bastante amplio como para mostrar las bragas, la cabeza del gato se viera demasiado pequeña. Podíamos recortar la foto, claro está, como había propuesto el encargado de la cuenta; no hacía falta que enseñáramos los pies de la chica, pero a mí me apetecía. Para empezar, porque me gustan los pies, y porque muchas veces una imagen de cuerpo entero surte, curiosamente, más efecto que una recortada con tijeras. Habíamos discutido al respecto con la agencia y también con el gerente de ventas de Kitt, un tipo insoportablemente rústico cuya idea original había sido mostrar a una chica en una situación como la del anuncio de Coppertone, en el que un cachorro de perro tira con los dientes de la parte de atrás del bañador de una niña, dejándole el trasero al aire. «Si hiciéramos eso mismo con un gato —dijo—, también serviría para demostrar que las bragas no se caen ni se rompen.» Entre la agencia y yo le sacamos la idea de la cabeza, le explicamos que una revista seria no incluiría un anuncio semejante en sus páginas, y que tampoco encontraríamos a una chica con aspecto respetable dispuesta a posar para él. Al final se plegó a nuestro parecer, pero, aun así, quería una carga sexual mayor que la que yo buscaba, y antes de irse me dejó claro que la chica tenía que «llenar bien las bragas».

Jugué con los elementos del boceto, adelantando a la chica y devolviéndola al fondo, hasta dar con una solución, con la tipografía centrada sobre las caderas de la modelo. ¿Quién sería ella?, me pregunté. ¿El cuerpo de quién llenaría aquella silueta que yo había trazado? Fui al estudio a descubrirlo.

Thad ya estaba allí, moviendo cosas de un sitio a otro y dando órdenes a la gente, con la ceremoniosidad y la susceptibilidad de un experto decorador de interiores. La modelo estaba sentada en una silla plegable, protegiéndose los ojos de la luz de los focos. Llevaba una bata a cuadros negros y blancos que —al menos para mí— tenía algo de inesperadamente carnavalesco, pero, gracias a Dios, ella de carnavalesco no tenía nada. A su alrededor, la estancia parecía bullir de hombres, pese a que en realidad solo éramos cinco, incluyendo al técnico de luces. La secretaria de Thad, una mujer menuda que se llamaba Wilma y que tenía una mueca de desagrado permanente en la boca, llegó con el gato que habíamos conseguido de la Sociedad Protectora de Animales, acunándolo como si fuera ella a quien iban a fotografiar. Max Fraley, uno de los asistentes, fue a buscar un plato de leche. Yo me senté en el borde de una mesa y me solté la corbata. La luz de los focos era de un tono azul duro y desagradable, incuestionablemente artificial, que llamaba demasiado la atención y que detesté. Me recordaba a una prisión o una sala de interrogatorios, y ya no me pude sacar esa idea de la cabeza. Era una forma de verlo, otra era la pornografía. Pensé en esas películas que se proyectan en las fiestas de las fraternidades y en los clubes de oficiales del Ejército, en las que, aterrado, sabes que cuando la chica se desprenda de la toalla y la deje caer al suelo, la cámara no bajará discretamente con ella para luego seguir los pies desnudos de la protagonista hasta que desaparezcan en otra habitación, como en las películas antiguas de Hollywood, sino que permanecerá fija y, cuando la toalla caiga, se acercará; que destruirá su feminidad violando su secretismo; que nada quedará sin mostrar.

Thad pidió a la chica que se levantara. Tenía unos pies sanos, un poco hombrunos, con los dedos gruesos; yo habría apostado cualquier cosa a que nació en una granja. Su cara era bonita, franca, un poco pecosa, con los ojos grises. Era alguien a quien no me importaba mirar a los ojos. Y más adentro también, si ella me permitiera profundizar con la mirada. Y así lo hice, sin pensarlo, simplemente porque me apetecía. En el ojo izquierdo tenía una curiosa mancha en forma de media luna que captó mi atención. Me pareció un rasgo poderoso. No era algo llamativo, pero se te quedaba grabado. Una mano, asimismo fuerte y serena, mantenía cerrado el cuello de la bata, y ella echó la cabeza hacia atrás —mucho, casi como una contorsionista— y sacudió el pelo para que le cayera suelto sobre la espalda. Otras dos secretarias se materializaron a la vez junto a la modelo, como enfermeras o celadoras de prisiones. Thad hizo que la chica se colocara sobre las marcas de tiza, alrededor de las cuales habíamos retirado las hojas de periódico que había extendidas por el suelo. Encogió los pies sobre la fría superficie de corcho. Extendió los brazos y Wilma le quitó la bata. Tenía las piernas tersas y largas, no tan musculosas como yo había pensado al verle los pies, pero bien torneadas y proporcionadas, aunque no tan firmes como para mantenerse así durante mucho tiempo. La espalda desnuda tenía una apariencia indefensa e infantil, que fue lo más femenino y encantador que encontré en la chica, con la salvedad de su ojo. Llenaba las Kitt'n Britches bastante bien, sin que hubiera nada especialmente provocativo en su modo de hacerlo; podría haber sido la hermana de cualquiera de nosotros, y ese no era, en absoluto, el efecto que buscábamos. Sin saber exactamente cómo cambiar su pose, ni si se podía cambiar, me adelanté y la toqué.

Ella se volvió y me miró a la cara desde muy cerca, y la mota dorada y brillante acaparó toda mi atención; era más dorada que cualquier tono dorado existente; estaba viva, y me estaba viendo. Al hallarnos tan cerca, la chica cambió por completo; parecía haber llegado a la adultez en el transcurso de un instante. Se cubría los pechos con las manos de un modo que parecía casual, y Max no estaba seguro de cómo darle el gato. Ella lo cogió y, al hacerlo, para cubrirse con el otro brazo, se tomó el pecho izquierdo con la mano, un gesto que me impactó. Sentí un estremecimiento profundo, complejo, masculino, como si algo me hubiera acariciado la próstata. Situó los pies sobre las marcas y se balanceó un poco —la luz se reflejó en sus hombros, los filamentos de los focos chisporrotearon y zumbaron— hasta encontrar postura.

Obtuvimos unas imágenes que Thad pensó que podían valer, aunque dijo que la chica no le parecía lo bastante buena como para volver a llamarla. Regresé a la oficina e hice algo que no había hecho desde mis primeros días en el estudio: pasé el resto de la tarde tomando nota de ideas y haciendo bosquejos. No saqué gran cosa en claro, pero la cabeza me saltaba de una ocurrencia a otra y algunas asociaciones fueron muy interesantes. Dejé una hoja con bocetos para Thad y le dije que necesitaba tomarme el viernes libre para hacer reparaciones en casa. No me puso pegas. Así hacíamos las cosas.

14 DE SEPTIEMBRE

Me sucedía algo que me impedía soñar, o quizá más bien recordar lo que soñaba. Ya estuviera profundamente dormido o solo a medias, siempre me espabilaba muy poco a poco. Tenía la sensación de que, si todo se hallara en perfecto silencio, si no oyera nada, no me despertaría jamás. Algo tenía que devolverme a la realidad. Cada noche me hundía muy hondo, y si experimentaba alguna sensación durante el sueño, era solo la de descender más y más, tratando de alcanzar cierto punto, alguna línea o frontera.

Esta vez fue el viento lo que me despertó, y me arrastré hacia arriba y traté, impulsado por el instinto de supervivencia, de liberarme de aquello en lo que, una vez más, me había convertido durante la noche. Estaba acostumbrado a que fuera la respiración de Martha, muy pesada, lo que me trajera de vuelta, pero en esta ocasión fue el viento. Primero el viento en sí y luego su acción sobre unas figuritas de metal colgadas de alambres que Martha había puesto en el patio, pájaros de bronce alrededor de un búho que, unido a un molinillo de viento, giraba cuando soplaba el aire y entrechocaba con los otros pájaros produciendo un tañido, como el de los sonajeros eólicos chinos de cristal que todo el mundo tenía en los años treinta, cuando yo era niño. Era un sonido suave, intermitente, encantador, pensaba yo, y al emerger de la oscuridad del sueño a la penumbra real de la habitación, se me ocurrió que quizá evocara algo, y me quedé tumbado junto a mi mujer, con la estancia cobrando cuerpo a mi alrededor.

Toqué a Martha, que movió un poco la cabeza, los ojos cubiertos por el antifaz que se ponía por las noches. Le sacudí el hombro suavemente y solo entonces recordé que había quedado con Lewis. La rutina a la que estaba acostumbrado tiraba de mí, pero algo en mi interior se alzó para plantarle cara, una sensación de miedo, de debilidad e incompetencia, y también de excitación. Abracé a Martha para ver si se apartaba y seguía durmiendo o si se pegaba a mí en busca de calor.

Era una chica delgada con la que llevaba casado quince años; había trabajado de enfermera de quirófano. Que fuera o no bonita era algo en lo que yo nunca me detenía a pensar, aunque mis amigos, sin excesivo entusiasmo ni convicción, solían decirme que lo era. Pero la cuestión de la belleza, más allá de ciertas consideraciones obvias, nunca había sido lo que más me había interesado en lo que a las mujeres se refiere. Lo que yo buscaba y lo que me emocionaba era la chispa, la conexión puramente personal, y cuando la encontré en una forma genuina, pequeña pero firme, me casé con ella. No había nada que lamentar, y no lo hacía. Ella era una buena esposa y una compañera agradable, un poco severa, pero de una severidad que ayudaba a que las cosas salieran adelante. A ella le enorgullecía sinceramente que yo fuera vicepresidente de una empresa, e insistía en que tenía talento artístico, aunque no fuese así. Yo era un mecánico de las artes gráficas, y cuando podía afrontar un problema de manera mecánica, sin depender de la inspiración, lo resolvía. Así había hecho unos *collages* de gran formato para el salón, utilizando recortes de pósteres, revistas de cine y titulares deportivos. Hasta ahí llegaban mis dotes artísticas. Creía que Martha les concedía tanto valor a esas obras no porque las hubiera hecho yo, sino porque representaban una faceta mía desconocida para ella. Sin embargo, se trataba de una fe infundada y, aunque nunca le dije lo que opinaba, tampoco la animé a seguir pensando así. La abracé y se deslizó junto a mí.

—¿Qué hora es? —preguntó.

—Las seis —dije mirando las finas manecillas luminosas del reloj que teníamos junto a la cama—. Lewis pasará a recogerme en menos de media hora.

—¿Qué te falta por hacer? —preguntó.

—Poca cosa. Ponerme el mono de aviador y unas zapatillas de tenis. Y, cuando llegue Lewis, cargarlo todo en el maletero. No es mucho, y ya lo tengo preparado. Lo dejé en el salón después de que te acostaras.

—Cariño, ¿en serio quieres ir?

—No es que me muera de ganas —dije—. Y tampoco pasaría nada si no fuera. Pero es cierto que el estudio me está agobiando. Ayer tuve un momento malo de verdad antes de conseguir ponerme a trabajar. Era como si todo fuera irrelevante, sin que yo pudiera hacer nada por cambiarlo. No me importaba nada ni nadie. Si ir al bosque con Lewis me ayuda a no sentirme así, me vendrá bien.

—¿Es culpa mía?

—Por Dios, no —dije, pero en parte la tenía, como cualquier esposa que represente la normalidad.

—Me gustaría que no tuvieras que ir. Que no quisieras. Ojalá yo pudiera hacer algo.

—Puedes.

—¿Tenemos tiempo?

—Si no lo tenemos, me da igual. Lewis no puede ofrecerme nada comparable. Que espere. Yo no puedo.

Nos entrelazamos como amantes.

—Ponte de espaldas —dijo.

Tenía las manos grandes; sabía cómo usarlas conmigo. Quedaba en ella algo de la enfermera que había sido y eso me excitaba: el acercamiento práctico al sexo, la actitud deliberada y franca con el fin de proporcionar placer. La sangre se me agolpó y ascendió, animada por sus manos y el lubricante. Martha puso una almohada en el centro de la cama, apartó las mantas de golpe y se tendió bocabajo sobre la almohada. Yo me arrodillé y la penetré, sus nalgas subían y bajaban.

—Oh, sí —dijo.

Fue el calor de otra persona envolviéndome, el calor en movimiento, lo que invocó la imagen. La chica del estudio se echó el pelo hacia atrás y se agarró un pecho, y en el centro de la espalda de Martha, que no dejaba de moverse con soltura, brilló aquel ojo dorado, no como una fantasía necesaria para animar el sexo, sino como la promesa de algo más, de otra vida, de liberación.

Fui al cuarto de baño y oriné con los ojos cerrados. Después de vaciar la vejiga me puse una bata y me miré en el espejo con luces integradas, cuyo brillo ponía de manifiesto mi escaso pelo y destacaba de manera inequívoca la zona donde se hallaba en franco retroceso, a la vez que sombreaba la parte inferior de los ojos, dejándome bien claro que nunca volverían a ser como habían sido. La edad se me estaba echando encima. En cambio, aún tenía buenos hombros, y las caderas y el vientre eran gruesos pero firmes. Tenía el pecho muy velludo, y también la parte alta de la espalda, como la collera de un buey, y a la luz del baño el vello era de un gris brillante, como pelo de mono.

Si se me hubiera ofrecido la posibilidad de parecerme a cualquier otro hombre, o combinación de hombres, de cualquier momento de la historia, no habría sabido qué decir. Supongo que Lewis me había contagiado parte de su forma de ser; se ejercitaba sin descanso, pero solo tenía dos o tres trajes para cada temporada. La ropa no entrañaba ninguna mística para él, el cuerpo sí.

—Lo importante es lo que puedes conseguir que haga tu cuerpo —solía decir— y lo que hará por ti cuando tú ni siquiera sepas lo que necesitas. Ese acondicionamiento y reacondicionamiento es lo que te salvará.

—¿Salvarme? —le había preguntado yo—. ¿Salvarme de qué? ¿O *para* qué?

Aun así, Lewis me daba el visto bueno, al menos en la medida suficiente como para relacionarse conmigo; seguramente yo fuera su mejor amigo. Me había enseñado a tirar con arco, y se me daba bastante bien. Lewis decía que yo tenía una seguridad inusual, y daba en el blanco casi tanto como él. Mi problema radicaba en calcular las distancias, y Lewis no concebía usar una mira; según él, todo lo que no fuera basarse en el instinto no era tirar con arco. En el campo de tiro, yo rondaba los ciento sesenta puntos en catorce tandas. La media de Lewis era doscientos treinta, y había llegado a superar los doscientos cincuenta. Daba gusto verlo tirar y el mimo con el que cuidaba su equipamiento, fabricado por él mismo, cuerdas incluidas.

El salón estaba medio a oscuras. La luna ya no iluminaba el suelo ni las ventanas. Contemplé uno de los pocos amaneceres que había presenciado en los últimos diez años, y Martha, con un camisón de volantes, pasó de camino a la cocina. Se detuvo en la puerta.

—¿Has visto a Dean por alguna parte? —preguntó.

—¿Qué quieres decir? ¿No está en su habitación?

Mi equipaje, apilado en el suelo, donde formaba un montón oscuro, una sombra sólida, soltó una risa infantil, y el niño salió de detrás. Sostenía un enorme cuchillo Bowie dentro de su vaina.

Fue extraño, como si ambos supiéramos lo que era el cuchillo y al mismo tiempo no, y cuando él lo blandió y me amenazó con él —con el mayor de los amores—, me dejé llevar por el mismo extraño baile que mi hijo, a sabiendas de lo que podía hacer el arma y sin llegar a creerlo ni por un instante. Al final se lo quité y volví a dejarlo donde lo había cogido, entre la oscuridad del resto del material. Solo entonces noté el frío, como si se elevara de la alfombra de pelo largo, y recordé que iba desnudo debajo de la bata.

Encima del colchón hinchable, del saco de dormir y de una delgada cuerda de nailon estaban el cuchillo y mi arco con las flechas. La cuerda la había comprado de manera impulsiva en una tienda de excedentes militares, más que nada porque Lewis me había dicho que «nunca hay que ir al bosque sin una cuerda». Cogí el arco y me deleité con el tacto suave y frío de sus curvas. Era un buen arco; seguramente mejor de lo que yo me merecía. No era un modelo estándar —un Drake, por ejemplo, o un Ben Pearson o un Howatt o un Bear—, sino uno de fabricación casera a partir de un diseño híbrido, lo que había dado como resultado un arco con un aspecto y una capacidad de tiro incomparables. La empuñadura era pesada; en realidad parecía un arco experimental. Me habían llegado a gustar el peso y la profundidad del agarre, y no me habría sentido cómodo con nada más pequeño. Lewis me lo había conseguido de segunda mano de un antiguo campeón estatal que lo había fabricado con sus propias manos y que tiraba con el mismo tipo de arco, y me había recalcado sus ventajas, empezando por las de carácter puramente psicológico para, poco a poco, llegar a las prácticas. Es cierto que la sacudida que sufría la mano en el momento de la suelta era muy pequeña. La flecha salía con mucha suavidad y sin ruido. No tenía nada que ver con el chasquido y el retroceso de los arcos de Lewis. La velocidad de salida no era excepcional; la primera vez que tiré con él me pareció muy lento, hasta que vi que había hecho blanco de pleno a sesenta metros. Cuando soltabas la cuerda, era como si el arco vacilara, y entonces las palas cobraban velocidad con una aceleración asombrosa y la flecha abandonaba la cuerda produciendo la impresión de no haber sido disparada, sino catapultada. La trayectoria era tan recta como la de cualquier otro, y la desviación lateral, no tan acusada como la de los arcos de Lewis. Ahora, mientras lo sostenía y contemplaba la cara interna y la externa, de fibra de vidrio blanca, me pareció el más apropiado para mí. Yo dependía y me fiaba de él, pese a que el laminado estaba empezando a soltarse; algunas astillas de fibra de vidrio se estaban levantando en el extremo de la pala superior. También tenía una cuerda nueva. A diferencia de Lewis, yo usaba un *peep*,[3] que había quedado muy bien. Había separado las hebras de Dracon de la cuerda, insertado una pequeña anilla entre ellas, y Martha la había sujetado con hilo naranja. Era una cuerda de lo más bonita, y yo disfrutaba usándola. Cuando tensaba el arco, el *peep* se acercaba a mi ojo y yo lo ubicaba sobre el blanco, temblando a causa del esfuerzo de mantener el cuerpo inmóvil. Poder encuadrar el blanco suponía una gran ventaja, al menos para mí, ya que aislaba aquello a lo que disparabas y hacía que se estableciera una relación extraña e íntima entre el blanco y el arquero. Fuera del marco naranja no había nada, y lo que había dentro se mostraba inmensamente vital y trascendente; era como si el blanco fuera creado por el ojo que lo observaba.

3. Componente que se instala en la cuerda del arco para ayudar a apuntar. Cuando la cuerda se tensa, el *peep* queda a la altura del ojo y se puede mirar a través de él para ayudar a alinear la cuerda con el blanco. El *peep* puede ser de diferentes tamaños e incluso estar provisto de una lente.

Las flechas no eran igual de buenas, aunque sí lo suficiente. Eran de aluminio porque yo tiraba a dianas hechas para ese material, y sabía por experiencia que mi arco lanzaba con precisión proyectiles de setenta y cuatro centímetros de astil. Las llevaba en una aljaba fijada al arco, ya que me gustaba sostenerlo todo con una sola mano, y además no tenía un carcaj para llevar a la espalda. Las flechas tenían un aspecto mortífero, con puntas anchas Howard Hill de doble filo y largas plumas amarillas helicoidales. Las había camuflado de forma casera con pintura negra y verde, aplicando pinceladas al azar a lo largo del astil, y las había afilado con la piedra de esmeril de un vecino. Esto al menos lo había hecho bien, pues cortaban casi como cuchillas de afeitar. Además, las había dentado un poco, sirviéndome de una lima, para obtener mayor penetración, como decían las revistas de tiro con arco. Probé el filo de una en la yema del pulgar y fui al pasillo, donde había más luz, para ver si me había cortado.

Resultó que no. Volví a la habitación, cogí veinte dólares de mi cartera y fui a la cocina, donde Martha estaba descalza ante los fogones, mirando hacia el patio trasero; los cristales de sus gafas reflejaban la luz del amanecer. Yo llevaba las zapatillas de tenis en la mano y me senté para calzármelas, mirando asimismo hacia la parte de atrás de la casa. Los árboles parecían completamente salvajes, seres libres que solo de manera accidental se hallaban en un entorno doméstico, y, por alguna razón, eso me emocionó. Dean se me acercó por detrás y me tiró de la pernera del mono de piloto. Lo levanté en brazos, sin dejar de mirar hacia fuera. Es la clase de cosa que aburre a los niños, que no entienden por qué miras donde no hay nada que se mueva. En esa ocasión, sin embargo, Dean se quedó tan callado como yo, observando. Le di un beso y él me abrazó con fuerza, estrechándome el cuello. No era un niño cariñoso, y me inquietó que actuara así. Martha se acercó a nosotros, el rostro encendido por el calor del fuego de gas. Me levanté y permanecimos un momento los tres juntos, como si posáramos para una foto de familia.

—¿Sabes adónde vas? —me preguntó ella.

—No del todo. Lo sabe Lewis. A un sitio al noreste del estado, donde él suele ir a pescar. Si todo va bien, deberíamos estar de vuelta el domingo a última hora.

—¿Por qué no va a ir bien?

—Seguro que sí, pero nunca se sabe. Tranquila. Si pensara que es peligroso, no iría. Créeme. Es solo una oportunidad de salir un poco. Y dicen que las montañas están preciosas en esta época. Haré fotos.

Volví al dormitorio a por una Rolleiflex propiedad del estudio. Cogí también otra cuerda para el arco y la guardé en un bolsillo del mono. Cuando volví al salón, Lewis había aparcado frente a la casa. Pasé un brazo sobre los hombros de Martha, como haría con un colega, pero cambié de idea y la estreché con ambos brazos, apretándola contra mí, mientras Dean daba vueltas a nuestro alrededor intentando separarnos. Abrí la puerta; Lewis se había bajado de la camioneta y caminaba hacia nosotros. Su alargada cara de halcón estaba ruborizada y sonriente. Él nunca dejaba de sonreír, pero la gente lo malinterpretaba, veían en su expresión una locura oculta y un carácter evasivo a la par que pagado de sí mismo; tenía el rostro de un entusiasta nato. Llevaba un sombrero australiano con un barboquejo de cuero y no pude evitar pensar que era de lo más apropiado. Cogí el arco y la cámara y los llevé a la camioneta.

El vehículo iba hasta arriba de material: dos tiendas de campaña pequeñas, lonas para el suelo, dos arcos, una caja de flechas, chalecos salvavidas, una caña de pescar, comida. A Lewis le obsesionaba estar preparado para todo —me había contagiado esa actitud; por eso había cogido la cuerda, que llevaba enrollada al hombro y que sabía que no utilizaría, y el mono de piloto, porque «el nailon se seca muy rápido»— y, sin embargo, siempre se metía por pistas forestales por donde no había transitado nadie en quince años, pasando sobre troncos caídos y baches, dando botes, sin la menor consideración por su propia seguridad ni por el vehículo ni por quien lo acompañara. Confié en que no lo hiciera en aquella ocasión. Bajo la luz cambiante de primera hora de la mañana me sentí muy en sintonía con él. Lewis siempre parecía ansioso por enfrentarse a algo nuevo, por lanzarse a lo que fuera con júbilo e ilusión. Yo estaba harto de arrastrarme por la vida. Me sentía mucho más ligero y fuerte en su compañía.

Acomodó mis cosas en el vehículo. La ventanilla trasera quedó cegada por el material, casi todo de diferentes tonalidades de verde. Antes de meter mi arco, Lewis se detuvo a examinarlo.

—Se está soltando la fibra de vidrio —dijo, tocando con el pulgar el extremo de la pala superior.

—Aguantará. Lleva así mucho tiempo.

—Me gusta este arco —dijo Lewis—. Te quedas sosteniéndolo después de la suelta pensando: «Hay que joderse». Miras a lo lejos y allí está la flecha, justo en el blanco.

—Te acostumbras —dije—. Es muy cómodo.

—Por fin te has convencido —replicó Lewis.

—En marcha —dije—. Ya es de día. Podemos desayunar por el camino. El río nos espera.

Torció el gesto.

—Hablas como yo —dijo.

—¿Y qué problema hay? —dije, y volví una última vez a casa a por una bolsa con ropa: un jersey, un par de camisetas y unos calzoncillos largos para la noche.

Nos despedimos de Martha y de Dean, que estaban juntos en la puerta. El sol anaranjado se reflejaba en las gafas de ella. Subí a la camioneta y cerré la puerta de golpe. Íbamos bien cargados, con los arcos, el material de acampada y la canoa, que iba encima del techo. Ya no éramos —o al menos yo— quienes habíamos sido antes. Si hubiéramos sufrido un accidente y nos hubieran tenido que identificar a partir de lo que llevábamos con nosotros, habrían pensado que éramos ingenieros, tramperos, topógrafos o un comando de avanzadilla de una fuerza invasora. Sabía que tendría que estar a la altura de nuestro equipamiento; de lo contrario, el viaje sería una broma tan triste como el resto de mi vida.

Pensé en dónde pasaría la noche y en las serpientes que atraería el buen tiempo, impropio de la estación, y en verme entre la vegetación y los insectos de algún punto remoto de los bosques, y tuve la tentación —debo reconocerlo— de apearme, decir que me encontraba mal, poner cualquier disculpa. Agucé el oído por si oía sonar el teléfono, preguntándome qué podría decirle al repartidor de periódicos o a mi agente de seguros o a quien fuera para poder bajarme de la camioneta, poner una excusa verosímil a Lewis y desprenderme del disfraz. Lo que de verdad quería era volver a entrar en casa y dormir un poco más antes de coger el coche e ir a trabajar. O a lo mejor, ya que tenía el día libre, jugar nueve hoyos al golf. Pero el material ya estaba cargado y Lewis me miraba con su mejor sonrisa, dándome a entender que yo era uno de los elegidos, que me estaba sacando brevemente de la senda marcada o, como él decía, «rompiendo la pauta».

—Vamos allá —dijo—, lejos del letargo de los tibios, rumbo a las aguas torrenciales.

Con el morro de la canoa asomando por delante, retrocedimos por el camino de acceso de la casa, giramos a la izquierda y aceleramos, para poco después volver a girar a la izquierda. Mientras descendíamos la colina, apuntalé los pies al suelo de la camioneta, y al llegar a terreno llano nos topamos con el centro comercial. El Oldsmobile de Drew estaba aparcado a cincuenta metros de la autopista. Una vieja canoa de madera, que parecía más apropiada para un lago que para un río, iba sujeta al coche con muchas vueltas de cuerda; habían puesto una manta del ejército debajo para no rallar el techo.

Lewis pasó a su lado sin aminorar la velocidad y enfiló la rampa de acceso a la autopista. Cuando pasamos junto a ellos, les hice el signo de la victoria, imitando a Churchill, y Bobby me contestó sacándome el dedo. Miré hacia delante, me acomodé en el asiento y observé cómo el sol terminaba de salir.

La luz fue en aumento, me daba de lleno en el brazo derecho, cada vez con más fuerza, y el sol se alzó por detrás de las estaciones de servicio de Texaco y Shell y las hamburgueserías y los bares de carretera que jalonaban la autopista a lo largo de los treinta kilómetros siguientes. Aquellos sitios nada tenían que ver conmigo; se hallaban aislados, envueltos en una lámina de celofán tras la que iban quedando atrás uno a uno. Pero yo los había frecuentado en el pasado; mi estómago los reconoció y rugió. A la derecha dejamos una hilera de pilotes de hormigón blancos y un restaurante de carretera pintado de rojo y blanco, en cuyo techo galvanizado se reflejaba el sol, y, con los ojos entrecerrados, reconocí uno de los pilotes: lo diferencié del resto, focalizándolo, ampliándolo, como haría la mirada de un halcón.

Me había apoyado en aquel pilote hacía dos navidades. Había pasado mucho rato apoyado en él, y luego me había puesto a girar alrededor, hasta que poco a poco me detuve y terminé por vomitar, primero restos semisólidos y a continuación líquidos, de vivos y diferentes colores, uno tras otro, ingeridos en la fiesta de Navidad de la oficina. Tal y como yo lo recordaba, a Thad le había parecido buena idea llevarme a tomar una última cerveza para que me bajara la borrachera, pero se horrorizó más que cualquier desconocido cuando vio el estado en el que me encontraba. En muchas ocasiones, después de beber he buscado la compañía de objetos que compartieran la borrachera conmigo —mesas, sofás y hasta árboles, todos ellos muy amables—, pero el pilote de aquel restaurante de carretera era algo inerte y frío, plantado en mitad del hormigón en pleno invierno sureño. No poseía capacidad de desplazamiento y yo no pude compartir la mía con él, por muchas vueltas que di, borracho, a su alrededor, para el desagrado de las personas que pasaban por allí en sus coches, abrigadas, con las caras iluminadas ahora de azul, ahora de rojo, al ritmo del cartel de neón —una alternancia de colores interminable y cansina—, y sentí en el fondo del estómago algo aún más frío que el hormigón; la sangre se me fue del rostro, me abracé al pilote y me vacié. Oí arrancar vehículos muy cerca e intenté controlarme con todas mis fuerzas. Puede que también diera un par de cabezazos al pilote, porque acabé con dos chichones en la frente, justo encima de un ojo. Ahora, al pasar a su lado, me giré para mirarlo, con la vaga esperanza de ver en él algo especial: el suelo a su alrededor corroído o alguna otra huella de que yo había estado allí. No había nada, por supuesto, pero me atenazó una frialdad inhumana y se me encogió el estómago, aunque el pilote ya había quedado atrás. La autopista pasó de cuatro carriles a dos: estábamos en el campo.

El cambio no fue paulatino; podríamos haber detenido la camioneta en el punto exacto donde terminaban las afueras de la ciudad y comenzaba el sur más intensamente rural. Me habría gustado hacerlo para comprobar qué se sentía. Vimos un motel, un campo de malas hierbas, y a ambos lados de la carretera y en las paredes de los graneros aparecieron carteles que anunciaban levadura Clabber Girl, jarabe 666 contra el resfriado y pastillas laxantes Black Draught; también carteles proclamando el poder salvífico de Jesucristo. Pasamos junto a todo ello cargados con la canoa bocabajo, surcando una marea inacabable de medicamentos curalotodo y letreros religiosos.

A juzgar por lo que veíamos, se podría pensar que en el sur lo único que hacía la gente era automedicarse y predicar el evangelio; cualquiera diría que los sureños estaban siempre estreñidos, que los procesos naturales no terminaban de fluir en su interior, que necesitaban ingerir un purgante tras otro antes de poder aliviarse e irse a la iglesia.

Paramos en Seluca, un pueblo pequeño, y desayunamos en un restaurante que se llamaba La Abeja Hacendosa. Fue estupendo, o eso me pareció a mí, un desayuno copioso, compuesto de gachas de maíz, huevos, mantequilla, bollos y mermelada en abundancia. Me llené la panza, que me rozó el nailon del mono, y de vuelta en el coche, el calor del sol me amodorró. No recuerdo el momento en el que Lewis puso en marcha la camioneta, solo que pensé en Martha y en Dean mientras me iba quedando dormido, recordando que eran mi familia, que yo siempre era bienvenido en su casa.

Estaba profundamente dormido y en movimiento, una forma de sueño diferente a cualquier otra, cuando oí a Lewis decir algo que se coló de forma intermitente en mi consciencia. Más tarde le pedí que me lo repitiera.

—… y allí estaba yo, en el coto de caza y pesca de Grass Mountain, adonde había ido a pescar truchas. No muy lejos de adonde vamos ahora. Los caminos son malos, pero, ¡por Dios!, la parte del río que vi haría que te cayeras de culo. La última vez que anduve por allí les pregunté por el río a un par de guardabosques. Ninguno lo conocía. Dijeron que nunca habían llegado hasta allá arriba, y por la manera en que dijeron «allá arriba», me pareció que no debe de ser fácil llegar. Seguramente no, pero mejor así. Por lo que vi, el río es accidentado, pero al sur de Oree no tanto. De lo que hay más abajo, no tengo ni idea. Lo primero que tenemos que hacer es dar con un sitio donde embarcar. Oree está en terreno escarpado, así que seguramente no nos quede más remedio que avanzar un poco más. Aunque también podríamos parar a comprar más provisiones.

Yo abría y cerraba los ojos, medio dormido, sin ver nada; los objetos desfilaban ante mi vista sin dejar impronta ni recuerdo. El mundo era una suerte de ensoñación. Entonces, una de las veces que mis párpados se abrieron inconscientemente, miré por la ventanilla, con el cerebro dormido pero los ojos despiertos. Bordeábamos un pueblecito, dejándolo a nuestra izquierda, tras los espinos grisáceos que crecen junto a todas las carreteras del sur. Más adelante, la carretera discurría entre dos colinas. Justo enfrente de nosotros se alzaba una montaña, alta, ancha y azul, del color de una densa humareda de leña. Había otras más lejos, a izquierda y derecha.

—Es curioso —dijo Lewis.

Me incliné hacia él para oírlo mejor.

—¿El qué?

—Cómo son las cosas allí arriba —dijo—. Diferentes a lo que conocemos. Me refiero al modo como se toman la vida, los términos en que la afrontan.

—Yo de eso no tengo ni idea —dije.

—El problema —dijo— no es que no tengas ni idea, sino que no quieres tenerla.

—¿Por qué debería?

—Por el amor de Dios, porque a lo mejor hay algo importante en esas colinas. ¿Sabes qué?

—No, no sé nada. Bajar unos rápidos contigo y beber whisky junto a una hoguera me parece bien. Pero esas colinas me importan una mierda.

—Pero sí sabes —dijo, con un énfasis que me hizo prestar atención, aunque pensando que más valía que lo que dijera mereciera la pena— que en esas colinas hay canciones que los expertos en música popular nunca han llegado a grabar. Yo he conocido a una familia que tenía un dulcémele.

—¿Y eso qué demuestra?

—Puede que nada, puede que mucho.

—Eso se lo dejo a Drew —dije—. ¿Y tú sabes una cosa, Lewis? Si esa gente, los de las canciones folk y los dulcémeles, bajara de sus colinas y nos propusiera guiarnos rumbo a un nuevo cielo y a una nueva tierra, a mí me seguiría dando lo mismo. Yo solo aspiro a llegar al final del día sin complicaciones. Siempre he sido así. No soy un gran director de arte. No soy un gran arquero. Mi mayor interés es deslizarme. ¿Sabes lo que quiero decir?

—No. ¿Me lo explicas o tengo que adivinarlo?

—Te lo explico. Deslizarse es evitar las fricciones. O mejor, hacer que todo en tu vida sea antifricción. Es dar con algo modesto que puedas hacer y a continuación engrasarlo. Por los cuatro costados. Es lo más cómodo.

—¿No te apetece hacer locuras?

—En absoluto. Ni se me ocurriría tontear con esa idea.

—Entonces, lo que haces es…

—Lo que hago es cumplir y nada más. Hago justo lo que tengo que hacer. De vez en cuando puedo coquetear con otras cosas, pero muy de vez en cuando.

—Ya veremos —dijo Lewis, sonriendo como si me hubiera calado—. Ya veremos. Tú has tenido todos tus muebles de oficina: mesas, estanterías, archivadores y demás. Te has pasado la vida sentado en una silla que no se mueve. Estás bien plantado en el suelo. Pero cuando lo que tengas debajo sea el río, las cosas van a cambiar. Ser vicepresidente de Emerson-Gentry no te servirá de nada cuando te veas en los rápidos. Lo importante entonces no será lo que tu titulación dice que sabes hacer, sino lo que tú hagas. ¿Me entiendes? Lo que hagas *tú*.

Guardó silencio un momento y me desperté del todo, lo que hasta entonces no había terminado de hacer.

—Ya sé —continuó— que piensas que soy un fanático narcisista. Pero no lo soy.

—Yo no lo habría expresado así.

—Solo creo —dijo— que todo acabará dependiendo de lo que seamos capaces de hacer con nuestro cuerpo. Que a partir de cierto momento será así, hasta el fin de los tiempos. Y quiero estar preparado.

—¿A qué te refieres con «todo»?

—A la humanidad. Creo que las máquinas dejarán de funcionar, que los sistemas políticos se vendrán abajo y unas pocas personas se retirarán a las colinas, donde comenzarán de nuevo.

Lo miré. Lewis vivía en una urbanización de las afueras, como todos nosotros. Tenía dinero, una mujer atractiva y tres hijos. Yo no me creía que al cabo de todo un día tratando con sus inquilinos se abandonara sinceramente al asunto de la supervivencia; al menos en lo que a su cuerpo se refería. ¿Qué clase de fantasía era esa?, me pregunté. ¿Soñaba con un holocausto nuclear tras el que su familia y él se alzarían entre los restos de personas menos fuertes que ellos y emprenderían el camino hacia las colinas a las que ahora nos dirigíamos?

—Hace tiempo encargué que me construyeran un refugio antiaéreo —dijo—. Un día te lo enseño. Tenía puertas dobles y reservas de sopa en polvo y de carne enlatada para un par de años por lo menos. Teníamos juegos para los niños y un equipo de música y una colección de discos. Pero un día bajé y me quedé un rato sentado allí. Decidí que la supervivencia no dependía del metal remachado ni de las puertas con cierre hermético ni de las damas chinas. Dependía de mí. Era cosa de cada cual y de lo que uno fuera capaz de hacer. El cuerpo es lo único que no puedes impostar; siempre está ahí, contigo.

—¿Y si hay lluvia radiactiva y no se puede respirar? La radiación no respetará tu cuerpo.

—En ese caso, amigo mío —dijo—, no tendré más remedio que tirar la toalla. Pero si me veo en una situación en la que yo pueda hacer algo, no la quiero cagar. Ya me conoces, Ed. Sabes que me lanzaría a esas colinas, y creo que me las apañaría bien donde otros muchos no serían capaces de sobrevivir.

—¿Estás preparado?

—Creo que sí —dijo—. Psicológicamente no me cabe duda. A veces me parece que ya no puedo esperar más. Todo se ha ido a la mierda y es tan complicado que no me importaría que se viniera abajo de un plumazo, que solo sobrevivieran los más capacitados. Me dirás que estoy obsesionado con la supervivencia, que he perdido la cabeza. No creo que haya muchos que piensen como yo. La mayoría de la población lloraría y se tiraría de los pelos y caería presa de ataques de histeria y de violencia, pero creo que, en realidad, no le importaría que todo se acabara de una vez por todas.

—¿Compartes con alguien esas ideas? ¿Tu mujer lo sabe?

—Claro que sí. Se implicó mucho con lo del refugio. Ahora está aprendiendo a cocinar al aire libre. Se le da de maravilla. Hasta se plantea deshacerse de sus cuadros y empezar a pintar con otro estilo, más esencial, como el arte rupestre, sin pretensiones.

Tuve la certeza de que había hablado de esto largo y tendido con su mujer y puede que con unas pocas personas más, pero que, al mismo tiempo, nunca lo había hablado de verdad.

—¿Adónde irías? —pregunté—. ¿Adónde irías cuando las emisoras de radio dejaran de emitir, cuando no hubiera nadie que te dijera adónde ir?

—Seguramente al sur —dijo—, donde el clima sería mejor. Intentaría bajar a la costa de Florida; allí al menos podría pescar. —Señaló hacia delante, donde las colinas se deslizaban de un costado de la carretera al otro e iban ganando solidez—. O allí —dijo—. Adonde vamos ahora. Allí se podría salir adelante sin necesidad de construir sobre la arena.

—¿Cómo saldrías adelante?

—En el caso de que no todo estuviera muerto, podría vivir en contacto con la naturaleza, con las otras formas de vida. Una existencia donde las estaciones significaran algo, donde lo significaran todo. En la que pudieras cazar siempre que tuvieras necesidad, y puede que cultivar algo e ir tirando. Morirías joven y lo pasarías mal, y tus hijos también, pero estaríais en contacto con cuanto os rodea.

—No estoy tan seguro —dije—. Y si de verdad quisieras hacerlo, podrías irte ahora mismo. Podrías vivir en esas condiciones. Cazar, cultivar. Podrías pasarlo tan mal como si lanzaran una bomba de hidrógeno. ¿Crees que a Carolyn le gustaría esa clase de vida?

—No es lo mismo —dijo Lewis—. ¿No te das cuenta? Eso sería una excentricidad. La supervivencia se basa en *tener que sobrevivir.* La vida de la que te hablo se basa en que esa sea la única opción. La última de todas las posibles.

—Espero que no te veas en situación de demostrarlo —dije—. El precio que tendrías que pagar es demasiado alto.

—Ningún precio es demasiado alto —dijo Lewis, y supe que esa conversación había concluido.

—¿Cómo es ahora la vida por ahí arriba? —pregunté—. Antes de que llegues tú a la montaña y crees el Reino de los Precavidos.

—Seguramente no muy distinta de como sería entonces —dijo—. Algo de caza, mucho folleteo y un poco de trabajo en el campo. Destilar whisky. Hay mucha música, casi mana de los árboles. Todo el mundo toca algún instrumento: la guitarra, el banjo, el autoarpa, las cucharas y el dulcémele. Sería una lástima que Drew no oyera nada de música mientras estemos allí. Son buena gente, Ed. Pero muy suyos, con sus propias costumbres. Hacen lo que quieren, sin importar lo que sea. Todas las familias que he conocido por aquí tienen a algún pariente en la cárcel. Algunos por destilar licor o por venderlo, pero la mayoría por asesinato. En estos pagos no se le da demasiada importancia a matar a alguien. En serio. En general te dejan tranquilo si no te metes con ellos, y si a alguien le caes bien, se desvivirá por ayudarte. Y su familia también. Te voy a contar algo que me pasó hace dos años.

—Venga.

—Shad Mackey y yo estábamos bajando el arroyo Blackwell. El cauce llevaba poca agua y aquello era un aburrimiento. No hacíamos más que remar y el calor apretaba mucho. Shad dijo que prefería coger el arco e ir a cazar conejos corriente abajo. Desembarcó y acordamos reunirnos donde el arroyo se junta con el río Cahula, mucho más abajo de adonde vamos hoy. Se metió en el bosque rumbo al este y yo seguí por el arroyo. Me acuerdo de que vi a un gato montés bebiendo.

»Llegué al río, saqué la canoa a la orilla y me tumbé encima de una roca a esperarlo. No aparecía. Presté atención, pero, al margen de los sonidos del bosque, no oía nada. Estaba oscureciendo y empecé a preocuparme. No me gustaba la idea de que estuviera solo en el bosque ni la de tener que meterme allí a buscarlo. No estaba preparado. ¿Me entiendes? No estaba *preparado.* No tenía nada de comer. No llevaba el arco, imbécil de mí. Solo contaba con una navaja y un poco de cordel.

—Te lo tendrías que haber tomado como un reto, Lewis —dije sin poder contenerme.

Lewis no era susceptible a esos comentarios; no le afectaban.

—No era el reto apropiado —dijo—. En cualquier caso, yo estaba encima de la roca y el frío me iba calando en el cuerpo, hueso a hueso. De repente me da por mirar a un lado y me encuentro con un tipo allí plantado, mirándome fijamente. «¿Qué se te ha perdido por aquí, muchacho?», me dice. Estaba flaco y llevaba un peto y una camisa blanca remangada. Le dije que estaba bajando el arroyo con un amigo, Shad, y que estaba esperando a que volviera. Le costó creerme, pero poco a poco trabamos conversación. Seguro que tenía un alambique por los alrededores. Su hijo andaba cerca, me dijo. Me llevó con él, a medio kilómetro del río. El hijo estaba encendiendo una hoguera. Nos sentamos a hablar. «Dices que un amigo tuyo anda cazando con arco y flechas. ¿Él sabe cómo son las cosas por aquí?», me preguntó. «No», dije. «Más duras que una noche en una cárcel del sur de Georgia», dijo, «y sé lo que me digo. ¿Tienes alguna idea de por dónde anda?». Le dije que no. «Iba en aquella dirección la última vez que lo vi.»

Me entraron ganas de reír. A pesar de todo su fanatismo preparacionista, Lewis siempre acababa metiéndose en bretes como ese, a sí mismo y a los demás. Y yo esperaba con todas mis fuerzas que esta no fuera otra de aquellas ocasiones.

—¿Qué le pasó? —pregunté.

—La hoguera ardía con fuerza. Las sombras bailoteaban. El tipo se acercó a su chaval, que tendría unos quince años. Habló con él un momento y luego empezó a aproximarse a mí, pero a mitad de camino se detuvo y dijo: «Hijo, encuentra a ese hombre». Se me erizó el pelo del cogote. El chaval no abrió la boca. Cogió una linterna y un viejo rifle del 22 de un solo disparo. Tomó un puñado de balas de una caja y se las echó al bolsillo. Llamó a su perro y se puso en marcha.

—¿En serio? ¿Así, sin más?

—Partió en la dirección que yo le había señalado. No tenía más información. Ni él ni su padre sabían nada más. A eso me refería antes. No me importa que me lleves la contraria. Sé de lo que hablo. Fiabilidad. Ese es el tipo de vida que la garantiza. Aquel chaval no obedeció a su padre en contra de su voluntad. Sabía lo que tenía que hacer. Y se adentró en la oscuridad.

—¿Y qué?

—Pues que nosotros somos inferiores a ellos, Ed. Lo siento, pero es así. ¿Tú crees que Dean hará algo parecido cuando tenga quince años? En primer lugar, no tendrá que hacerlo.

Pero si no le quedase más remedio, no podría, no sería capaz de adentrarse en la oscuridad del bosque con su perro como aquel chico.

—Podría haber muerto. Y a lo mejor el padre era un cretino —dije.

—Tal vez, pero el chico no lo pensaba —dijo Lewis—. Es el tipo de actitud que pasa de padres a hijos. Si ambos la comparten, no hay problema. ¿Sabes a lo que me refiero?

En realidad no, pero no se lo dije.

—¿Cómo acaba la historia?

—A eso de las dos de la madrugada —dijo Lewis—, cuando la hoguera estaba a punto de consumirse y yo me había quedado dormido contra un tronco, el chico volvió con Shad. Se había roto una pierna y estaba tirado en el suelo, decidiendo qué hacer, cuando el muchacho lo encontró. Solo Dios sabe cómo.

—¿Y si no hubiera dado con él?

—No habría pasado nada —dijo Lewis—. Lo intentó. No tenía ninguna obligación. O a lo mejor sí. Pero, en cualquier caso, fue, y si no lo hubiera hecho, Shad habría tenido un problema.

—Vi a Shad el mes pasado en una situación mucho mejor, una reunión de trabajo —dije—. Sé que es amigo tuyo, pero no creo que mereciera la pena rescatarlo del bosque.

—Te has pasado, Ed.

—Sí. ¿Y qué?

—En realidad, yo pienso lo mismo —dijo al cabo de un momento—. No es un buen hombre. Bebe demasiado y no se vuelve precisamente ingenioso cuando lo hace. También habla más de la cuenta. Nunca se entrega a conciencia, ni en el río ni en el trabajo ni, estoy seguro, en la cama con su mujer o con quien sea. Pero esa no es la cuestión. Su vida y sus valores son cosa suya. El chico fue a buscarlo y lo sacó a cuestas del bosque por sus propios valores. Y su viejo y su modo de vida, ignorantes y repletos de supersticiones y de derramamiento de sangre y de asesinatos y de licor y de lombrices intestinales y de fantasmas y de muertes prematuras, eran la causa de esos valores. Yo admiro esa vida, y admiro a los hombres a los que engendra, y si tú no lo entiendes, que te den por el culo.

—Muy bien —dije—, pues que me den por el culo. Yo me quedo en la ciudad.

—Lo sé —dijo Lewis—. Pero te surgirán dudas.

—Puede que sí, pero no dejaré que me agobien.

—Ahí está el problema. La ciudad te ha domesticado.

—Por supuesto. Y a ti también, Lewis. Por mucho que deteste decírtelo, lo que haces no es más que actuar, finges ser quien no eres. Puede que yo también, como cuando finjo ser director de arte. Pero lo hago porque en ello van mi vida y la de mi familia. Tengo que hacerlo y lo hago. No sueño con una sociedad diferente. Aceptaré lo que venga. No leo libros ni elaboro teorías. ¿Para qué? Tú vives una vida de fantasía.

—Como todo el mundo. Lo que importa es cómo de fuerte es tu fantasía y si tú de verdad, *de verdad,* en tu fuero interno, encajas en ella, si das la talla de lo que has imaginado. No sé cuál será la tuya, pero sospecho que no estás a la altura.

—La mía es sencilla —dije. Sin embargo, no le conté qué formas habían adoptado mis fantasías últimamente, ni mencioné la media luna del ojo dorado de otra persona que se había manifestado en el centro de la espalda de mi mujer mientras rebotaba contra mí.

—También lo es la mía, y peleo por ella. Puede que nunca se dé una situación en la que me juegue la vida. Seguramente no. Pero ¿sabes una cosa? Duermo bien por las noches. No tengo preocupaciones. Me estoy convirtiendo en quien quiero ser, por intrascendente que pueda ser esa persona. No soy quien me obligan a ser. Soy lo que yo elijo ser, lo *soy.*

—Se puede ser de muchas maneras, diferentes de la tuya.

—Claro que sí. Pero esta es la mía. Me hace sentir satisfecho, como cuando sueltas la cuerda del arco y sabes que lo has hecho bien. Sabes adónde irá la flecha. No hay ningún otro sitio adonde pueda ir.

—Por Dios, Lewis —dije—. No tienes remedio.

—¿Quién sabe? —contrarrestó—. Creo en la supervivencia. En todas sus formas. Cada vez que vengo a las montañas, mi fe se reafirma. Pese a todas esas supuestas comodidades modernas, puedes sufrir una caída. Te puedes romper una pierna, como le pasó a Shad Mackey. Puedes quedarte tirado en el bosque, con la noche cerniéndose sobre ti, pese a tener dos coches en el garaje, uno de ellos un Jaguar, y una mujer y tres hijos, que están viendo *Star Trek* mientras tú resuellas entre la maleza. El cuerpo humano es el mismo que siempre. Continúa sintiendo miedo y dolor. La última vez que vine aquí…

—Tú sabes bien lo que duele una pierna rota, ¿verdad, colega?

—Claro —dijo—. Me la rompí como un imbécil, estando aquí yo solo. Había un arroyo truchero adonde quería ir a pescar, y el acceso era difícil. Me descolgué con una cuerda, diez metros, y conseguí llegar al río y pesqué… Pesqué sin tasa. Fue una de las mejores tardes de mi vida. Al subir para regresar a casa, la cuerda se me enrolló en la mano derecha, me hizo mucho daño, e intenté sujetarme con la otra para soltarla, pero se me escurrió y resbalé. Cuando me di cuenta de lo que había pasado, ya estaba en el aire. Caí sobre una pierna y oí que algo se rompía en la rodilla derecha. Lo pasé mal para salir del arroyo con los vadeadores puestos, y cuando intenté ponerme en pie, supe que estaba jodido.

—¿Cómo te las apañaste?

—Trepé por la cuerda, a pulso, y seguí cojeando, saltando sobre la otra pierna y arrastrándome. Ojalá nunca tengas que apañártelas con una sola pierna en el bosque. Me abrazaba a cada árbol como si fuera mi hermano.

—A lo mejor lo era.

—No —dijo Lewis—. Pero conseguí salir. El resto ya lo sabes.

—Sí. Y aun así, allá que vas.

—Por supuesto. Pero ¿sabes una cosa, Ed? Esa *intensidad* es algo especial. Aquella fue una gran salida a la montaña, a pesar de la rodilla rota. La noche previa había oído a Tom McCaskill. Solo por eso, ya mereció la pena.

—¿Quién es ese?

—Ahora mismo te lo cuento. Vienes a acampar a la montaña, en la orilla de los arroyos o en el interior del bosque, para cazar o lo que sea, y en mitad de la noche oyes de pronto el alarido más espantoso que jamás haya salido de garganta humana. Sin ninguna explicación. Lo oyes y ya. A veces una sola vez, otras se repite.

—¿Qué es, por Dios?

—Un viejo que cada par de semanas compra una garrafa de licor, o la destila él mismo, y se pierde con ella en el bosque en plena noche. Por lo que tengo entendido, deambula sin rumbo. Se limita a salir del camino y a caminar hasta que le parece que ya es hora de parar. Entonces enciende una hoguera y se sienta a beber. Cuando está lo bastante borracho se pone a aullar. Así se desahoga. Como se suele decir, no bebas si no lo sabes mear. ¿Tú sabes?

—No, pero a lo mejor aprendo en este viaje. No creo que tenga otra oportunidad. A lo mejor ni siquiera hace falta que nos metamos en el río. Quizá todo lo que tendríamos que hacer es sentarnos a beber y soltar alaridos. Drew tocaría la guitarra. Seguro que no nos costaría convencerlo. Seguro que él lo preferiría.

—Yo no. ¿Y tú?

—No rechaces algo antes de probarlo, como se suele decir —respondí—. Pero no, yo tampoco. De hecho, no veo la hora de subir a las canoas. Me he empapado tanto de tu mística rivereña que estoy seguro de que experimentaré una transformación fantástica en cuanto hunda el remo en el agua.

—Tú espera y verás —dijo—. Querrás repetir. Es algo auténtico.

Miré las siluetas azules de las montañas, cada vez menos traslúcidas y nebulosas, que se deslizaban de lado a lado de la carretera, retrocediendo y situándose justo enfrente de nosotros, luego volviendo a apartarse, pero sin cesar de ganar cuerpo. Atravesamos un paraje de matorrales y una llanura que se prolongó durante kilómetros, hasta la línea de las colinas, que habían ido virando del azul a un verde claro con toques dorados, el color de millones de hojas.

Alrededor del mediodía comenzamos el ascenso, sin dejar la autopista. En un cruce nos desviamos por una carretera estatal desde la que pasamos a una vieja vía, con firme de hormigón muy agrietado y salpicado de matojos; yo diría que databa de los años treinta, como poco, y era muy sinuosa. De ahí pasamos a otra carretera de hormigón, también abundante en curvas, baches y gibas, de cuyo mantenimiento no se ocupaba nadie.

Todavía nos quedaban más de sesenta kilómetros hasta Oree. Teníamos que llegar allí, encontrar a dos personas que llevaran nuestros coches a Aintry y luego bajar por el río hasta dar con un buen sitio donde acampar. Si era posible, también compraríamos más provisiones. Íbamos bien de tiempo, pero tampoco nos sobraba. Lewis pisó el acelerador; las malas carreteras siempre lo provocaban. La canoa daba botes y rechinaba encima de nosotros.

Estábamos rodeados de árboles, montones de árboles. Lo habría sabido aun con los ojos cerrados; los oía susurrar, luego espaciarse y a continuación adensarse de nuevo con otro susurro. Me sorprendió el colorido. Yo habría dicho que el único árbol que había en el estado era el pino, pero por lo que vi no era así. No sabía de qué especie se trataba, pero eran preciosos. Se mecían y cambiaban de color prácticamente ante mis ojos. Justo estaban empezando a cambiar de color, y el rojo de las hojas no era tan encendido como llegaría a ser. Pero ya estaba ahí, comenzando a aflorar.

—Mira esos árboles —dijo Lewis—. Yo he estado aquí en abril, que es cuando les sucede lo más increíble de todo.

—Ya me parecen increíbles ahora. ¿Qué quieres decir?

—¿Has oído hablar de la larva de la polilla del tilo?

—Por supuesto. A todas horas —dije—. Sinceramente, no.

—Todos los años, cuando salen las larvas, miras esos árboles y ves algo increíble.

—¿El qué?

—Un ahorcamiento en masa. El ahorcamiento voluntario de millones de larvas.

—¿Estás de broma?

—No, colega. Cuelgan de hilos. Allá donde mires, las ves, retorciéndose y balanceándose en el extremo de hilos, como hombres que no terminaran de morir. Las hay negras y las hay marrones. Y todo está en silencio. Muy silencioso. Pero son mala cosa. Se alimentan de las hojas de los árboles. El Gobierno está buscando una forma de deshacerse de ellas.

Hacía un día templado. Todo estaba verde, y a través del verdor asomaba una creciente tonalidad dorada que deslumbraba. Atravesamos Whitepath y Pelham, pueblos más pequeños que los anteriores, este último más aún que el primero, y empezamos a trazar curvas, siempre subiendo. Los bosques eran espesos entre las poblaciones.

—Atento a los ciervos —dijo Lewis—. Cuando no encuentran suficiente hayuco para comer, bajan a los maizales y a las cunetas.

Me fijé, pero no vi ninguno, aunque al salir de una curva me pareció ver algo que se metió de un brinco entre los árboles a nuestra derecha. Sin embargo, las hojas estaban inmóviles por donde había desaparecido, así que debió de ser cosa de mi imaginación.

Por fin llegamos a Oree. Quedaba claro que era la capital del condado, ya que tenía un pequeño ayuntamiento de fachadas encaladas; aneja a él se hallaba la cárcel, y a un costado había un anticuado camión de bomberos. Paramos en una gasolinera Texaco a preguntar si había alguien por allí que quisiera ganar algo de dinero. Cuando Lewis apagó el motor, el aire bulló de insectos y se hizo un intenso silencio. Un viejo con sombrero de paja y camisa de faena se asomó a la ventanilla del conductor. Parecía un paleto montañés de una película mala, un actor secundario demasiado metido en su papel como para resultar creíble. Me pregunté qué era lo que a Lewis le parecía tan especial; todo en Oree era somnoliento, putrefacto, feo y, sobre todo, irrelevante. Nadie de valía podría haber salido de un sitio así. No merecía ninguna atención, igual que la mayoría de los sitios y de las personas. Lewis le preguntó al tipo si él y alguien más podrían llevar nuestros coches hasta Aintry a cambio de veinte dólares.

—¿Hacen falta dos personas para conducir esto? —preguntó el hombre.

—Si fuera así, necesitaríamos a cuatro —dijo Lewis, y no dio más explicaciones. Se limitó a quedarse sentado a la espera. Yo miré la proa de la canoa, cuyo pico nos apuntaba desde arriba.

Al cabo de un largo minuto, Drew y Bobby se detuvieron a nuestro lado.

—¿Ve lo que quiero decir? —dijo Lewis.

Los otros dos se apearon del coche y se nos acercaron. El viejo se volvió como si lo estuvieran rodeando. Sus movimientos eran muy lentos, como los de alguien a quien no solo la avanzada edad le hubiera arrebatado la energía. Resultaba penoso verlo, sobre todo en presencia del poderoso bíceps de Lewis, que lucía sus abultadas venas pese a que lo tenía apoyado tranquilamente en el marco de la ventanilla. Por el rabillo del ojo atisbé las manos del viejo, salpicadas de manchas de la edad, que temblaban tanto que daba la impresión de que lo estaba haciendo a propósito. A la gente del campo siempre le pasa algo, pensé. Las pocas veces que yo había estado en el sur rural, siempre me había sorprendido la cantidad de dedos amputados que veía. Sin esforzarme mucho, había llegado a contar una veintena, como mínimo. También había visto a personas con deformidades de nacimiento o causadas por alguna enfermedad, además de a ciegos y a tuertos. Supongo que se debía a la falta de tratamientos médicos adecuados. Pero había algo más. Se podría pensar que la vida en la granja es muy sana, con tanto aire puro y alimentos frescos y actividad física, pero nunca me he encontrado a ningún granjero que no tuviera algún problema, que en la mayoría de los casos saltaba a la vista. Tampoco he visto a ninguno en buena forma. Y mucho menos a alguno que se pareciera a Lewis. El trabajo físico debía de ser increíblemente peligroso, a pesar del aire puro y la luz del sol, pensé; por ejemplo, un brazo se te puede quedar atrapado entre las piezas móviles del tractor, en mitad del campo, donde no hay nadie, y lo único que hará el sol será alumbrar el interior de tu boca mientras te desgañitas. Y en el bosque es muy fácil que te pique una serpiente al pasar por encima de un tronco carcomido; y cantidad de animales domésticos pueden hacer un movimiento brusco y aplastarte contra la pared astillada de una casilla del establo. Yo no quería que me pasara nada de eso, y tampoco quería estar cerca de donde solía suceder. Pero allí estaba, en el país de la gente con nueve dedos, sin escapatoria posible, salvo por el agua.

Miré hacia los árboles y luego eché un vistazo de reojo a mi arco. Nunca me había adentrado tanto en el bosque como lo haría, sin duda, en aquella salida; habría más animales de los que había visto en mi vida, y serían más peligrosos. Lewis creía que aún quedaban unos pocos osos y cerdos salvajes en las montañas, aunque también decía que seguramente estos últimos fueran ejemplares domésticos que se habían escapado. Pero, según me explicó, se asilvestran rápidamente: les crece un collarín de pelo en el cogote, se les alarga el hocico y se les afilan los colmillos, y en seis o siete años no eres capaz de distinguirlos de los que hay en Rusia, salvo quizá por una muesca en una oreja o una argolla en la nariz. Yo sabía que no era probable que nos topáramos con un oso o un cerdo salvaje; era pura fantasía. Pero, para mí, cazar también era una suerte de fantasía. La idea de matar un ciervo real pendía, vaporosa y remota, sobre la silueta del ciervo de papel a cuarenta metros en la sexta diana del campo de tiro cada vez que yo apuntaba a la zona del corazón y los pulmones, señalada en negro.

—Amigo, me gusta cómo lleva el sombrero —le dijo Bobby al viejo.

El tipo se lo quitó y lo miró con atención; no tenía nada de especial, pero lo llevaba con una inclinación peculiar, desenfadada a la par que arrogante, que solo se encontraba en el sur. Se lo volvió a poner, con la misma inclinación de antes, ahora hacia el otro lado de la cabeza.

—No tienes ni idea tú —le dijo a Bobby.

—¿Nos puede contar algo de estas tierras? —preguntó Drew—. Por ejemplo, si quisiéramos bajar por el río hasta Aintry, ¿podríamos?

El tipo le dio la espalda a Bobby con tal rotundidad que me hizo girarme para comprobar si como resultado del gesto mi amigo había desaparecido. Bobby lucía el tipo de sonrisa que puede preceder a un comentario cruel.

—Bueno —dijo el tipo—, es muy rocoso en algunas partes. Si llueve, sube mucho, pero no rebasa las riberas, al menos en la mayor parte del recorrido. No hay peligro de que el valle se inunde. De todas maneras, allí no hay nada. Lo más lejos corriente abajo que yo he estado es Walker's Point, a veinticinco kilómetros, donde el terreno empieza a subir. En las rachas de sequía la corriente casi desaparece. Te tienes que asomar entre las rocas para verlo. Y dicen que hay otra garganta grande más al sur, pero yo no he estado.

—¿Cree que podemos bajar el río? —preguntó Drew.

—¿En qué?

—En estas dos canoas.

—Yo ni lo intentaría —dijo, irguiéndose—. Si llueve se pueden ver en problemas. El agua trepa roca arriba como un mono.

—Qué diantres —dijo Lewis—. No va a llover. Mirad el cielo.

Lo miré. Estaba completamente despejado, de un azul calinoso. Por ahí no vendrían problemas, siempre que siguiera así.

—Si llueve, buscaremos un sitio donde refugiarnos —dijo Lewis—. No sería la primera vez que lo hago.

—Les costará encontrar un refugio si se meten en esa garganta.

—Nos las apañaremos.

—Muy bien —dijo el viejo—. Ustedes me han preguntado. Yo les he respondido.

Drew y Bobby se dirigieron a su coche y el viejo de la gasolinera los siguió.

—¿De quién es esa guitarra? —le oí preguntar.

Un segundo después estaba trotando de vuelta a la gasolinera como un perro que hubiera aprendido a caminar sobre las patas traseras.

—Lonnie —gritó—, ven aquí.

El viejo volvió seguido por un niño albino con los ojos de color rosa, como los de un conejo blanco; uno miraba fijamente en un ángulo alocado y complejo. Era el ojo con el que nos estaba mirando, mientras su cara apuntaba en otra dirección. El ojo sano y racional miraba hacia un punto indefinido entre el polvo de la carretera.

—Coge el banjo —dijo el viejo. Y a Drew—: Venga, toque algo.

Drew sonrió, abrió la puerta trasera de su coche, sacó la gran Martin astillada y se colocó las púas de dedo. Fue a la parte delantera del Olds y puso un pie en el estribo para apoyar la guitarra en el muslo. Afinó un minuto y Lonnie regresó con un banjo de cinco cuerdas envuelto en trapos viejos sujetos con bandas elásticas.

—De lo único que sabe Lonnie es de tocar el banjo —dijo el viejo—. Nunca ha ido a la escuela. Cuando era pequeño se sentaba en el patio a dar palos a una lata de grasa.

—¿Qué tocamos, Lonnie? —preguntó Drew, con la mirada empañada de placer.

El muchacho se quedó ahí plantado, sujetando el banjo; cada ojo miraba en una dirección diferente, y nosotros quedábamos en el punto ciego.

—Lo que sea —dijo el viejo—. Toque lo que sea.

Drew se lanzó con «Wildwood Flower», punteando a medio tempo, sin prisa. Lonnie quitó las bandas elásticas y sacó el banjo de su funda de trapos. Drew subió de volumen; la Martin resonaba en la gasolinera polvorienta. Yo nunca lo había oído tocar tan bien y escuché con verdadera atención, emocionado como cuando alguien que no entiende de música se da cuenta de que está oyendo algo bueno de verdad. Al cabo de poco rato fue como si Drew hubiera empezado a añadir otra clase de sonido a cada nota, como un diminuto eco de la melodía, más agudo, y me di cuenta de que era el banjo, tocado de manera tan suave y diestra que sonaba como una parte más del punteo de Drew. Yo no le veía la cara a mi amigo, pero su nuca bastaba para dejar claro lo mucho que estaba gozando. Abandonó la melodía y se lanzó a improvisar, y Lonnie lo siguió. No enfatizaba nada, pero todo cuanto tocaba fluía con una naturalidad sin trabas y en apariencia inacabable. Sus manos, cubiertas de arañazos, se tomaban su tiempo; los dedos se movían lo imprescindible, como los de un buen mecanógrafo; la música manaba de forma natural. Durante los dos últimos minutos del tema, Drew se quedó atrás, se adelantó y se puso a la par de Lonnie. Juntaron los instrumentos y se inclinaron uno al lado del otro en la pose que adoptan los grupos vocales y los cantantes folk de pega en los programas de televisión, y de pronto ofrecieron una imagen extraña e irrepetible, el crío de campo enajenado y el urbanita influyente y respetable, el líder comunitario que tiene los setos del jardín pulcramente podados. Me alegré de que Drew hubiera venido. Aunque solo fuera por aquel momento, para él ya habría merecido la pena.

—¡Por Dios! —exclamó al terminar.

—Vamos, Drew —dijo Lewis—. Deja eso. El río nos espera.

—Podría pasarme todo el día tocando con este chico —dijo Drew—. ¿Podéis esperar un minuto? Me gustaría saber su nombre y su dirección.

Se volvió hacia Lonnie y luego hacia el viejo; creo que temía que el niño no supiera decirle su nombre completo y sus señas. Se alejaron unos pasos, casi hasta salir de la gasolinera, mientras hablaban. Drew le pasó la Martin al viejo, sacó de un bolsillo un lápiz y su cartera y tomó nota con cuidado de lo que le dijo el hombre. En un momento dado, el anciano le puso la mano en el hombro a Drew. Este regresó con nosotros y el viejo y Lonnie entraron en la gasolinera.

—¿Sabéis qué? —nos dijo Drew—. Me gustaría volver aquí, solo para oír música. Creía que todos los punteadores auténticos se habían ido a Nashville hace mucho.

—¿Qué hay del río? —preguntó Lewis.

—Dice que aquí, en el pueblo, no hay ningún sitio por donde entrar al agua. La orilla es muy escarpada. Pero a trece o quince kilómetros al norte el terreno se vuelve llano. Puede que haya una pista forestal. Hace años había un aserradero por allí y el tipo cree que debe de quedar alguna pista que nos lleve al río, o cerca.

—¿Y los conductores?

—Aquí no sabe de nadie, pero hay un par de hermanos que tienen un taller que nos pilla de paso, y a lo mejor ellos se pueden encargar.

Salimos del pueblo. Estábamos a mayor altura de lo que me había parecido. Cruzamos un puente, entre cuyos pilares destellaba el río. Era de color verde, pacífico, lento y, según mi impresión, muy estrecho. No parecía hondo ni peligroso, solo pintoresco. Costaba imaginar que en alguna parte discurriera por un bosque, o que los animales bebieran de él, o que fuera a ser represado para convertirse en un lago.

Nos detuvimos como a medio kilómetro al norte del pueblo. Lewis pensó que sería buena idea que Drew y Bobby fueran a comprar provisiones mientras él y yo solucionábamos lo de los coches. Veíamos el taller mecánico de los hermanos Griner desde donde estábamos, y Lewis le dijo a Drew que se reunieran allí con nosotros en media hora. Fuimos al taller.

Había una casa de madera aneja. Llamamos a la puerta. Nadie respondió. Un perro se asomó a una ventana. Del taller de chapa galvanizada provenía un martilleo, pero la puerta delantera estaba cerrada con una gruesa cadena y un candado. Fuimos a la parte de atrás. Había una puerta doble y una de las hojas estaba entreabierta. Entramos, Lewis el primero.

Estaba oscuro y olía a hierro, hacía calor, la clase de bochorno que se acumula en un espacio cerrado que hace que el sudor mane como si se hubiera estado almacenando en el cuerpo a la espera de la señal acordada. Había yunques por doquier, en pie o tumbados, y del techo colgaban cadenas, cubiertas por una gruesa capa de grasa endurecida. Había ganchos y puntas afiladas por todas partes: herramientas, clavos y latas abiertas y oxidadas. Había baterías encima de bancos y en el suelo, luminiscentes y verdes, y desde todas las direcciones, en particular desde el alto techo, llegaba un martilleo metálico cuya función parecía ser dejarte sordo e incluso ciego. Resultaba extraño hallarse allí, ignorados todavía, padeciendo aquella estridencia metálica en la semioscuridad.

Avanzamos hacia el martilleo, que parecía tener origen en el exterior del cobertizo, en el tejado, en las paredes de metal y en nosotros mismos, al unísono. Estábamos lo bastante cerca de la fuente del sonido como para encogernos involuntariamente con cada golpe, cuando de repente cesó. El aire a nuestro alrededor pareció ganar densidad. Para entonces ya veíamos algo, pese a que allí había menos luz que donde las baterías y los yunques. Encima de una mesa vislumbramos lo que parecía el cubo de una rueda de camión, sobre el que se inclinaba una silueta voluminosa. Nosotros seguíamos siendo invisibles. Yo estaba a punto de decir algo cuando la silueta se irguió y se dio media vuelta.

Sin pronunciar palabra y sujetándose una mano con la otra, el hombre pasó entre nosotros camino de la luz sesgada que entraba por la puerta. Yo me aparté instintivamente y por un instante me pareció que Lewis le salía al paso; el corazón se me subió a la garganta, incapaz de comprender qué estaba pasando o estaba a punto de pasar. El movimiento de Lewis para interceptar al hombre, si es que hubo tal movimiento, me pareció tan instintivo como lo había sido el mío al apartarme, pero a día de hoy sigo sin poder decir si realmente sucedió; quizá me engañaran la perspectiva o la oscuridad. Lo seguimos afuera.

Salimos al patio de hierba rala, con calvas de tierra gris, iluminado por el sol, y lo encontramos en pie con las piernas abiertas y mirándose la mano, que tenía un corte en la parte carnosa entre el pulgar y el índice. Era inmenso, diez kilos más pesado que Lewis. Llevaba unos pantalones de peto y una anticuada camiseta interior sin mangas, gorra de maquinista ferroviario y botas del ejército con la caña recortada. Se sujetaba la mano herida con la otra a la altura de la cintura, girándola a un lado y al otro a la luz del sol. Daba la impresión de que para mantenerla bajada necesitaba de toda la fuerza de su otra mano, así como de la del resto del cuerpo.

No hay una buena forma de comenzar una conversación en circunstancias semejantes. Yo solo quería largarme para no tener que explicar qué estaba haciendo allí, pero Lewis se acercó al hombre y le preguntó, con una educación poco habitual en él, si necesitaba ayuda.

—No —dijo el hombretón, mirándome fijamente a mí en lugar de a Lewis—. No es tan grave como pensaba.

Sacó un pañuelo sucio del bolsillo, se envolvió la mano con él y apretó el nudo ayudándose de los dientes.

Lewis esperó hasta que el otro se aseguró de que el nudo estuviera bien firme.

—Me preguntaba si tú y alguien más, a lo mejor tu hermano, querríais llevar nuestros coches hasta Aintry por veinte dólares. Si queréis que un tercero vaya con otro coche para que luego podáis volver a Oree, os daremos a los tres diez dólares por cabeza.

—¿Llevarlos allí para qué?

—Queremos bajar en canoa el Cahulawassee y nos gustaría que nuestros coches nos estuvieran esperando en Aintry cuando lleguemos allí pasado mañana.

—¿En canoa? —dijo; su mirada saltaba entre nosotros dos.

—Eso es —confirmó Lewis, achicando los ojos—. En canoa.

—¿Conocéis el río?

—No —dijo Lewis—. ¿Y tú?

La cara gruesa y alargada de Griner se volvió hacia él; ambos se sostuvieron la mirada; el sonido de los grillos entre la hierba que rodeaba el taller parecía un estruendo de escudos impactando contra armaduras. Me di cuenta de que el hombre se sentía insultado; el mismo Lewis me había advertido de que lo peor que puedes hacer con los montañeses es replicarles.

—No —respondió Griner lentamente—. Hace mucho que no voy al río. Allí no hay nada que merezca la pena. La pesca no es buena.

—¿Y la caza?

—Nunca he cazado allí. Y si yo fuera tú, tampoco lo haría. ¿Por qué vais?

—Porque está ahí —contestó Lewis, en realidad dirigiéndose a mí.

—Ah, pues muy bien —dijo Griner—. Pero si luego no podéis salir, vais a desear que no hubiera estado ahí.

Yo sentía un vacío en el pecho, y el corazón me batía igual que un yunque. Quería largarme, volver a la ciudad y olvidarme de aquello. Me repugnó lo que estábamos haciendo.

—Oye, Lewis —dije—, a la mierda con todo. Vámonos a jugar al golf.

No me hizo caso.

—Bueno, ¿puedes hacerlo? —le preguntó a Griner.

—¿Cuánto dinero has dicho?

—Veinte dólares si sois dos hombres. Treinta en el caso de ser tres.

—Cincuenta —dijo Griner.

—¿Cincuenta? Y una mierda —dijo Lewis.

Por Dios, pensé, ¿por qué tiene que ser así? Yo estaba cagado de miedo y me arrepentía de haberme dejado arrastrar a semejante situación. Nadie te ha obligado a venir, me dije. Pero nunca volvería a hacerlo. Nunca jamás.

—¿Qué tal cuarenta? —propuso Griner.

Lewis pateó el suelo y se volvió hacia mí.

—¿Tú tienes diez?

Le di el dinero.

—Veinte ahora —le dijo Lewis—. El resto te lo mandaremos. Somos hombres de palabra. Lo tomas o lo dejas.

—Por mí de acuerdo —dijo Griner, aunque costaba creer que estuviera siendo sincero. Cogió los billetes, les echó un vistazo y se los metió en el bolsillo. Salimos del patio del taller, rodeamos la casa y volvimos a la camioneta.

—¿A ti qué te parece? —le pregunté a Lewis—. ¿Volveremos a ver los coches? Ese es un hijoputa de cuidado. ¿Qué les impide a él y a su hermano largarse y venderlos?

—Que lo conocemos —dijo él de manera práctica—. Y no gana veinte dólares tan fácilmente todos los días. Los coches estarán allí cuando lleguemos, seguro. No te preocupes.

Unos minutos después, Griner salió de la casa con su hermano, que era incluso más grande que él. Parecían dos defensas de fútbol americano en su primera temporada después de retirarse, cuando trabajan como vigilantes nocturnos y los músculos se les empiezan a ablandar. Ni siquiera nos molestamos en presentarnos; la idea de que a lo mejor nos deberíamos haber dado la mano no se me ocurrió hasta años después. Todavía me pregunto qué habría pasado si lo hubiéramos hecho.

Llegó el coche de Drew. Les dijimos que todo estaba arreglado. Los dos hermanos y otro hombre —que apareció de la nada— se subieron a una vieja camioneta Ford con calvas en la pintura por las que se veía el metal de la carrocería, y nos siguieron. Yo pensé que tendríamos que ser nosotros quienes los siguiéramos a ellos, pero en la gasolinera Lewis había conseguido toda la información que necesitaba; no mucha, pero suficiente para él. Sabía dónde estaba el río, aproximadamente, sabía que al norte el terreno se allanaba y sabía que había habido un aserradero en el bosque, cerca de la ribera. La posibilidad de que toda esa información fuera errónea no le afectaba en absoluto. Iba ya rumbo a su destino.

Al cabo de un rato se desvió por un camino de tierra. Lo recorrimos durante bastante tiempo, conduciendo demasiado rápido y levantando una polvareda ocre que cubría la camioneta que llevábamos detrás. Pasamos ante varias granjas y por la cresta de un campo abierto, en un tramo tan recto como un surco de arado, dejando a derecha e izquierda maizales abandonados, y nos metimos en un pinar caluroso que no dejaba de bajar y bajar. El camino empeoró. Comenzó a desviarse hacia la autopista, y Lewis asomaba la cabeza por la ventanilla como si quisiera reorientar el camino hacia donde él creía que estaba el río. Cuando giró, lo hizo de manera tan inesperada que pensé que habíamos chocado con algo. Continuamos bajando, con el material rebotando en la parte de atrás. Lewis se irguió en el asiento. Los arbustos arreaban trancazos a los bajos de la camioneta. Yo miré hacia atrás. Los otros vehículos no nos seguían. Pensé que a lo mejor, al ir Lewis tan rápido, los habíamos perdido al dar el giro, pues, si también hubieran girado, deberíamos verlos.

El camino trazó un semicírculo cerrado y concluyó de pronto. Ante nosotros no había más que unos tablones renegridos tirados en el suelo y una chimenea de piedra que asomaba entre la maleza. Un lagarto se detuvo sobre la chimenea con la cabeza erguida. Un viejo caballete de madera se alzaba en solitario en lo que parecía un foso de arena.

—Bueno —dijo Lewis—, la hemos cagado.

—Quizá sea mejor que ellos nos guíen hasta el río.

—Nos las apañaremos solos.

Dio marcha atrás metiéndose entre la maleza y maniobró para enfilar el camino en el sentido opuesto. Cuando llegamos a la carretera, la otra camioneta nos estaba esperando, con el coche de Drew a la zaga. Yo me había preguntado por qué

Drew no nos había seguido, pero era más propio de él quedarse detrás de la otra camioneta; no sabía el camino y prefería fiarse de quien sí lo conociera.

El primero de los Griner asomó la cabeza.

—¿Adónde vas, chico de ciudad?

Lewis se sonrojó.

—En marcha —dijo.

—No, no —dijo Griner—. Tú delante. Verás como lo acabas encontrando. Es el río más grande del estado.

Lewis se adelantó, de nuevo a mucha velocidad. La carretera se desvió hacia la derecha, luego a la izquierda y empezó a bajar. Vi que entre los árboles había algunos tocones.

—A lo mejor el aserradero estaba por aquí —dije.

Lewis asintió.

—Por aquí han pasado taladores —dijo—. Nos estamos acercando.

A medida que la carretera descendía, se iba desdibujando. Acabó siendo nada más que el fantasma de una carretera; costaba creer que por allí hubieran circulado vehículos; apenas se diferenciaba del resto del bosque. Aflojamos la marcha. Tuvimos que pasar por un tramo donde parte del camino se había venido abajo en un corrimiento de tierras; casi no quedaba anchura suficiente para la camioneta. Nos habría costado pasar incluso con un todoterreno.

De repente, la carretera desapareció bajo un muro de vegetación. No se me ocurría cómo podríamos volver atrás.

—Espera —dijo Lewis, y adelantó un poco más el vehículo. Nos envolvieron ramas de rododendro y de laurel con un suave crujido leñoso. Una entró de golpe por mi ventanilla y quedó apoyada contra mi pecho.

Nos habíamos detenido, y yo permanecí sentado, sintiendo la presión del bosque; miré hacia abajo y vi que una hoja temblaba al ritmo de mis latidos.

Lewis se puso un dedo en la oreja.

—Escucha —dijo.

Y eso hice, sin apartar la rama. Al principio no oí nada. A continuación, algo pareció brotar de debajo del silencio, algo constante, regular y sin fin. Lewis puso el motor en marcha, yo aparté la rama y la ayudé a salir por la ventanilla mientras bajábamos lentamente, entre el susurro del follaje. La carretera concluía en la base de un terraplén natural, al pie del cual discurría una zanja. Me apeé, mirando el suelo por si había serpientes. ¿Qué demonios se me ha perdido aquí?, pensé. Pero cuando volví a la camioneta para averiguar qué estaba haciendo Lewis, me vi reflejado en la ventanilla trasera: un hombre del bosque, un explorador, un guerrillero, un cazador. Debo reconocer que me gustaron tanto la idea como la imagen. Incluso aunque aquello no fuera más que un juego, una charada, yo me había prestado a ello, y allí estaba, en el bosque, donde habían de estar las personas con mi apariencia. Algo estaba haciendo bien. Toqué la vaina del cuchillo, que llevaba a la cintura, y recordé que todos los hombres habían sido niños antaño, y que estos siempre andan buscando modos de convertirse en hombres. Algunos modos son fáciles; todo cuanto tienes que hacer es disfrutar de lo que estás viviendo.

Lewis se adelantó y saltó la zanja. Trepó por el terraplén y por un momento fue el hombre que más alto estaba en todo el bosque, con las manos en las caderas, mirando hacia el otro lado. Yo también empecé a subir; quería ver lo mismo que él. Lewis bajó por el otro lado mientras yo todavía estaba subiendo, sintiendo por primera vez en años el tacto de la tierra. Desde la cima solo vi más árboles, y a Lewis, con su ropa de camuflaje y el sombrero australiano. Bajé en dos o tres saltos torpes y me llené las zapatillas de hojas podridas. Abajo había un charco. Alrededor crecían unos árboles con hojas delgadas, como sauces —puede que fueran sauces—; yo no veía más allá del charco;

me fijé en que el agua no estaba estancada, sino que se movía lentamente. Y entonces me percaté del ruido: habíamos llegado al río casi sin darnos cuenta, y ahora parecía rodearnos.

Lewis brincó por encima del charco y yo lo seguí, agarrándome a los retoños siempre que podía. Él se detuvo y lo alcancé. Apartó una brazada de ramas con hojas lanceoladas. Me asomé para mirar fuera —o dentro— de la ventana cenicienta, de bordes irregulares, que él había abierto.

Ante nosotros se desplegó el río. Era verdegrís, muy limpio y asimismo provisto de cierta lechosidad; parecía como si su agua pudiera cobrar velocidad y cubrirse de espuma con más facilidad que cualquier otra. Tenía unos cuarenta metros de anchura y era poco profundo, de menos de un metro. El lecho estaba cubierto de limpios guijarros pardos. No podíamos ver a mucha distancia corriente arriba ni tampoco corriente abajo, por la posición en la que nos encontrábamos y a causa de los sauces, pero contemplamos discurrir el tramo que teníamos delante; nada flotaba en su superficie, ni siquiera una ramita: era como si el agua flotara sobre las ramas y las hojas que Lewis mantenía apartadas. Las soltó y volvieron a su posición con un movimiento grácil, ocultando el río.

—Ahí está —dijo Lewis, mirando todavía al frente.

—Es bonito —dije—. Muy bonito.

Nos llevó un buen rato descargar las canoas de los vehículos y pasarlas por encima de la zanja y del terraplén. Lewis y Bobby tiraron de ellas, tras atar unas cuerdas a la proa, y Drew y yo empujamos por la popa. Luego las arrastramos entre los sauces. Botamos la canoa de madera en primer lugar. Lewis se metió en el agua, hundiéndose hasta las rodillas en el limo de la ribera, y supervisó el estibado. Las dos canoas tenían fondo de tablas, aunque solo las sostenía su propio peso y el de los bancos. Acomodamos primero los productos perecederos y encima las tiendas impermeables y lo demás, y lo sujetamos todo con cuerdas, que atamos a las tablas del fondo. Drew se metió en el agua, y yo después. Lewis volvió a tierra.

—¿Y tu guitarra? —gritó Bobby desde lo alto del terraplén.

—Tráela —dijo Drew, y luego, dirigiéndose a mí—: No me importa perder esa vieja Martin en el río, pero no me lo perdonaría si se la quedaran esos tipejos.

—Espero que no se estropee si volcamos.

—No sé tú —dijo Drew, haciendo su mejor imitación del acento paleto—, pero este de aquí no tiene intención de acabar en el agua. Y yo voy contigo, no con el señor Lewis Medlock. Me ha bastado con ver cómo conducía por esos caminos de los que no sabía nada.

—Vale —dije—. Por mí perfecto. Pero deberías saber que maneja muy bien la canoa, a diferencia de mí. Es fuerte como el demonio y está en forma. Yo no.

—Me arriesgaré —dijo—. Y la señorita Martin también.

Lewis y Bobby iban y venían entre los sauces trayendo cosas, y Drew y yo las colocábamos bajo las tiendas de la mejor manera que sabíamos. Lewis se tendría que haber quedado en el agua, pensé. Seguramente lo habría estibado todo mucho mejor que nosotros, que nos tambaleábamos con los pies hundidos en el limo.

Por fin Bobby salió de entre los árboles por última vez.

—Estamos —dijo.

—¿Lo de los coches está arreglado?

—Sí, hasta donde yo sé —respondió—. Lewis está hablando con esos tipos. Os aseguro que me alegro de perderlos de vista.

A lo lejos oímos ponerse en marcha un vehículo. Pensé que no tenía ni idea de quién era el tercer pasajero de la camioneta; no le había visto la cara, ni siquiera me había fijado en él.

—Dudo mucho —dijo Bobby— que puedan retroceder por donde hemos bajado.

—Es verdad —dijo Drew—. ¿Y si no pueden?

—Nosotros ya nos habremos ido —dije—. Será problema suyo.

—Y una mierda —dijo Bobby—. ¿Qué hacemos si llegamos a ese sitio, como se llame, y los coches no están?

La voz de Lewis llegó de entre el follaje.

—Estarán —dijo—. No os preocupéis por eso.

Ya teníamos puestos los chalecos salvavidas y yo sujetaba la canoa de madera para que Bobby embarcara. Subió a bordo de una zancada, sin meterse en el agua. A continuación, montó Lewis. Su peso hundió la canoa, volviéndola tan estable como podía llegar a ser.

—Muy bien —dijo Lewis—. Suelta.

Eso hice. Se alejaron flotando. Los miré por encima del hombro. Mis pies apuntaban hacia la orilla; estaba tan hundido en el limo que no sabía cómo iba a salir de allí. Enraizado en el fondo, sujeté la canoa de aluminio mientras Drew se subía a proa y cogía un remo.

—¿Cómo se maneja esto? —me preguntó.

—Pues se maneja —dije— como se maneja.

Liberé un pie del limo a costa de que el otro se me hundiera el doble, así que me agarré a una rama larga y tiré de mí mismo mientras el río me atenazaba la pierna izquierda.

—No me suelta.

—¿Quién no te suelta?

—El río.

Forcejeé y tiré de la rama hasta liberarme. Tomé impulso en la orilla y, dando una larga zancada, subí a la popa de la canoa, que se balanceó junto con toda su carga. Empujando con los remos, nos apartamos de la orilla.

Un suave impulso se apoderó de la canoa. La orilla quedó atrás. Percibí la compleja urgencia de la corriente, como si estuviera compuesta por numerosas hebras de las que alguien tirara, lo que me hizo sentir como siempre me sentía en el momento de perder la consciencia por las noches: como si me encaminase hacia algo desconocido e inevitable, pero de lo que al cabo retornaría. Hundí el remo.

Las películas y las ilustraciones de indios que aparecían en los calendarios me daban una idea aproximada de lo que tenía que hacer, y remé despacio, moviendo el remo hacia abajo y a lo largo de la banda izquierda de la canoa. La proa, donde iba Drew —comprendí que hacerle remar por un costado o por el otro para virar iba a ser complicado—, se orientó acusadamente hacia el centro del cauce, donde la corriente era más rápida. La sensación de velocidad no podría haber sido mayor, pese a que hacíamos poco más que ir a la deriva, sin control y lastrados por el material. Aguas abajo, a Lewis y a Bobby no les iba mucho mejor. Sus paladas eran ineficientes y faltas de coordinación, pese a que Lewis se estaba esforzando. Supuse que estaba dejando que Bobby se familiarizara con el agua y decidiera por qué lado prefería paletear. Le dije a Drew que remara por la derecha y probamos a dar unas brazadas al unísono mientras pasábamos por una zona poco profunda, donde el agua cobraba velocidad y rompía sobre bancos de grava gris parduzca. Encallamos y rascamos el fondo.

—Sigue. Prueba a remar con más fuerza —dije—. Tenemos que conseguir que esto se mueva como nosotros queremos.

Hundió el remo y yo también. Logramos un buen ritmo, que nos condujo hacia una curva. En un par de ocasiones, mi remo tocó las rocas del fondo, transmitiendo a mis manos una sensación extraña, disonante e íntima. Embocamos la curva cuando la otra canoa ya se perdía de vista al otro lado. Remé un poco más fuerte para hacernos girar con la corriente. Drew miró hacia atrás, el sol se reflejó en sus gafas, el chaleco salvavidas no se movió. Su cara, de perfil, lucía una sonrisa enorme.

—¿Has visto? —dijo—. ¿Qué te parece?

—¿Que qué me parece? Pues estupendo.

Cuando nos enderezábamos al salir de la curva tuve la repentina impresión de que algo iba mal. Algo le sucedía al río o a la otra canoa. Lewis y Bobby avanzaban de costado con la mansa corriente, y Lewis hacía cuanto podía por enderezar la proa. Bobby no sabía qué hacer, me pareció, aunque trataba de ayudar. Ahora iban río abajo de culo. Drew se llevó una mano a la cara. Pensé en gritarle algo a Lewis, pero me contuve. A veces me reía de él, pero aquel no era el momento. Drew y yo descansamos, con los remos fuera del agua y la boca cerrada. La corriente nos llevaba y éramos libres de mirar lo que sucedía. Bobby renunció a remar, y Lewis, por pura fuerza de voluntad, logró volver a poner la canoa de costado, pero justo entonces fueron a dar contra dos rocas que asomaban del agua a la misma altura, y allí se detuvieron. Lewis las empujó con el remo y con las manos, y luego intentó liberar la canoa inclinándola mediante el recurso de echar su peso a un lado. Al final se apeó, se metió en el río y tiró de la canoa. Drew y yo llegamos a su altura y yo remé hacia atrás para aminorar la marcha. Llevado por un impulso, salté al agua para echar una mano. Lewis y yo empujamos y tiramos, Bobby seguía en la proa con gesto impasible: un peso muerto.

Al cargar la canoa, yo no había sido consciente del agua, pero ahora sí. Era algo trascendente; su movimiento era fruto de la orografía del terreno a lo largo de cientos de kilómetros corriente arriba y corriente abajo, y de miles de años de antigüedad. La sensación de hallarme allí de pie era tan grata, tan refrescante, distinta e infinita, el agua se arremolinaba alrededor de mis genitales con tal vitalidad e indiferencia, que no quise ni pensar en ponerle fin.

—Tomemos una cerveza —dije.

Lewis se enjugó el sudor y rebuscó debajo de las tiendas y las lonas. Sacó cuatro latas de una bolsa de polietileno llena de hielo derretido y tiramos de las anillas para abrirlas. Todos estábamos sedientos después del esfuerzo y los nervios de cargar las canoas, y mi sed y la de Lewis se remontaban al taller de los hermanos Griner, donde yo había perdido más líquido del que creía que había en mi cuerpo. Me bebí la lata de un largo, pausado y épico trago.

Miré alrededor. Estábamos en mitad de una granja que se extendía por ambas empinadas orillas, por una más que por la otra, y que parecía batallar con el bosque para conservar su terreno. En una hondonada a mi derecha, mirando corriente abajo, bebía una vaca; en lo alto de un montículo herboso había otras tumbadas. Las boñigas brillaban bajo el calor vespertino y sobre cada una flotaba un bullir de insectos, neblinoso y enloquecido.

Sostuve los ondulantes colores de la lata bajo el agua hasta que se llenó lo bastante como para hundirse y la solté; la corriente se la llevó más allá de las abombadas perneras de mi mono.

Entre Lewis y yo liberamos su canoa de las rocas y yo volví a montar con Drew. Enfilamos un tramo recto, animados por el frescor fruto tanto de la cerveza como de la corriente.

Las riberas se empinaron y el río nos condujo derechos a un puente. Pasamos por debajo y las tablas temblaron cuando lo cruzó una camioneta.

Volvíamos a estar en la civilización. En la ribera derecha había unos cobertizos de chapa que llegaban hasta la misma orilla; el barro estaba cubierto de trozos de chatarra oxidados, piezas de motores y destellos azules y verdes de botellas rotas. Pero había algo peor: en algunos puntos, los colores no eran solo colores; brillaban de un modo uniforme, imperturbable. A Drew también le había llamado la atención, aunque por otro motivo.

—Plástico —dijo—. No se descompone.

—¿Eso significa que no hay forma de librarse de él? —dije—. ¿Ninguna?

—No cambia su composición química —repitió, como quitándole importancia.

En la luz declinante, los fragmentos de plástico brillaban como baterías. Había uno naranja, otro amarillo y un contenedor de agua de un color que Martha, cuando hablaba de ropa, llamaba azul eléctrico. Los coloridos desperdicios de plástico eran invulnerables, mientras que las tablas astilladas y las latas de conserva oxidadas que había en el barrizal al pie del pueblo, con las afiladas tapas curvadas hacia arriba, se hallaban en vías de desintegrarse y reincorporarse a la tierra.

El cielo se comenzaba a oscurecer, rumbo a la noche cerrada. Por un momento pensé que por eso el agua ya no tenía el brillo nítido, la cualidad lechosa a la vez que límpida, que mostraba cuando llegamos al río. La corriente había perdido el ímpetu, la impresión de intencionalidad que producía antes, al discurrir entre los sauces. Había algo diferente en su textura.

Saqué el remo del agua. Había una pluma blanca pegada en la punta. Lo sacudí para desprenderla y me fijé mejor en el río. A nuestra derecha, medio hundida, flotaba una figura imprecisa y blanquecina. Era un tronco completamente cubierto de plumas de pollo, todas y cada una meciéndose en una perfecta representación física de la sensación de náusea. Cuando quieres vomitar, me dije, *eso* es lo que sientes.

—Debe de haber una granja de pollos en este pueblo —dijo Drew, volviéndose a medias.

—Seguro.

El río estaba cubierto de plumas. Se amontonaban sobre las rocas. Más adelante, las orillas estaban tapizadas de ellas. Cada silueta que se vislumbraba bajo el agua se hallaba forrada de una blancura nauseabunda. La superficie a nuestro alrededor estaba salpicada de pequeñas plumas curvadas, similares a juguetes que algún niño hubiera echado a navegar, marchando todas a la par que nosotros. A nuestra derecha, escoltada por siete u ocho plumas, bajaba una cabeza de pollo con un ojo vidrioso medio abierto que me miraba fijamente. Si hubiera habido más cabezas, no habría sido tan notorio, pero solo vi una, navegando a nuestro lado, volteándose para mirarme con el otro ojo, como fruto de un movimiento de su antiguo cuerpo, bebiendo la triste agua con el pico medio abierto, girando, girando como un trompo, hundiéndose y volviendo a asomar. Le di un golpe de refilón con el remo, pero no hizo más que apartarse un poco y continuó bajando la corriente a la par que nosotros.

Seguimos navegando entre plumas, pasando sobre rocas y troncos blanquecinos, surcando la corriente, que se había tornado más densa, y yo me había resignado a continuar así durante un buen trecho hasta que me fijé, por ninguna razón en particular, en que mi oído se había agudizado un poco. Me concentré y el sonido del agua se intensificó y se elevó un tono. Teníamos otra curva delante y el río parecía apresurarse por alcanzarla, arrastrándonos consigo.

Al otro lado de la curva el agua se volvió más blanca. La superficie burbujeaba y se ondulaba agitadamente, no de un modo peligroso, sino enérgico y muy vivo. No transmitía impresión de furia, solo de alerta y de resolución: el agua se dividía cuando llegaba a una roca, espumeaba ligeramente, trazaba estelas, volvía a alisarse, pasaba por encima de piedras que asomaban sobre la superficie y adoptaba al hacerlo la forma de un casco de armadura, para a continuación discurrir hasta perderse de vista saltando sobre unas largas terrazas de roca que trazaban otra curva.

Busqué un sitio por donde pasar. Drew señaló justo hacia el frente, lo que fue mejor que indicármelo en voz alta. Yo hundí el remo. La corriente se estrechaba en una V y parecía discurrir en línea recta, hasta donde yo alcanzaba a ver, pese a que el centro de la V, por donde el agua iba a mayor velocidad, se perdía de vista a media distancia, en un tramo de rápidos.

—¡Cuidado con las rocas! —grité—. Es mejor pasar justo por el centro.

—Sí, sí —dijo Drew—. Vamos allá.

Enfilamos el vértice de la V. Fue como si la canoa cambiara de marcha; el agua tiró de nosotros. Penetramos a gran velocidad en el cuello de botella y los rápidos nos absorbieron de manera tan súbita que fue como si, de un fuerte tirón, nos hubieran sacado el río de debajo, igual que una manta, y de repente nos tambaleábamos, corcoveábamos y golpeábamos las rocas, tratando de mantener la proa corriente abajo como buenamente podíamos. Delante de mí, Drew no dejaba de dar sacudidas de un lado a otro, como si intentara llegar a algo que se mantenía fuera de su alcance. No era muy diestro, pero conservaba la calma; no se dejaba llevar por el pánico. Cada vez que cambiaba el remo al otro lado, yo lo trasladaba hacia el contrario. En un momento dado empezamos a avanzar en diagonal; el agua nos azotaba de costado como enloquecida y sentí que perdíamos el control, que íbamos derechos a los arbustos de la orilla que ahora enfilaba la canoa, pero Drew hizo la mitad de la maniobra necesaria para sacarnos del brete y yo la otra mitad, y nos enderezamos. El casco rascaba las piedras del fondo, chocaba contra otras, pero nos mantuvimos rectos y seguimos avanzando, a fuerza de brazos y de buena suerte, dejando atrás las mortíferas rocas.

Grité a Drew que remara siempre por el mismo lado. Eligió el derecho —por donde estaban las rocas más grandes, que no cesaban de cernirse sobre nosotros, bien asomando sobre la superficie, bien debajo del agua— mientras que yo alternaba entre palear hacia delante para aumentar la velocidad cuando me era posible y remar hacia atrás para frenarnos cuando nos acercábamos demasiado a las rocas de la derecha. Me estaba familiarizando con la técnica, lo que me hizo sentir más seguro.

Miré por delante de Drew y vi que el agua blanca se remansaba y volvía a ser verde y negra. Un último arreón nos hizo pasar entre dos piedras negras pulidas, y de repente todo había quedado atrás.

Drew apoyó la mano en la regala y me miró con expresión de placer inesperado.

—Ese Lewis sí que sabe —dijo.

La otra canoa no nos llevaba mucha delantera. Bobby y Lewis surcaban unas aguas que parecían extrañamente muertas después de los rápidos.

Pero era agua vespertina. El sol no incidía ya en ella, y la poca luz que aún se reflejaba estaba mermando con rapidez. Mucho más adelante había más rápidos, que además —yo habría apostado lo que fuera— trazaban una curva.

Estaba cansado, pero no exhausto. A medida que el sol iba perdiendo energía, también lo hacía yo, que comenzaba a sentir el frío de la noche. Quería salir del río.

Derivábamos despacio. La corriente me penetraba en los músculos y en todo el cuerpo como si yo cargara con ella, y luego salía por el remo. Cogí un par de latas de cerveza, las abrí y le tendí una a Drew. Se volvió para cogerla, con la puesta de sol reflejada en sus gafas.

—Qué dura es la vida de los pioneros —dijo, y silbó un poco de «In My Birch-Bark Canoe».

Alcé la cerveza y bebí, engullendo el líquido tan rápido como podía. El mono de nailon se estaba secando y se me pegaba a las espinillas. Sacudí la tela y volví a empuñar el remo. Me sentía de maravilla.

Íbamos casi a la par de la otra canoa. Continuamos así, más llevados por la corriente que remando, mientras anochecía en el río. No había rápidos a la vista —aunque los oíamos— y discurríamos entre riberas rocosas y altos y melancólicos pinos de largas agujas. Un camino estrecho, tomado por la maleza, corría parejo a la orilla izquierda durante un centenar de metros hasta concluir en un árbol caído. Un halcón trazaba círculos en el cielo de un azul mortecino, la silueta dentada de sus alas perfectamente nítida en el profundo firmamento del final de la tarde.

Todo estaba muy sereno, todo era muy salvaje. Pensé en el miedo que podía producir un lugar así y lo sentí de inmediato. Lo que me impresionó con más fuerza fue la hermosa impersonalidad del paraje; nunca habría imaginado que pudiera impactarme de modo tan súbito y rotundo. El silencio del bosque y el sonido acallado del río no guardaban relación alguna con nosotros. Tampoco con el pueblo por el que habíamos pasado, con su escaso alumbrado público entre la oscuridad de las montañas, con sus cafeterías y los rostros de los granjeros, alumbrados por la luz penosa de las farolas de la plaza mayor, y su único cine, donde se exhibía una película que en la ciudad ya se pasaba en los canales de televisión de madrugada. Di unas cabezadas, como había hecho en la camioneta de Lewis, y volví a ver cómo nos acercábamos a las azuladas colinas; sus formas, colores y posiciones cambiaban mientras nos dirigíamos hacia ellas, salvo que de algún modo mi cabeza le dio la vuelta a todo y de pronto lo vi marcha atrás, me alejé de las colinas, pasé ante los letreros de levadura Clabber Girl y por los condados devotos de Jesús, y vi asomar las construcciones que jalonaban la autopista, los bares, los moteles y los centros comerciales de las afueras de la ciudad. Allí estaba Martha, y también Dean, y me sorprendió percatarme, de repente, de que yo no estaba con ellos, de que yo estaba mirando las curvas que el río trazaba ante mí. Martha parecía preocupada mientras veía la tele con Dean. No estaba acostumbrada a pasar las noches sin mí, y la vi sentada con las manos entrelazadas, la postura de una mujer que sufre con valentía; no víctima de un gran pesar, pero sufriendo al fin y al cabo, con unas zapatillas abrigadas en los pies.

Remé un poco hacia atrás y nos aproximé al costado de la canoa verde. Un insecto impactó contra mis labios como una bala.

—¿No crees que deberíamos acampar? —le dije a Lewis.

—Sí. Tengo miedo de que, si continuamos, las riberas se vuelvan demasiado escarpadas para desembarcar. Vosotros buscad un sitio por la izquierda y nosotros miraremos por aquí.

Pasamos unos pequeños rápidos, fosforescentes en el crepúsculo, sin sentir apenas cambios en la corriente, pero que bastaron para dejarnos claro lo complicado que sería descargar el material a oscuras. Los árboles y los arbustos por donde yo estaba mirando crecían muy juntos, formando una masa sólida; costaba distinguir los detalles. Pero me pareció que había una suerte de terraza a poco más de un metro por encima del agua. Se la señalé a Lewis, que asintió. Orienté la canoa hacia allí, avanzando en diagonal, oponiéndome a la voluntad de la corriente. Golpeamos la orilla con un ruido sordo. Me metí con reticencia en el agua y sujeté la canoa, sintiendo el frío móvil que me abrazaba las piernas, bullente de criaturas nocturnas. Drew desembarcó torpemente y amarró la canoa a un retoño. Subí a la terraza como pude mientras Bobby y Lewis maniobraban para situarse en paralelo a la orilla. El vello de la espalda se me erizó de aprensión.

Desatamos el material y comenzamos a montar el campamento. Lewis había llevado unas cuantas linternas y las colocamos sobre unos tocones y en las horcaduras de los arbustos para formar un área bien iluminada. Salíamos y entrábamos en ella, ocupados en extrañas tareas. Lewis parecía saber dónde estaba cada cosa, e iba de un sitio a otro situando artículos en los lugares que esperaba que luego fueran a ocupar una vez montado el campamento: las dos tiendas, la parrilla, las colchonetas hinchables, los sacos de dormir. Drew y Bobby intentaban ayudar, pero no hacían gran cosa, y yo me sentía tonto dejando que Lewis se ocupara de todo, aunque a él no le habría importado que así fuera. Como tenía sueño, me encargué de la parte del material que serviría para dormir. Hinché las colchonetas, las cuatro, con una bomba manual; me llevó su buena media hora, bombeando a ritmo sostenido, mientras el río destellaba frente a mí y, a mi espalda, el bosque no cesaba de adensarse con la caída de la oscuridad.

Lewis plantó las tiendas de campaña y Bobby y Drew hicieron como que buscaban leña. Cuando las tiendas estuvieron listas, con los colchones y los sacos de dormir dentro, una linterna en cada una y las defensas contra serpientes colocadas, me sentí mucho mejor; habíamos colonizado el lugar. Cogí una linterna y fui a por leña. Cuando me cruzaba con alguno de los otros le apuntaba al pecho o a un lado para no deslumbrarlo, pero eso no me gustaba. Iluminada desde abajo, la cara de Bobby parecía grasienta y mongoloide; la de Drew, sembrada de oscuros hoyuelos allí donde antes había tenido acné. La cara de Lewis no cambiaba gran cosa, lo que no me sorprendió. La alargada sombra de su nariz se proyectaba hacia arriba entre los ojos y las arrugas del ceño aparecían más acusadas, pero su profunda voz provenía del lugar adecuado del área iluminada, o del lugar adecuado justo al lado de ella.

Alumbramos el río con las linternas, cuyos haces se ondulaban y desprendían espuma al igual que la serena corriente. Era un campamento encantador y melancólico. Me gustaba estar allí, con la luz manando de mi mano y deslizándose arriba y abajo por la corriente sin propósito alguno, pero pensé que debería hacer algo más útil, así que colgué mi arco de una rama, con la cuerda destensada, para que aquel lugar se pareciera más a un campamento de caza, y a continuación apliqué vaselina en la punta de las flechas para protegerlas del rocío. Lewis acarició la empuñadura del arco.

—Tu vieja catapulta.

—La misma.

—¿Te gustan las puntas Howard Hill?

—Sí, están bien. La última revista de arquería que leí decía que una punta de doble filo tiene mayor penetración. Si ellos lo dicen, será verdad. Esa gente sabe de qué habla.

—¿No planean?

—Solo he disparado a tocones y a dianas de tierra, pero yo diría que vuelan rectas. Van bien con este arco, en cualquier caso.

Bobby nos sirvió una buena dosis de bourbon y bebimos mientras Lewis encendía una hoguera en el centro de un cerco de piedras que había desenterrado o recogido en los alrededores. Había llevado filetes. El fuego prendió con fuerza, y Lewis dejó que las llamas bajaran un poco y puso la carne en una sartén untada con mantequilla.

El olor de la carne asándose era maravilloso. Tomamos otra copa y nos sentamos en la orilla, mirando el reflejo incierto y persistente del fuego en el agua. El miedo, la emoción y la perspectiva de saciar el hambre se confundían entre sí. Producía una suerte de confort saber que allí nadie podía encontrarnos —al margen de los problemas que pudiera haber en otros lugares—, que la noche nos envolvía sin que nosotros pudiéramos hacer nada por impedirlo.

El pálido reflejo de las llamas en el agua no se hallaba sometido a la corriente. Jugueteaba y bailaba sin cambiar de lugar, un espíritu invulnerable que aun así acabaría pereciendo. Nos quedamos sentados sin decir nada, lo que me hizo sentir orgulloso de nosotros, en especial de Lewis, de quien me temía que empezara a perorar. Me tumbé de espaldas, en paralelo al río.

Cuando abrí los ojos, por el lado de los bosques solo había oscuridad; tuve la impresión de llevar mucho rato allí tumbado. Una presencia se movió donde antes solo se veían árboles. Era Drew con su guitarra. Me incorporé; el agua, aunque continuaba sosteniendo los cavernosos reflejos del fuego, ahora parecía a punto de engullirlos.

Drew afinó un poco y tocó un acorde suave que se alejó flotando.

—Siempre he querido hacer esto —dijo—. Solo que no lo sabía.

Enderezó el cuello y se puso a tocar un acorde tras otro. Estos se enlazaron y tremolaron en la oscuridad, una armonía solitaria.

—Es música de los bosques —dijo—. ¿No os parece?

—Claro que sí.

Me encantó el sonido *country*, poderoso y nasal, su cualidad acerada, las cuerdas percutiendo como martillazos contra raíles de ferrocarril. Drew tocó con sentimiento y destreza, y los demás no podíamos sentirnos más felices. Tocó «Expert Town» y «Lord Bateman»; tocó «He Was a Friend of Mine», «Shaggy Dad» y «Easy, Mr. Tom» de Leadbelly.

—Para esta habría necesitado una guitarra de doce cuerdas —dijo, aunque había sonado de maravilla.

Lewis nos sirvió los filetes mientras Drew seguía tocando y comimos dos por cabeza, junto con gruesas porciones de una tarta que había hecho su mujer. Tomamos otra copa. El fuego declinaba; en el río se había apagado ya.

—¿Sabéis qué? —dijo Lewis—. No nos quedan muchos más años para hacer estas cosas.

—Supongo que no —dije—. Pero te aseguro que me alegro de haber venido. Me alegro de estar aquí. Tal como me siento ahora, no quisiera estar en ningún otro sitio.

—Es verdad, Lewis —intervino Bobby—. Todo lo que dijiste era cierto. Es genial. Y creo que lo hemos hecho bastante bien, para ser unos aficionados.

—Sí, lo reconozco —dijo Lewis—. Pero me alegro de que tú y yo, con esa canoa de madera imposible de maniobrar, no hayamos entrado de culo en los rápidos. Eso podría haber acabado mal.

—Pero no ha pasado —dijo Bobby—. Y no creo que vaya a pasar, ¿no te parece?

—Espero que no —dijo Lewis.

—Bueno, amigos míos, a los sacos de dormir —dije, estirándome.

—Yo tuve mi primer sueño húmedo en un saco de dormir —confesó Lewis—. Palabra.

—¿Cómo fue? —preguntó Bobby.

—Genial. Irrepetible.

Me levanté y me crujieron las articulaciones. Me metí encorvado en la tienda de campaña. Estaba muy cansado y detesté los nudos de los cordones de mis zapatillas, que al mojarse se habían apretado de tal manera que no los pude soltar. Me saqué el calzado a la fuerza, me desprendí a tirones del resto de la ropa, me metí en el saco y cerré la cremallera. Drew seguía tocando la guitarra en la orilla; oí, muy a lo lejos, cómo intentaba alcanzar un acorde menor alto. Busqué postura en la elástica resistencia del colchón hinchable. Apagué la linterna y cerré los ojos.

Estaba dormido y despierto a la vez. Dormido como una piedra y al mismo tiempo, por unos instantes, escuchando, sin saber lo que estaba oyendo. Podía ser una voz humana cargada de sentimiento, el bramido sobrenatural de un borracho, podía ser el viejo Tom McCaskill aullando a la noche desde su hoguera.

De repente no se oyó nada. Miré a un lado y vi a Drew tumbado junto a mí, con un brazo estirado a lo largo de la cremallera de su saco de dormir.

Oía el río fluyendo más allá de mis pies; por encima de mi cabeza, el bosque era de una densidad y una oscuridad inimaginables: allí no había nada que supiera quién era yo. Había criaturas con una pata delantera suspendida en el aire, reacias a posarla sobre una hoja por temor a hacer ruido. Había ojos creados para ver en semejante oscuridad. Yo abrí los míos y vi la negrura en su color primordial. En su seno vi a Martha gimiendo y rebotando contra mí, una imagen que se disolvió para dejar paso al estudio, donde al final habíamos decidido que las fotos no servían y le habíamos pedido a la modelo que volviera otro día. También habíamos aceptado la propuesta del jefe de ventas de Kitts de copiar el anuncio de Coppertone de la niña con el cachorrito. Vi a Wilma sosteniendo el gato y obligándolo a sacar las uñas y enganchándolas a la parte trasera de las bragas de la chica. Vi a Thad y me vi a mí mismo. Las bragas se estiraron, el gato tironeó para intentar soltarse de la seda artificial, y de pronto hundió las uñas en las nalgas de la chica. Ella gritó, el pánico se apoderó de todos, la modelo daba vueltas sobre sí misma haciendo girar al gato, una mancha anaranjada de puro terror prendida de las bragas por una garra, tirando de ellas hacia abajo, dando zarpazos con la otra pata y soltando bufidos, arañando las nalgas y la parte trasera de las piernas. Yo estaba paralizado. Nadie hizo nada. La chica gritaba y daba saltos, tratando de sacarse al animal de encima.

Algo chocó contra la parte superior de la tienda. Pensé que formaba parte de mis pensamientos, pues lo del estudio no había sido un sueño. Alargué una mano. La tela vibraba como la vela de un barco. Algo parecía estar agarrando la parte de arriba, haciendo temblar toda la tienda. Cuando recordé dónde me encontraba se me encogió el corazón. Palpé entre las colchonetas en busca del frío tacto de la linterna y la encendí. Apunté hacia la entrada y fui subiendo. Al principio no vi nada salvo las costuras de la tela, hasta que apunté justo encima de mi cabeza. Algo presionaba la lona. Se apreciaban los nudillos de una suerte de puño deforme, unas largas uñas que se curvaban sobre sí mismas. «Garras», dije en voz alta.

Me quedé tumbado, a punto de romper a sudar de angustia, mirando hacia arriba con los párpados entrecerrados, paralizado de miedo a la vez que me reía de mí mismo. Al fin y al cabo, qué tenía de peligroso un búho. La otra garra presionó la tienda lenta y cuidadosamente, y el ave cambió el peso de una pata a otra hasta encontrar postura. Las garras no se relajaron, pero la tienda se movía menos. Todavía temblaba un poco, como si estuviéramos a punto de ser alzados por los aires. Eché una cabezada e imaginé cómo se vería la tienda de campaña desde fuera, con la gran ave nocturna —debía de ser muy grande, a juzgar por el tamaño de las patas y de las uñas— posada en equilibrio sobre nosotros, silenciosa, velando nuestro sueño.

Las uñas se ciñeron un poco más y la lona sufrió una sacudida; parecía imposible que continuáramos en el suelo. Me tumbé de espaldas, cayendo en la cuenta de que había oído el primer aleteo del ave, enérgico y prácticamente mudo, con el que había emprendido el vuelo.

Más tarde oí más aleteos, provenientes de algún sitio muy profundo. La tienda se volvió a sacudir; el búho se había posado en el mismo sitio de antes. Lo supe antes de encender la luz —seguía teniendo la linterna en la mano, su temperatura se había igualado a la mía— y vi sus patas, con las uñas atravesando la lona. Saqué una mano del saco y la vi elevarse a través de la luz hasta que un dedo tocó una de las frías y reptilianas uñas de una pata escamosa. No supe si el búho lo notó; creí que echaría a volar, pero no lo hizo. Volvió a cambiar el peso de una pata a la otra, y la garra que yo estaba tocando se aflojó un momento. Deslicé el índice entre la uña y el tubo de la tienda, abrazando la rugosa garra. Apretó un poco, sin convencimiento. Apretó más, con fuerza pero sin hacerme daño. Yo tiré hasta que me soltó y esta vez el búho sí echó a volar.

Durante toda la noche cazó desde lo alto de nuestra tienda. No solo vi sus garras al posarse, también imaginé lo que hacía cuando partía, flotando entre los árboles, observándolo todo. Ingrávido, cacé con él. Cerca del amanecer pude estirar el brazo y tocar la garra sin necesidad de encender la luz.

15 DE SEPTIEMBRE

Me desperté poco a poco, y para cuando estuve espabilado del todo la mosquitera de la entrada de la tienda dejaba pasar una luz grisácea y creciente. Drew dormía en su saco, con la cabeza vuelta hacia mí. Seguí tumbado, con la linterna aún en la mano, pensando en el día que teníamos por delante. El protagonista sería el río, pero antes de embarcar aún podían suceder otras cosas. Pensé en que estábamos en un sitio donde ninguno —o casi ninguno— de mis hábitos de comportamiento diarios me sería de utilidad; no había ninguna rutina a la que me pudiera aferrar. ¿Es esto la libertad?, me pregunté.

Contuve la respiración al abrir la cremallera del saco de dormir; el calor de mi cuerpo se alzó y se disipó mientras salía del saco, no sin antes echar una mirada a los agujeros que había hecho el búho en la tela de la tienda. Me calcé las zapatillas, escuché un instante el sonido del río y me puse en pie.

Había una calidez y una quietud extrañas, y asimismo una suerte de intimidad, y el río discurría cubierto por un espeso manto de niebla que se desplazaba apenas un poco más despacio que la corriente líquida, avanzando sobre la superficie en forma de grandes e incorpóreas oleadas procedentes de aguas arriba. Mientras yo observaba la niebla, esta alcanzó la orilla y la desbordó silenciosamente, y me di cuenta de que había esperado que produjera algún ruido al hacerlo. Me miré las piernas y no estaban allí, tampoco mis manos; me quedé en pie mientras la niebla me devoraba vivo.

Tuve una idea. Saqué unos calzoncillos largos y una camiseta interior de mi petate y me los puse; eran casi del mismo color que la niebla. Mi arco estaba recubierto de fibra de vidrio blanca, lo que solía ser un inconveniente en el bosque, donde predominaban los verdes y los marrones, pero que en esa ocasión jugaría a mi favor. Tensé el arco cargando mi peso sobre él, notando su resistencia; saqué una flecha de la aljaba y rodeé las tiendas. La niebla ascendía por las lonas, rizándose como una corriente marina que envolvía a Lewis y a los demás. Seguí una torrentera seca o una quebrada que se adentraba en el bosque, abandonando la idea de despertar a Lewis y concentrándome en no hacer ruido. No veía a gran distancia, pero si me mantenía dentro de la quebrada, lo único que tendría que hacer para regresar al campamento, aunque la niebla se hiciera más espesa aún, sería dar media vuelta y seguirla en el sentido contrario hasta toparme —a lo mejor literalmente— con las tiendas. Me concentré en establecer una suerte de conexión con el bosque; era prácticamente tan invisible como un árbol.

No había planeado salir de caza. No tenía una idea clara de lo que estaba haciendo, más allá de caminar con sigilo, alejándome del río y adentrándome más y más en el silencio y en la ceguera —pues la niebla me estaba adelantando y se adensaba por delante de mí a ojos vista—, portando un arco con una flecha preparada, y tres más en la aljaba, todo ello en una mano, mientras que con la otra sujetaba la cuerda. Estaba tensa como un cable eléctrico y desprendía una corriente que provenía del bosque, de la niebla y del hecho de que cazar y simular que estaba cazando se hubieran tornado indiscernibles. Junto a las tiendas, antes de adentrarme en el bosque, había pensado que, puesto que tenía el material apropiado y en cierta medida sabía cómo usarlo, bien podría simular que hacía lo que había dicho que quería hacer. Mi única pretensión era alejarme un rato de las tiendas, lo bastante como para que los otros se despertaran y vieran que no estaba —pensé en, sencillamente, sentarme en un borde de la quebrada y esperar media hora—, y luego regresar al campamento con el arco y decir que había salido a echar un vistazo. Eso satisfaría mi honor.

Pero ya no pensaba lo mismo, no del todo. Miraba a mi alrededor y escuchaba con verdadera atención, y mis piernas, brazos y dedos estaban haciendo todo lo que se esperaba de ellos. Era un buen tirador, al menos hasta los treinta metros, y la visibilidad no alcanzaría esa distancia durante la siguiente media hora. Si veía un ciervo, podría acertarle; me sentí seguro de que podría y de que lo haría.

La niebla continuaba siendo densa, pero el fondo de la quebrada se empezó a elevar, y mientras yo seguía subiendo por ella, iba creciendo la claridad; la luz penetró en la niebla, entre la que se empezaron a ver hojas y ramas. Los costados de la zanja —pues ahora veía que no era más que eso— ya no eran tan altos, me llegaban más o menos a la altura de los hombros, y yo podía ver, a ras del suelo, hasta cierta distancia a ambos lados. No se movía nada porque nada había en aquella quietud, aunque me esforzaba en avanzar con sigilo, por si acaso hubiera algo. El suelo húmedo me ayudaba; por lo que podía apreciar, casi no hacía ruido, y pensé que quizá no fuera mal cazador al fin y al cabo.

Ahora subía lo que no era más que una senda un poco hundida en el terreno, con un pequeño talud a cada lado, entre las últimas hilachas de niebla. Era mejor no seguir adelante mucho más o podría perder de vista la zanja. Me detuve, dispuesto a dar media vuelta. No había nada nuevo a mi alrededor.

Comencé a desandar el camino, sin dejar de escrutar el bosque hasta donde era capaz, con el suelo a la altura de los ojos, a izquierda y derecha de la zanja. La niebla se enroscaba delante de mis narices. Había empezado a preocuparme por pasar de largo las tiendas e ir a parar al río cuando vi algo moverse. A unos quince metros, justo en el límite de mi visión, había un pequeño ciervo, un macho, provisto ya de cuernos, a juzgar por la silueta. Estaba paciendo; el fantasma de un ciervo, pero un ciervo al fin y al cabo. Alzó la cabeza y me miró directamente. Desde donde él estaba, mi cabeza debía de parecer una piedra extraña en el suelo, si es que alcanzó a verla. Me quedé muy quieto, oculto hasta el cuello en la zanja, la vista a la altura del suelo del bosque.

El ciervo estaba de perfil. Yo había acertado a un millar de blancos de un cuarto de su tamaño a la misma distancia, y cuando lo pensé —cuando mis ojos y mis manos se hicieron a la idea—, supe que podía matarlo con tanta facilidad como podía acertar a una silueta de cartón. Elevé el arco.

Levantó la cabeza un poco más y la volvió a bajar. Tiré de la cuerda hacia el lado derecho de mi cara y apunté. Me mantuve con el arco completamente tendido durante un instante, traspasándole tres cuartos de mi fuerza, con la flecha apuntando al corazón de mi presa. Sería un disparo ascendente, pero a aquella distancia no tendría importancia.

Solté, y en cuanto lo hice supe que era un mal disparo, no muy errado, pero errado al fin y al cabo. Me había pasado lo mismo en momentos decisivos en torneos de tiro: justo en el instante de la suelta había levantado la mano con la que empuñaba el arco. El sonido de la cuerda hizo que el ciervo brincara y girara cuando la flecha debería haberlo atravesado.

Por un instante pensé que a lo mejor le había dado, quizá un poco alto, pero en realidad había visto el naranja de las plumas pasar sobre su hombro. Puede que lo hubiera tocado, pero, sin duda, no había hecho sangre. Se alejó unas zancadas a la carrera y miró hacia atrás, buscándome. Atropelladamente, desprendí otra flecha de la aljaba y la encoqué, pero había perdido la serenidad. Temblaba y me costó apuntar. No había terminado de hacerlo cuando el animal desapareció. Aun así, solté y vi la flecha perderse por encima de donde él había estado.

Jadeaba y sudaba, inhalaba la niebla y expulsaba un vapor caliente y enfermizo. En tal estado bajé la colina, por momentos con un brazo extendido por delante de mí a la altura de la cara. Las tiendas —primero una, luego la otra— aparecieron en forma de parches oscuros y borrosos con algo a su alrededor, fuera de lugar.

Lewis ya se había levantado e intentaba encender fuego con unas ramitas húmedas. Mientras yo soltaba la cuerda del arco, aparecieron los otros.

—¿Cómo ha ido, colega? —dijo Lewis, mirando los dos huecos vacíos de la aljaba.

—He tirado.

—¿En serio? —dijo Lewis, irguiéndose.

—Pues sí. Un espectacular fallo a quince metros.

—¿Qué pasó? Podríamos tener carne para desayunar.

—Levanté la mano izquierda, creo. Me falló la psicología. Me gustaría saber por qué. Era mío. Lo tenía delante de las narices. Era como disparar a la pared de una habitación. Y aun así fallé. Fue solo por un segundo, justo en la suelta. Algo me dijo: «Levanta la mano», y antes de que pudiera impedirlo, lo hice.

—Maldita psicología —dijo Bobby—. Esa delicada ciencia.

—Tendrás otra oportunidad —dijo Drew—. Nos queda mucho camino por delante.

—Qué demonios —dije—. Si le hubiera acertado, todavía estaría en el bosque, siguiéndole el rastro. Con esta niebla habría sido difícil dar con él. Y me podría haber perdido.

—También podrías haber señalado el sitio desde donde tiraste y haber vuelto a buscarnos —dijo Lewis—. Lo habríamos encontrado.

—Ahora te costaría bastante —dije—. Ya debe de estar en el condado vecino.

—Supongo que sí —dijo Lewis—. Es una pena. ¿Qué ha sido de mi colega de pulso firme?

—Tu colega con el pulso firme se ha ido al traste —dije—. Completa y definitivamente. —Lewis me miraba—. Sé que tú no habrías fallado, Lewis —dije—. No hace falta que me lo digas. Y ¿sabes qué? Me habría gustado que estuvieras allí. Me habría limitado a bajar el arco y ver cómo tú le plantabas una flecha en la zona del corazón y los pulmones. En el centro de la sala de máquinas. El premio gordo, a trece metros. En realidad estaba pensando en ti.

—Pues la próxima vez no pienses en mí. Piensa en el ciervo.

Lo dejé correr y fui a sacar nuestras cosas de las tiendas. Lewis por fin consiguió encender el fuego. Cuando el sol cobró altura y fuerza, la niebla se disolvió en cuestión de minutos. El río, que antes era prácticamente invisible, se fue mostrando; no solo su superficie y las costuras trazadas por la corriente; también los guijarros del lecho, junto a la orilla.

Desayunamos tortitas con mantequilla y sorgo. Cuando acabamos, Lewis lavó los platos en el río. Yo desenrosqué los tapones de los colchones hinchables y me tumbé encima hasta que sentí el suelo a través de ellos y no quedó dentro más que un residuo del aire con el que los había inflado la víspera. Plegamos las tiendas, húmedas y cubiertas de hojas y de trocitos de corteza, y las atamos a las canoas. Propuse a los demás que ese día nos emparejáramos de manera diferente, pues me temía que Lewis, con su poca paciencia, pudiera decir algo desagradable a Bobby, y porque me pareció que este empezaba a arrepentirse de haber venido, así que le propuse ir conmigo. Drew no se habría reído, o al menos no de la manera adecuada, de las bromas con las que Bobby se aferraba desesperadamente a su carácter urbanita, y pensé que yo sí podría.

—¿Qué me dices, tigre? —le dije a Bobby.

—De acuerdo —contestó—. ¿Hasta dónde crees que llegaremos hoy?

—Ni idea —dije—. Tan lejos como podamos. Dependerá del agua y de los sitios por los que tengamos que pasar a pie, cargando con las canoas. Todo el mundo, y también el mapa, coincide en que hay una garganta aguas abajo, cosa que me preocupa un poco. Pero ahora no podemos hacer nada al respecto.

Bobby y yo subimos a la canoa y nos pusimos en marcha, y de inmediato supe que lo íbamos a pasar mal. Yo no estaba en la mejor forma posible, pero él empezó a resollar antes incluso de haber cubierto cien metros. No tenía coordinación, y con él a bordo la canoa se comportaba de manera diferente; de la embarcación segura que había sido con Drew a la proa, había pasado a ser un ente nervioso e inestable que parecía abocado y resuelto a hacerlo todo mal hasta llegar a un final desastroso. Yo estaba tan seguro de que Lewis había acabado harto de Bobby la víspera como de que yo también acabaría estándolo al cabo de poco rato.

—Tranquilo —dije—. Tranquilo. Te esfuerzas demasiado. Lo único que tenemos que hacer es mantener este trasto derecho. No hace falta deslomarse. Deja que nos lleve el río. Que se ocupe él.

—No se ocupa lo bastante rápido. Quiero largarme de este puto sitio lo antes posible.

—¿Por qué? No está tan mal.

—¿Que no? Anoche me devoraron los mosquitos. Tengo picaduras encima de picaduras. Voy a coger un puto resfriado por dormir en el puto suelo. Y me muero por comer algo bueno. Y no me refiero al sorgo.

—Tú cálmate y llegaremos al final… cuando lleguemos. A tu resfriado no le hará ningún bien que volquemos, te lo aseguro.

—A la mierda —dijo—. Acabemos con esto. Estoy harto de este numerito del bosque. Estoy harto de cagar en un agujero en el suelo. Eso se lo dejo a los indios.

Al cabo de un rato se serenó. Tenía la nuca de un rojo encendido. Dábamos un par de remadas cada veinte metros, dejando que el río nos llevara. Pensé que, con lo alto que estaba mi centro de gravedad y el poco temple de Bobby, teníamos muchas probabilidades de volcar antes del final del día, en especial si había rápidos con muchas rocas. Entre el peso del material, el de Bobby y el mío, que entre los dos les sacábamos veinte kilos a los otros, la canoa iba muy hundida. Llevábamos demasiada carga, tal y como íbamos emparejados, e hice señas a Lewis para que nos apartáramos a la orilla. Así lo hicimos, y amarramos una canoa al costado de la otra.

—Cada vez hace más calor —dijo Lewis.

—Achicharrante —dije.

—¿Has visto la serpiente?

—No. ¿Dónde?

—En una rama de aquel roble grande por debajo del que pasaste hace un par de kilómetros. No la vi hasta que ya estabas debajo, y levantó la cabeza. No quise gritar para no ponerla nerviosa. Casi seguro que era una mocasín. He oído que se dejan caer a las embarcaciones.

—Hay que joderse —dijo Bobby—. Sería lo que nos faltaba.

—Pues sí —dijo Lewis—. ¿Te lo imaginas?

—¿Puedes llevar parte de nuestras cosas en tu canoa, Lewis? —pregunté—. Vamos muy cargados y así somos demasiado torpes.

—Claro que sí. Pásame los trastos de cocina y los sacos de dormir. Con eso, el peso debería quedar repartido. También nos podéis dar la mitad de la cerveza que queda.

—Encantado. Hoy todos vamos a necesitar algo para refrescarnos.

—¿Y por qué solo cerveza? —dijo Lewis, desabotonándose la camisa—. Aquí el río no es profundo y hay poca corriente. Voy a darme un chapuzón.

Trasladé los sacos de dormir, el camping gas y el resto de los trastos de cocina a la otra canoa. Lewis ya estaba en el agua, desnudo, lanzándose de cabeza a la corriente y exhibiendo la espalda, como Johnny Weismuller en las películas antiguas de Tarzán. Nadaba tan bien como hacía todo lo demás, imponiéndose a la corriente sin dificultad. Yo me quité el mono a tirones y me zambullí, y Drew también.

El río estaba muy frío, como nieve y hielo recién derretidos. Pero el agua era increíblemente cristalina y vivificante, se rompía igual que vidrio a tu alrededor y se recomponía de inmediato. Nadé un trecho, adentrándome en el cauce, y con gusto habría dejado de esforzarme —estaba harto de esfuerzos de toda clase, en particular de los míos— y me habría dejado arrastrar corriente abajo, vivo o muerto, adonde el río quisiera llevarme. Pero nadé de regreso a la orilla, cuarenta duros metros contra el sutil tirón de la corriente, y me erguí junto a Lewis, que estaba en pie con el agua rompiendo contra su vientre. No pude evitar mirarlo; nunca lo había visto desnudo.

Saltaban a la vista los años que había pasado ejercitando el cuerpo. Mi forma de mirarlo dejaba claro que había merecido la pena, y no le pasó desapercibido. Yo nunca había visto un cuerpo masculino así, ni en las revistas de culturismo, donde la mayoría de los tipos que salían eran bajos; Lewis medía un metro ochenta. Yo calculaba que pesaba unos noventa kilos. Tenía los músculos bien definidos y, cuando se movía, se le abultaban las venas. Parecía compuesto de piezas marrón rojizo, atadas entre sí por cables azules. Se le marcaban hasta las venas del vientre, y me pregunté cuántas sentadillas y levantamientos de piernas —y cuánta dieta— habría tenido que hacer para conseguirlo. Yo no alcanzaba a imaginarlo.

Me puso una mano en el hombro y me revolvió el vello que me crecía ahí.

—¿Qué me dices, Bolgani el gorila?

—Digo que Tarzán habla con lengua partida. Digo que el Señor de la Jungla habla con la lengua de Histah la serpiente. Digo que nunca saldremos del bosque. Tarzán nos ha traído para quedarnos y fundar un reino.

—Sí —dijo Bobby desde la orilla—. El Reino de las Serpientes.

Drew salió del agua cerca de nosotros.

—Dios, esto es una maravilla —dijo—. De verdad que sí. Nunca he sentido nada tan maravilloso. Tan refrescante. Ahora me siento capaz de remar todo el día sin descanso. Harías bien en darte un chapuzón, Bobby.

—No, gracias. El gordo no tiene ganas de bañarse. En cuanto estéis listos, seguimos.

Estaba sentado al sol con las rodillas flexionadas, protegiéndose del frío que nosotros sentíamos. Teníamos los pezones azules y en punta, y yo sentía calambres en el estómago a causa del agua helada. Salí a la orilla y me puse el mono sudado. Tenía la cabeza fresca, pero enseguida volví a sentir calor, y quise meterme en el río otra vez antes de romper a sudar de nuevo.

Bobby y yo debatimos qué más cosas trasladar de nuestra canoa a la otra. Al final nos quedamos solo con una tienda de campaña, mi arco, un *pack* de seis cervezas y la guitarra de Drew, porque la canoa de madera hacía un poco de aguas, mientras que la nuestra estaba más o menos seca. Envolvimos la guitarra en la tienda, subimos a bordo y retomamos la marcha.

Ahora avanzábamos mucho mejor, gracias a que la remada de Bobby mejoró, y puede que también porque se le metió en la cabeza que cuantos menos problemas causara, antes saldríamos del río.

El agua se mantuvo en calma largo rato. Doblamos una curva tras otra, ahora arrimándonos a una orilla, ahora a la opuesta. Yo intenté no volver a pasar por debajo de ninguna rama, lo que no fue complicado. El río se ensanchó y se aquietó, y tuvimos que remar con más ímpetu. La corriente apenas se apreciaba; era muy débil, y cuando descansábamos era como si avanzáramos movidos por algo invisible que tuviésemos debajo, mientras que el agua a nuestro alrededor permanecía inmóvil. Oíamos un sonido lejano por delante de nosotros, pero siempre venía de aguas abajo, como si retrocediera. Al salir de cada curva no hallábamos más que un nuevo tramo de río, con árboles en ambas riberas. De pronto, una garza alzó el vuelo a nuestra derecha. Voló corriente abajo por delante de nosotros, viró a la izquierda, luego a la derecha, de nuevo a izquierda y derecha, ascendiendo y elevándose con rapidez, indecisa. Desaparecía tras la siguiente curva y, cuando llegábamos allí, brincaba de entre las ramas donde se había ocultado y se alzaba en el aire con sus largas alas azules, soltando un graznido ronco, agonizante e inhumano a la par que enfilaba el río y aleteaba corriente abajo, las puntas de las alas casi tocando la superficie, muy cerca de su sombra, vaga y deformada por el río. Esto se repitió en cuatro o cinco curvas, hasta que llegamos a una tras la que no la volvimos a ver. Puede que virara hacia el bosque, pero yo pensé más bien que aprendió a quedarse inmóvil, seguramente resistiendo el impulso histérico de emprender el vuelo mientras pasábamos por delante, logrando contener sus graznidos de desesperación dentro del largo cuello hasta que nos perdimos de vista.

En el silencio que se hizo, el río pareció cobrar más y más profundidad; los colores fueron virando hacia verdes más saturados a medida que el sol ganaba altura. El agua se aceleró; avanzábamos más con cada golpe de remo. Me dije que alguien que fuese a pie por la orilla no podría seguirnos el ritmo.

De vez en cuando miraba el arco, que llevaba a mis pies, con su empuñadura voluminosa y su aspecto fiero, y las dos flechas camufladas con pintura casera. Destacaba el naranja de las plumas, y las puntas afiladas con piedra de esmeril brillaban al sol como si fueran de radio. Aunque habría tenido que hacer equilibrios para colocar la cuerda a bordo de la canoa, no dejaba de escrutar las orillas en busca de ciervos, con la esperanza de que la corriente nos llevara hasta un gran macho que estuviera bebiendo. Así al menos me distraía.

Atravesamos un tramo profundo y rápido, al que siguió otro más ancho y sereno que trazaba una curva amplia, la cual nos llevó a una zona donde las ramas de unos árboles enormes, alguna clase de conífera, pícea o abeto, se proyectaban sobre la corriente formando un túnel. Su interior estaba oscuro, y el aire, cargado; el verdor concentrado impedía que el oxígeno llegara a los pulmones. Bobby y yo alzamos los remos como obedeciendo a una señal y dejamos que el río nos llevara a su antojo. Nítidas agujas de luz incidían en el agua, doradas, tan calientes que quemaban y con tal aparente solidez que se diría que podrías arrancarlas de la superficie como si fueran clavos.

Pasamos entre campos donde la hierba alcanzaba los dos metros de alto. Un segmento moteado de la orilla se deslizó al agua y tardé un minuto en darme cuenta de que era una serpiente. Cruzó el río cinco metros por delante de nosotros, nadando como si reptara, con la cabeza alzada, y salió por la otra orilla sin alterar el ritmo, una criatura mágica, elegante, sin barreras.

Continuamos avanzando, con golpes de remo largos y lentos. Yo había ajustado mi ritmo al de Bobby lo mejor que podía; me movía en sincronía y había llegado al punto de meter y sacar el remo a la vez que él. Pensé que Bobby debía de estar disfrutando con aquella mejora, pero no dije nada por temor a romper el ritmo.

Dos horas después de ver la garza ya nos habíamos bebido toda la cerveza. El sol me estaba quemando la calva de la coronilla y tenía el mono de nailon empapado en sudor. Se me había empezado a hinchar la lengua y era como si la columna vertebral me fuera a desgarrar la piel; no dejaba de tocármela entre remada y remada por si notaba algo. El filo del asiento se me clavaba en el muslo derecho, ya que esa era la única postura en la que podía hundir bien el remo. Las diferentes molestias se iban sumando sin que yo pudiera hacer nada por impedirlo.

Miré hacia atrás. La otra canoa salía de una curva. Lewis había ralentizado el ritmo y se mantenía a la retaguardia. Supuse que no quería perdernos de vista por si nos pasaba algo. En cualquier caso, estaban como a ochocientos metros y dejé de verlos al tomar otra curva, justo cuando yo señalaba con el remo hacia la orilla izquierda. No supe si me vieron, pero pensé que les podría hacer una seña cuando pasaran junto a nosotros. Quería tumbarme a la sombra y descansar un poco. Tenía hambre y me habría encantado tomar otra cerveza. Remamos hacia la orilla.

Cuando nos estábamos acercando, oímos ruido de agua entre los árboles. En un punto concreto, las hojas se movían como mecidas por la brisa. Un arroyo de aguas verdes desembocaba en el río produciendo un poco de espuma. Lo dejamos a un lado y nos arrimamos a la orilla cincuenta metros aguas abajo. Orienté la proa hacia tierra y remé con fuerza para mantener la canoa en esa posición mientras Bobby desembarcaba y nos varaba.

—Esto se parece demasiado a trabajar —dijo, tendiéndome la mano.

—Por Dios —dije yo—, me estoy haciendo demasiado viejo para esto. Y lo estoy descubriendo por las malas.

Bobby se sentó en el suelo y se desató el pañuelo que llevaba alrededor del cuello. Lo mojó en el río y se frotó con él la cara y la nuca, deteniéndose especialmente en la nariz. Yo hice un par de estiramientos hasta tocarme los dedos de los pies, para desentumecerme y aliviar el dolor de espalda, y miré corriente arriba. Seguía sin ver la otra canoa. Me volví para decirle algo a Bobby.

Dos hombres salieron del bosque, uno de ellos sosteniendo una escopeta por el cañón.

Bobby no se percató de su presencia hasta que me miró a mí. Entonces miró por encima del hombro y se puso en pie, sacudiéndose la ropa.

—¿Qué hay? —dijo.

Uno de ellos, el más alto, frunció el ceño. Se acercaron trazando un semicírculo, como si estuvieran rodeando algo. El más bajo era el de mayor edad, tenía los ojos saltones y una barba entrecana que en las mejillas le crecía en remolinos. No dejaba de hacer visajes en todas direcciones. Llevaba un pantalón de peto, hinchado por una barriga voluminosa. El otro era flaco y alto, y sus ojos, hundidos y amarillentos, miraban como desde el fondo de una cueva o una madriguera. Cuando movía la boca, la mandíbula le colgaba como si no tuviera dientes. «Convictos evadidos», se me pasó por la cabeza, y también «contrabandistas de alcohol». Aunque quizá fueran cazadores.

Vinieron hacia nosotros y, por alguna razón, se nos acercaron muchísimo. Intenté no retroceder, por una cuestión de principios.

El mayor, arrimándose a mí y moviendo sin cesar su desagradable cara frente a la mía, dijo:

—¿Qué demonios creéis que estáis haciendo?

—Bajar por el río. Empezamos ayer.

Confié en que el mero hecho de hablar pudiera mejorar la situación.

Miró al tipo alto; puede que se transmitieran alguna información sin necesidad de palabras, o puede que no. Yo no veía a Bobby, ni la otra canoa. Me encogí hasta mi verdadero tamaño, un movimiento que solo yo aprecié, y sentí cómo la angustia se me concentraba en el estómago.

—Salimos de Oree ayer por la tarde —dije—, y esperamos llegar a Aintry esta noche o mañana por la mañana.

—¿Aintry?

—Pues claro —dijo Bobby, y me dieron ganas de matarlo—. Este río solo corre en una dirección, capitán. ¿No se había enterado?

—Vosotros no vais a llegar a Aintry —dijo él, sin poner énfasis en ninguna palabra.

—¿Por qué no? —pregunté, asustado, pero también con curiosidad; por algún motivo, me interesaba oír su explicación.

—Porque este río no va a Aintry —dijo—. Os habéis desviado en algún sitio. Este río no va a Aintry ni a ningún otro sitio cerca de Aintry.

—¿Adónde lleva?

—Lleva a... Lleva a...

—A Circle Gap —dijo el otro, sin que le importara enseñar la boca desdentada—. A ochenta kilómetros.

—Muchachos —dijo el de la barba revuelta—, no tenéis ni idea de dónde estáis.

—Bueno —dije—, iremos adonde el río nos lleve. A algún sitio llegaremos, digo yo.

El otro hombre se acercó a Bobby.

—Oye —dije—, no queremos tener ningún problema con vosotros. No buscamos líos. Nos da igual si tenéis un alambique por aquí cerca. No le diremos a nadie dónde está porque, ¿sabéis qué?, tenéis razón. No tenemos ni idea de dónde estamos.

—¿Un alambique? —dijo el alto, y sonó sinceramente sorprendido.

—Eso es —dije—. Si fabricáis whisky, os podemos comprar un poco. Nos vendría bien.

El de la mandíbula colgante me miró fijamente.

—¿Tú sabes lo que estás diciendo?

—No, no sé lo que estoy diciendo.

—Has dicho algo de hacer whisky. Tú piensas que hacemos whisky. Venga, di. ¿No es eso?

—Mierda. No sé si hacéis whisky o si estáis cazando o si os pasáis la puta vida dando vueltas por el bosque. No lo sé y no me interesa. No es asunto mío.

Miré hacia el río, pero nos habíamos apartado un poco de la orilla y no vi la otra canoa. No creía que ya hubiera pasado, aunque no estaba seguro. Esa posibilidad me hizo menear la cabeza; a lo mejor nos habíamos adelantado demasiado.

Con el mayor esfuerzo del mundo, volví a enfrentarme con la cara del tipo. Se había fijado en cómo me había quedado mirando el río.

—¿Vais con alguien? —preguntó.

Tragué saliva y pensé con rapidez, barajando las posibilidades. Si decía que sí y esa gente albergaba malas intenciones, estaríamos atrayendo a Lewis y a Drew directamente hacia ellos sin que tuvieran posibilidad de defenderse. O a lo mejor se largaban, si enfrentarse a cuatro personas les parecía demasiado. Por otro lado, si decía que no, Lewis y Drew —sobre todo Lewis— podrían hacer… Bueno, podrían hacer algo. Recordé los pectorales de Lewis, y sus piernas, con las venas abultadas sobre los músculos de los muslos, poderosas bajo el agua, de tobillos estrechos, como las de un centauro. Me incliné por esta opción. Me la jugaría.

—No —dije, y di unos pasos tierra adentro para alejarlos más del río.

El flaco acarició el brazo a Bobby con una extraña delicadeza. Bobby se apartó de golpe y de inmediato la escopeta apuntó hacia arriba, de manera casi despreocupada, pero resuelta.

—Es mejor que nos vayamos —dije—. Tenemos mucho camino por delante.

Di un paso hacia la canoa.

—No vais a ninguna parte —dijo el hombre que tenía enfrente, apuntando la escopeta a mi pecho.

El corazón se me encogió como si tratara de apartarse del posible disparo, y yo imaginé qué aspecto tendrían los orificios de los cañones en el instante de la detonación: ¿manaría fuego de ellos, o solo humo gris, o experimentarían un cambio profundo en el instante que mediara antes de mi muerte? Se enrolló en la mano el cordel que usaba a modo de gatillo.

—Vuelve aquí si no quieres que tus tripas acaben esparcidas por los árboles.

Levanté a medias las manos, como un personaje de película. Bobby estaba cerca, pero yo me encontraba indefenso, sentía palpitar la vejiga. Avancé hacia el bosque atravesando unos arbustos frondosos que vi pero que no llegué a sentir. Los demás me siguieron.

La voz de uno dijo:

—De espaldas contra ese retoño de ahí.

Señalé un arbolillo.

—¿Ese?

No hubo respuesta. Me coloqué de espaldas contra el árbol que había señalado. El flaco me quitó el cinturón, al que llevaba prendidos el cuchillo y la cuerda. Habilidosamente, soltó la cuerda y el cuchillo y con el cinturón me rodeó el cuello y también el tronco, apretando tanto que yo casi no podía respirar; la hebilla quedó al otro lado. Volvió a ponerse delante de mí, empuñando el cuchillo. Pensé que debían de haber hecho aquello otras veces; no estaban improvisando.

Sostuvo el cuchillo ante mi cara y miré la hoja, esperando ver algún reflejo, pero el sol no entraba hasta donde estábamos. Aun así, en la intensa sombra, vi el filo que yo le había sacado con una piedra de esmeril en mi casa de las afueras: las diminutas marcas inclinadas producidas por la abrasión a alta velocidad, el metal eliminado para crear un filo mortífero.

—Fíjate —dijo el alto al otro—. Apuesto lo que sea a que te puedes afeitar con esto.

—¿Por qué no pruebas? Ese tiene mucho pelo. Menos en la cabeza.

Jadeando un poco, el alto me bajó la cremallera del mono hasta la cintura, como si me abriera en canal.

—Dios Todopoderoso —dijo el mayor—. Parece un puto mono. ¿Habías visto alguna vez algo así?

El flaco me apoyó la punta del cuchillo bajo la barbilla y me la levantó.

—¿Alguna vez te han cortado las pelotas, puto mono?

—Últimamente no —dije, aferrándome a mi superioridad de urbanita—. ¿Para qué te servirían?

Me puso el cuchillo al bies sobre el pecho y me rasuró. Luego lo sostuvo en alto, cubierto de vello y un poco de sangre.

—Está afilado —dijo—. Podría estar mejor, pero está afilado.

Me sangraba la barbilla donde me había pinchado. Yo nunca había sido víctima de tamaña brutalidad despreocupada, semejante indiferencia por el cuerpo de otra persona. Lo aterrador no era el acero ni su filo; la mera uña del tipo habría sido igual de brutal; el cuchillo solo magnificaba su falta de cuidado. Negué con la cabeza, tratando de respirar en aquel vacío gris repleto de hojas. Miré hacia arriba, a las ramas del retoño al que estaba atado, y a continuación hacia el claro, donde se encontraba Bobby.

Él me miraba boquiabierto mientras yo jadeaba, tratando de tomar suficiente aire con cada bocanada como para mantenerme con vida un segundo más. No había nada que él pudiera hacer, pero mientras Bobby miraba cómo me corría la sangre por la barbilla y el pecho, me di cuenta de que su situación me aterraba más que la mía; si no lo habían atado era por algo.

Los dos hombres fueron hacia él, el delgado sosteniendo el arma. El de la barba blanca lo agarró por el hombro y lo obligó a dar media vuelta y mirar aguas abajo.

—Quítate los pantalones —dijo.

Bobby bajó las manos, sin saber qué hacer.

—¿Que me quite…? —empezó a decir.

Se me contrajeron el recto y los intestinos. Dios mío.

El desdentado le plantó los cañones de la escopeta debajo de la oreja derecha y lo empujó con ellos.

—Quítatelos ahora mismo —dijo.

—¿Pero qué es esto? —balbució Bobby.

—Ni una palabra —dijo el mayor de los dos—. Hazlo.

El otro le dio a Bobby un empujón tan violento con la escopeta que pensé que el arma se había disparado. Bobby se soltó la hebilla del cinturón y se desabotonó los pantalones. Se los quitó y miró ridículamente a su alrededor, buscando un sitio donde dejarlos.

—Los calzoncillos también —dijo el barrigudo.

Bobby se quitó los calzoncillos como un niño que se desnuda por primera vez en los vestuarios del gimnasio y se quedó allí plantado, sonrosado y rollizo, con los muslos lampiños temblando y las piernas juntas.

—¿Ves ese tronco? Camina hacia ahí.

Trastabillando, Bobby se acercó despacio a un gran árbol caído y se quedó junto a él con la cabeza agachada.

—Ahora túmbate atravesado encima.

El hombre alto no dejó de apuntarle a la cabeza con la escopeta mientras Bobby se arrodillaba junto al tronco y apoyaba en él el vientre.

—Levántate la camisa, culo gordo.

Bobby se la subió hasta la parte baja de la espalda. Yo no podía ni imaginar lo que se le estaría pasando por la cabeza.

—¡Bien arriba! —dijo el alto. Con el extremo de la escopeta le subió la camisa hasta el cuello, haciéndole una larga rozadura roja a lo largo de la columna.

De repente, el tipo de la barba blanca se había desnudado también de cintura para abajo. No había necesidad de justificar ni racionalizar nada; iban a hacer lo que querían hacer. Forcejeé en busca de aire. A Bobby, inmóvil y sonrosado, en una postura obscena, nadie le podía prestar ayuda. El más alto volvió a apuntarle a la cabeza y el otro se arrodilló detrás de él.

Un grito me sobresaltó, y habría pensado que había salido de mí si no fuera porque no tenía aire suficiente. Fue un grito de dolor y de ultraje, seguido por otro de mero dolor, puro e inexpresable. Y después otro, más agudo y largo. Expulsé todo el aire que tenía en los pulmones y torcí la cabeza para mirar hacia el río. ¿Dónde estaban?, me preguntaba con cada fibra de mi ser, y entonces localicé entre la maleza una suerte de pequeño e intrincado ventanuco a través del cual vi la corriente —al principio no estaba seguro de si se trataba del agua o solo de hojas— y la canoa de Lewis. Él y Drew sostenían los remos por encima de la superficie. Giraron y los perdí de vista.

El hombre canoso se afanaba con Bobby, afianzando mejor las rodillas en el suelo de cuando en cuando. Al final alzó la cabeza como si fuera a soltar un alarido con todas sus fuerzas hacia las ramas y el cielo, y se estremeció en silencio mientras el hombre con la escopeta lo contemplaba con una extraña mezcla de aprobación y simpatía. El de la barba revuelta se apartó y salió de Bobby.

El que estaba en pie retrocedió un paso y dejó de apuntar a Bobby a la oreja. Este se levantó del tronco y se derrumbó al suelo, tapándose la cara con los brazos.

Todos suspiramos. Yo podía respirar mejor, pero solo un poco.

Los dos se volvieron hacia mí. Me erguí cuanto pude, pegado al árbol. Me encontraba a su merced. Sabía que mi cuchillo estaba hincado en el tronco, junto a mi cabeza, y veía los ojos inyectados en sangre del tipo alto. No podía pensar en nada.

El barbudo se acercó y desapareció detrás de mí. El árbol se sacudió y yo agradecí que el aire volviera a entrar libremente en mis pulmones. Caí al suelo y me quedé inmóvil, ya que el alto me plantó los cañones bajo la nariz; fue una sensación muy rara. Pensé en Dean y en Martha, y a la vez pensé en mi cerebro desparramado sobre los arbustos y las ramitas del suelo.

—Estás calvo y gordo —dijo el alto.

—¿Qué quieres que te diga? Sí. Estoy calvo y gordo. ¿Cuál es el problema?

—Eres peludo como un puto perro. ¿A que sí?

—Como algunos perros, supongo.

—Qué demonios… —dijo volviéndose a medias hacia el otro.

—En la boca no tiene pelo —observó él.

—Eso es verdad —dijo el alto—. Toma esto. Apúntale.

El otro se volvió hacia mí con la escopeta en la mano. El arma pendía a media altura, en el extremo de su brazo extendido.

—Ponte de rodillas y reza, chico —me dijo—. Y más te vale rezar bien.

Me arrodillé. En aquel instante oí un sonido, un chasquido procedente de entre los árboles, un ruido como el de una goma tensa cuando la sueltas de repente o el de un golpe rápido de guadaña. El mayor de los dos seguía sujetando la escopeta, sin variar su necia expresión de superioridad, y medio metro de flecha roja brillante le asomaba por el centro del pecho. Fue como si hubiera brotado repentinamente de su interior.

No entendíamos lo que había sucedido; nos quedamos donde estábamos, el hombre alto delante de mí, a mitad del gesto de desabotonarse los pantalones, yo de rodillas con los ojos medio cerrados y Bobby balanceándose hecho un ovillo sobre las hojas, en el borde de mi campo de visión. La escopeta cayó al suelo y yo me moví a cámara lenta para cogerla, al mismo tiempo que el hombre alto se lanzaba como un animal en la misma dirección. La agarré por la culata con ambas manos, y si hubiera podido tirar de ella, podría haber partido en dos al tipo de un disparo. Él agarró el arma por los cañones, pero debió de notar que yo la tenía mejor sujeta, y debió de notar asimismo mi resolución, porque la soltó, brincó a un lado y un instante después había desaparecido en el bosque en dirección contraria al lugar de donde había venido la flecha.

Me puse en pie decidido a disparar, enrollándome el cordón en la mano derecha. Giré barriéndolo todo con los cañones, el bosque, el mundo entero. En el claro solo estábamos Bobby, el hombre con la flecha clavada y yo. Bobby seguía en el suelo, aunque había levantado la cabeza. Yo identificaba los elementos de la escena, pero no entendía su propósito, ¿qué estábamos haciendo nosotros dos en un bosque, junto a un río? El hombre se mantenía en pie. Yo no daba crédito a su presencia, no era capaz de creerlo. Era como algo sacado de una película, gris e indefinido, mientras las fuerzas lo abandonaban. Me asombraba que aún fuera capaz de moverse, de hacer algo. Tocó tentativamente la flecha y me percaté de que se hallaba inserta en él de manera tan sólida como su esternón. Lo atravesaba de atrás adelante, firmemente clavada. La agarró con ambas manos, pero la flecha era mucho más fuerte que él; sus manos perdían fuerza a ojos vista y aflojaron los dedos. Cayó de rodillas y se derrumbó de costado, con las piernas estiradas. Rodó a los lados como si no pudiera respirar, al mismo tiempo que salía de él un sonido rasposo, burbujeante. Los labios se le tiñeron de rojo y fue como si extrajera fortaleza de las convulsiones, que tenían algo cómico y solemne a la vez. Se irguió apoyándose en una rodilla y se puso en pie. Yo seguía con la escopeta en ristre. Dio un par de zancadas hacia el bosque, pareció cambiar de idea y vino hacia mí tambaleándose, dando traspiés. Tendió una mano en mi dirección, como un profeta, y yo apunté directamente a la punta de la flecha, dispuesto a todo. Estaba decidido a zanjar la situación con un único gesto, un solo tirón del cordel.

Pero no hubo necesidad. Se encorvó y cayó de bruces, con la cara contra las punteras de mis zapatillas de tenis. Sus piernas dieron una sacudida y quedó inmóvil. Abrió la boca, llena de sangre roja como una manzana. Se le formó una pompa perfecta entre los labios, y allí se quedó.

Retrocedí y volví a estudiar la situación, tratando de ubicar cada elemento. Bobby se había incorporado, apoyado en un codo, con los ojos tan rojos como la pompa de sangre del hombre. Se puso en pie, mirándome. Me di cuenta de que le estaba apuntando con la escopeta, de que apuntaba allá hacia donde mirara. Bajé los cañones. ¿Qué se podía decir?

—Bueno.

—Dios mío —dijo Bobby—. Dios mío.

—¿Estás bien? —pregunté, porque necesitaba saberlo a pesar de lo violento que me hacía sentir la pregunta.

La cara de Bobby se enrojeció más todavía y negó con la cabeza.

—No lo sé —dijo—. No lo sé.

Yo estaba de pie y él en el suelo, con la cabeza apoyada en la palma de la mano, ambos con la mirada perdida. Todo se hallaba en silencio. El hombre atravesado por la flecha de aluminio yacía con la cabeza inclinada sobre el hombro y una mano agarrada sin fuerza a la punta. En su espalda destacaban las vistosas plumas de la flecha de Lewis, azules y plateadas, colores que nada tenían de natural en el entorno boscoso.

Durante diez minutos no sucedió nada. Me pregunté si el otro hombre regresaría antes de que apareciera Lewis, y visualicé una escena en la que Lewis emergería del bosque por un lado del claro empuñando su arco y el hombre alto aparecería por el otro, y ambos ajustarían cuentas de algún modo que escapaba a mi imaginación. Estaba visualizando los detalles cuando oí movimiento. Lewis salió de detrás de un gran roble acuático, avanzando de costado con otra flecha de vistosas plumas dispuesta en el arco. Drew iba detrás, sujetando un remo de la canoa a modo de bate de béisbol.

Lewis pasó entre Bobby y yo, se detuvo junto al hombre caído y apoyó el extremo del arco en una hoja seca. Drew fue con Bobby. Yo llevaba tanto rato blandiendo la escopeta que me resultó extraño bajar los cañones al suelo, donde no había nada que matar. Lo hice, no obstante, y Lewis y yo nos miramos por encima del muerto. Su mirada era alegre y vivaz, y sonreía amistosamente.

—Bueno, ¿qué te parece? Madre mía…, ¿qué te parece?

Me acerqué a Bobby y a Lewis, aunque no tenía ni la menor idea de lo que iba a hacer. Había presenciado todo lo que le había pasado a Bobby, lo había oído chillar y berrear, y quería asegurarle que todo lo podíamos hacer a un lado, que todo quedaría olvidado cuando saliéramos del bosque o incluso en cuanto nos subiéramos a las canoas. Pero no había modo de decir tal cosa, ni de preguntarle cómo estaba su intestino grueso ni si creía que tenía una hemorragia. Cualquier tipo de reconocimiento habría sido ridículo y humillante en un grado impensable.

No obstante, ni siquiera tuvimos la posibilidad de preguntarle nada. Bobby nos dio la espalda enfurecido. Se puso en pie y se apartó, desnudo todavía de cintura para abajo, con los órganos sexuales encogidos de dolor. Yo recogí sus pantalones y sus calzoncillos y se los tendí, y él los tomó aturdido. Buscó un pañuelo y se retiró detrás de unos arbustos.

Sosteniendo la escopeta por los cañones, como el hombre alto cuando lo vimos salir del bosque, regresé junto a Lewis, que contemplaba el río apoyado en el arco.

—Me pareció que no había otra opción —dijo sin mirarme.

—No la había —convine, aunque no estaba del todo seguro—. Nos iban a joder.

Lewis miró en la dirección por donde Bobby se había ido y yo pensé que podría haberlo expresado mejor.

—Estaba convencido de que nos iban a matar.

—Seguramente lo habrían hecho. La pena por sodomía en este estado es la muerte. Y además a punta de pistola… No, lo más probable es que no os hubieran dejado marchar. ¿Por qué iban a hacerlo?

—¿Cómo os disteis cuenta?

—Oímos a Bobby, y lo único que se nos ocurrió fue que a uno de los dos os había mordido una serpiente. Vinimos a toda prisa, pero entonces caí en que si hubiera sido una serpiente, el otro se bastaría para prestar ayuda, no hacíamos falta los tres, al menos por un momento. Así que le dije a Drew que sería mejor acercarnos sin ser vistos, por si había más gente implicada.

—¿Qué hicisteis?

—Nos metimos por aquel arroyo de allí y lo remontamos cincuenta metros. Dejamos la canoa entre unos arbustos y desembarcamos; yo encoqué una flecha y nos acercamos hasta treinta metros de donde estabais. En cuanto vi que había cuatro personas, di un rodeo para encontrar un sitio desde donde disparar entre las hojas. Al principio no tenía claro lo que estaba ocurriendo, pero se me pasó por la cabeza lo que era. Siento no haber podido hacer nada por Bobby. Al menos no hice un movimiento en falso que provocara que le volaran la cabeza. Cuando el tipo se levantó, le apunté y me quedé a la espera.

—¿Cómo supiste cuándo disparar?

—Cualquier momento en el que la escopeta no os estuviera apuntando ni a ti ni a Bobby habría estado bien. Solo tenía que esperar a que se presentara la ocasión. El otro tipo no había hecho nada todavía, y yo estaba seguro de que le daría la escopeta a su amigo. Mi única preocupación era que tú te interpusieras entre él y yo. No dejé de apuntarle en ningún instante. Debo de haber tenido el arco tendido un minuto por lo menos. Habría sido un tiro mucho más fácil si no hubiera tenido que aguantar tanto. Pero fue bastante fácil, en cualquier caso. Estaba tranquilo. Intenté darle un poco a la izquierda del centro de la espalda. Se movió; si no, le habría acertado ahí. En cuanto solté, supe que daría en el blanco.

—Le diste bien —dije—. ¿Y ahora qué hacemos con él?

Drew se acercó a nosotros. Se limpió las manos restregándolas con tierra y luego se las frotó en los pantalones.

—Solo se puede hacer una cosa —dijo—. Poner el cuerpo en una canoa, bajar a Aintry y llevárselo a la policía. Contárselo todo.

—¿Contar qué, exactamente? —preguntó Lewis.

—Lo que ha pasado —dijo Drew, alzando la voz—. No puede haber un caso más claro de homicidio justificado. Estaban agrediendo sexualmente a dos miembros de nuestro grupo, a punta de pistola. Como tú has dicho, no había otra opción.

—¿La única opción era clavarle una flecha por la espalda? —preguntó Lewis con calma.

—Eso has hecho, Lewis —dijo Drew.

—¿Qué habrías hecho tú?

—Eso ahora da igual —tartamudeó Drew—. Pero te aseguro que no creo que…

—¿Qué es lo que no crees?

—Un momento —los interrumpí—. Lo que se debería haber hecho o dejado de hacer ya no es la cuestión. Él está muerto y nosotros no. Nosotros no empezamos nada. No lo buscamos. Así están las cosas. ¿Qué hacemos ahora?

Algo se movió junto a mi pie. El hombre meneó la cabeza como si se acabara de acordar de algo, dejó escapar un largo suspiro y se volvió a derrumbar. Drew y Lewis se agacharon a su lado.

—¿Está muerto? —pregunté. Yo había estado tan seguro de que lo estaba que no entendía cómo podía haberse movido y suspirado.

—Ahora sí —dijo Lewis sin mirarme—. Muerto del todo. De todas maneras, no habríamos podido hacer nada por él. La flecha le ha dado de lleno.

Lewis y Drew se levantaron y buscamos el modo de retomar la conversación.

—Parémonos a pensar un momento —dijo Lewis—. Vamos a calmarnos y a meditarlo. ¿Alguien sabe algo de leyes?

—Yo solo he sido jurado una vez —dijo Drew.

—Pues yo nunca en mi vida —dije—. Y no tengo ni idea de la diferencia entre asesinato, homicidio y homicidio involuntario.

Miramos a Bobby, que había regresado con nosotros. No dejaba de negar, con el rostro enrojecido.

—No hace falta ser abogado para saber que si sacamos al tipo de estas montañas y se lo llevamos al sheriff, habrá una investigación, y os apuesto lo que sea a que nos acabarán juzgando —dijo Lewis—. No sé cuáles serían los cargos, pero estoy seguro de que nos enfrentaríamos a un jurado.

—¿Entonces qué? —dijo Drew.

—Veamos —dijo Lewis, pasando el peso de una pierna a la otra—. Hemos matado a un hombre. Por la espalda. No solo a un hombre, a basura blanca, a un montañés. Pensemos en lo que puede pasar.

—Muy bien —dijo Drew—. Vamos a pensarlo. Te escuchamos.

Lewis suspiró y se rascó la cabeza.

—Deberíamos reflexionar un poco antes de actuar como unos *boy scouts* y hacer lo correcto. No existe tal cosa.

—Por supuesto que existe —dijo Drew—. Y es lo único que podemos hacer.

Traté de predecir lo que sucedería y no vi más que problemas, durante el resto de mi vida. Siempre me ha aterrado todo cuanto tenga que ver con la Policía; veo un uniforme y se me seca la boca. Noté cómo me ponía tenso y empezaba a jadear, y por un momento me llegó el sonido del río como si estuviera al otro lado de una puerta.

—Debemos pensarlo sumamente bien antes de presentarnos ante un jurado en estas colinas. No sabemos quién era este hombre, pero sabemos que vivía aquí. Puede que sea un convicto fugado, o que tenga un alambique, o puede ser el padre, el hermano o el primo de cualquiera de este condado. Casi os puedo garantizar que tiene parientes por toda la región. Aquí todos están emparentados, de una manera u otra. Y pensad también en lo siguiente: en estas colinas hay mucho resentimiento por culpa de la presa. Van a tener que trasladar cementerios, como en los tiempos de la TVA.[4] Cosas así. A esta

4. La Tennessee Valley Authority es una compañía eléctrica, existente aún a día de hoy, de propiedad federal, creada en 1933 como parte del New Deal del presidente Franklin D. Roosevelt. Entre sus objetivos iniciales estuvo la mejora de las infraestructuras de producción eléctrica y control de crecidas en el valle del Tennessee.

gente no le gustan los forasteros. Y os aseguro que lo último que quiero es ir a juicio por matar a este tipo por la espalda, con un jurado compuesto por sus primos y hermanos, y a lo mejor hasta por su madre y su padre.

No le faltaba razón. Escuché el bosque y el río mientras trataba de dar con una respuesta. Me vi a mí mismo y a los demás pudriéndonos durante semanas en alguna cárcel del condado, rodeados de montañeses borrachos, comiendo sorgo, cerdo salado y panceta, tratando de no morirnos de angustia, negociando con abogados, pagándoles su tarifa mes tras mes, o quizá abonando una fianza —no tenía ni idea de si eso era factible en un caso así— e implicando a mi familia en un embrollo vergonzoso e irresoluble, obligándola a entrar en contacto con la vida, la muerte y la identidad del hombre repulsivo e inútil que yacía a mis pies, que se agarraba pensativamente a la punta de la flecha, la pompa roja reventada y transformada en un hilillo de sangre que se le escurría por debajo de una oreja. Era cierto que Lewis se enfrentaba a un problema mayor, pero todos teníamos mucho que perder. La mera publicidad de haber estado implicado en un asesinato sería un problema que costaría mucho tiempo sacudirse de encima. Yo no quería verme en esa situación, si había alguna escapatoria.

—¿Tú qué dices, Bobby? —preguntó Lewis, y algo en su tono dio a entender que la decisión de Bobby sería la definitiva.

Bobby estaba sentado en el mismo tronco sobre el que le habían obligado a tumbarse, sujetándose la barbilla con una mano y tapándose los ojos con la otra. Se puso en pie, veinte años más viejo, y se acercó al cadáver. Entonces, en un arranque tan repentino que fue como algo de otro mundo, le asestó una patada en la cara, y otra más.

Lewis lo hizo retroceder empujándolo por los hombros. Cuando lo soltó, Bobby nos dio la espalda y se alejó.

—¿Y tú, Ed? —me preguntó Lewis.

—Ay, Dios, no lo sé. De verdad que no lo sé.

Drew se situó al otro lado del muerto y lo señaló enfáticamente.

—No sé qué tienes en mente, Lewis —dijo—. Pero si ocultas este cadáver te arriesgas a que te acusen de asesinato. Sé lo bastante de leyes como para que no me quepa duda. Y no creo que te quieras ver en ese brete, y menos en estas condiciones que tú mismo has descrito. Es mejor que te lo pienses bien, si no quieres acabar en la silla eléctrica.

Lewis lo miró con expresión de interés.

—¿Y si no hubiera cadáver? —dijo—. Sin cuerpo, no hay crimen. ¿No es así?

—Eso creo, pero no estoy seguro —dijo Drew, observando atentamente a Lewis y luego al muerto—. ¿Qué estás tramando, Lewis? Tenemos derecho a saberlo. Y más nos vale hacer algo cuanto antes. No podemos quedarnos aquí retorciéndonos las manos.

—Nadie se está retorciendo las manos —dijo Lewis—. Yo le he estado dando vueltas mientras tú nos exponías lo que podríamos llamar «el punto de vista convencional».

—¿Dándole vueltas a qué? —pregunté.

—A lo que podemos hacer con el cadáver.

—Puto imbécil —masculló Drew—. ¿Qué piensas hacer con el cadáver? ¿Tirarlo al río? Es el primer sitio donde buscarán.

—¿Quién lo va a buscar?

—Cualquiera. Su familia, sus amigos, la policía. El tipo con el que estaba, a lo mejor.

—No lo vamos a tirar al río —dijo Lewis.

—Lewis —dijo Drew—, hablo en serio. Déjate de historias. Esto no es uno de tus putos juegos. Has matado a una persona. Ahí mismo lo tienes.

—Lo he matado —dijo Lewis—. Pero te equivocas al decir que esto no es un juego. Puede que sea el juego más serio que existe. Si no lo ves así, estás pasando por alto algo importante.

—Venga, Lewis —dije yo—. Por una vez, no vayas por ahí.

Lewis se volvió hacia mí.

—Ed, escúchame. Escúchame bien. Creo que podemos salir de esta. Sin que nos hagan preguntas, sin problemas de ninguna clase. Basta con que mantengamos la calma durante la siguiente hora y hagamos un par de cosas como es debido. Si pensamos con la cabeza y actuamos correctamente, sin cometer errores, podemos salir de esta sin que se vuelva a hablar jamás del asunto. Si contactamos con la justicia, estaremos ligados a este hombre, a este cadáver, el resto de nuestra vida. Tenemos que deshacernos de él.

—¿Cómo? —pregunté—. ¿Dónde?

Lewis miró hacia el río, y luego alzó una mano e hizo un amplio gesto abarcando el bosque, sus cientos, miles de hectáreas. Sus ojos adoptaron una expresión nueva —aun otro color—, una astucia conspiratoria, cómica incluso, una expresión de disfrute calculado, su típica expresión de entusiasmo. Bajó la mano y la dejó reposar en el arco, tras habernos señalado el bosque a Drew y a mí, la totalidad de aquel territorio salvaje.

—En todas partes —dijo—. En cualquier parte. En ninguna.

—Sí —dijo Drew angustiado—, podríamos hacer *algo* con él. Podríamos arrojarlo al río. Podríamos enterrarlo. Hasta podríamos quemarlo. Pero lo encontrarán, o encontrarán algo, si lo buscan. ¿Y qué pasa con el otro, el que estaba con él? Lo único que tiene que hacer es traer a…

—¿A quién? —preguntó Lewis—. Dudo que quiera que nadie, y menos el sheriff o la policía estatal, se entere de lo que estaban haciendo cuando mataron a este. A lo mejor vuelve aquí con *alguien,* aunque lo dudo, pero seguro que no con las fuerzas del orden. Y además, si vuelve, ¿qué?

Lewis tocó el cadáver con el extremo del arco y miró a Drew fijamente.

—Este ya no estará aquí.

—¿Dónde estará? —preguntó Drew con la mandíbula tensa—. ¿Y cómo sabes que el otro tipo no está por aquí cerca ahora mismo? Podría estar observando todo lo que haces. Si arrastráramos el cadáver hasta algún sitio y lo enterráramos, seguro que no sería difícil seguirnos el rastro. Él podría dar con la forma de que la policía se enterase. Podría conducirlos directamente aquí. Mira a tu alrededor, Lewis. Podría estar en cualquier parte.

Lewis no miró, pero yo sí. La otra orilla del río no era peligrosa, pero la orilla donde nos encontrábamos se estaba volviendo cada vez más terrorífica. Era como si una presencia poderosa e invisible fluyera por el aire, cerniéndose sobre nosotros, desde tres direcciones: corriente arriba, corriente abajo y tierra adentro. Drew tenía razón, el tipo podía estar en cualquier sitio. Los árboles y las hojas eran tan espesos que la vista no podía penetrar entre ellos, la bloqueaba la inútil maraña vegetal que moraba en aquella oscuridad asfixiante, entre la que el cuerpo flaco, estúpido y artero del otro hombre se podía desenvolver de manera tan natural como una serpiente o como la niebla, yendo allá donde nosotros fuéramos, observando cuanto hiciéramos. Lo único con lo que contábamos para que eso no sucediera —y caer en la cuenta me dejó sin respiración— era Lewis. El aplomo con el que había matado al hombre me aterraba, pero esa misma cualidad también resultaba tranquilizadora, y me acerqué a él sin ser del todo consciente de ello. Nada me habría gustado más que acariciarle el robusto antebrazo. Lewis estaba relajado, con una pierna bien plantada en el suelo, la cadera echada a un lado y la otra pierna un poco adelantada y flexionada. Lo habría seguido a cualquier parte, y supe que eso era exactamente lo que iba a hacer.

Mirando aún hacia el río, Lewis dijo:

—Pensemos.

Bobby se levantó del tronco y se acercó a nosotros. Él, Drew y yo mirábamos a Lewis por encima del cadáver. Me aparté un poco de Bobby. Nada de lo que había sucedido era culpa suya, pero yo sentía como si estuviera mancillado. Recordé su aspecto, tendido sobre el tronco, tan dispuesto a dejar que le hicieran lo que se les antojara, y sus chillidos agudos.

Lewis se acuclilló sobre el muerto mordisqueando una ramita.

—Si lo llevamos por el río en la canoa estaremos al descubierto. Si hubiera alguien vigilando, nos vería arrojarlo al agua. Además, como dice Drew, ese es el primer sitio donde cualquiera buscaría. ¿Qué opciones nos quedan?

—Ir corriente arriba o corriente abajo —dije.

—O tierra adentro —dijo Lewis—. O tal vez una combinación.

—¿Una combinación de qué?

—Yo diría que de tierra adentro y de corriente arriba. Supongamos que lo llevamos aguas abajo por la orilla. Nuestro destino está en esa misma dirección, así que, si quisiéramos deshacernos del cadáver lo más rápido posible, lo enterraríamos o lo abandonaríamos en algún punto del trayecto.

De nuevo, estaba en lo cierto. El bosque aguas arriba se tornó de repente más misterioso que aguas abajo; el futuro se abría solo en ese lado.

—Por lo tanto, lo llevaremos tierra adentro y aguas arriba. Cargamos con él hasta el arroyo que hay un poco más allá, lo remontamos hasta dar con un buen sitio y lo enterramos, y la escopeta también. Y apuesto lo que sea a que nadie da nunca con él. En estos bosques hay más cadáveres de los que podemos imaginar. La gente desaparece a todas horas y nadie vuelve a oír hablar de ellos. Además, dentro de un mes o de seis semanas, el valle estará inundado, toda la zona quedará a docenas de metros bajo el agua. ¿Pensáis que el Estado va a retrasar el proyecto solo para buscar a un palurdo? Sobre todo si no saben dónde está, ni siquiera si se encuentra en el bosque. Es poco probable. Y en seis semanas… ¿Habéis visto alguna vez un lago? Es muchísima agua. Cualquier cosa enterrada debajo, *debajo del todo,* ya nunca sale a la luz.

Drew negó con la cabeza.

—Que quede claro: yo no tengo nada que ver con esto.

—¿Qué quieres decir? —Lewis lo miró fijamente y añadió—: Por supuesto que tienes algo que ver. Quieres ser legal, salir con las manos limpias, hacer lo correcto. Pero tú no has tenido los cojones de hacer lo que había que hacer. Créeme, si actuamos bien, volveremos a casa tan limpios como vinimos. Si nadie lo estropea.

—No te lo crees ni tú, Lewis —dijo Drew, achicando los ojos de rabia—. No puedo seguirte el juego esta vez. No se trata de cojones. Se trata de la ley.

—¿Ves alguna ley por aquí? —dijo Lewis—. Nosotros somos la ley. Nosotros decidimos cómo serán las cosas. Por lo tanto, votemos. Yo me plegaré al resultado. Y tú también, Drew. No te queda otra.

Lewis se volvió de nuevo hacia Bobby.

—¿Tú qué dices?

—Yo digo que nos deshagamos de este hijoputa —respondió Bobby con voz ronca y estrangulada—. No quiero que esto se sepa.

—¿Ed?

Drew meneó el dorso de su mano ante mis narices.

—Piensa en lo que haces, Ed, por el amor de Dios —dijo—. Este maníaco, hipnotizado por sus propias fantasías, nos va a meter en la cárcel de por vida, si es que no consigue que nos maten. Tú eres un hombre razonable. Tienes familia. Si accedes a lo que Lewis pretende hacer, te verás implicado. Atiende a razones, no lo hagas. Ed. No lo hagas. Te lo suplico. No.

Pero yo ya estaba resuelto a jugármela. Al fin y al cabo, no había hecho nada más que estar atado a un árbol. Nadie podría probar lo contrario, al margen de lo que sucediera al final. Yo creía que Lewis era capaz de sacarnos de aquella. Si apoyaba el plan de ocultar el cadáver y luego nos descubrían, podría alegar que lo había hecho obligado, al verme superado en una votación.

—Yo estoy contigo —dije, ignorando a Drew.

—En ese caso, adelante —dijo Lewis, y asió al hombre por el hombro.

Le dio la vuelta, agarró el astil de la flecha y tiró. Tuvo que servirse de las dos manos y darle algunas sacudidas antes de que empezara a moverse, y a continuación volvió a tirar con una sola mano mientras la flecha salía lentamente, teñida de rojo oscuro. Lewis la llevó al río, la lavó y regresó. La devolvió a la aljaba de su arco.

Yo le di la escopeta a Bobby y fui a por mi cinturón, el cuchillo y la cuerda. A continuación, Drew y yo levantamos el cadáver, sujetándolo cada uno por un hombro, y Bobby y Lewis lo agarraron por los pies, llevando en las manos libres la escopeta, el arco y una pequeña pala que habían cogido de la canoa más cargada. El cadáver se combaba en medio de los cuatro, y comprendí plenamente el significado de la expresión «peso muerto» mientras trataba de caminar erguido. Fuimos hacia el sitio por donde había aparecido Lewis.

Antes de haber avanzado veinte metros, Drew y yo ya íbamos dando traspiés, sin saber dónde pisábamos entre la hierba seca. En una ocasión oí un tableteo, pensé que era una serpiente de cascabel y miré a izquierda y derecha del cuerpo que avanzaba con los pies por delante hacia el interior del bosque. La cabeza del muerto colgaba y se balanceaba entre Drew y yo, chocando con todo cuanto nos encontrábamos a nuestro paso.

No daba crédito a lo que estaba sucediendo. Nunca me había imaginado que podría hacer nada semejante. Decir que era como un juego no basta para describir cómo me sentía. Sabía que no era un juego y, aun así, siempre que podía le echaba un vistazo al cadáver para comprobar si salía del trance que estaba simulando, si se ponía en pie y nos estrechaba la mano a todos, como si solo fuera alguien a quien acabábamos de conocer en el bosque y que nos podría dar alguna idea de dónde nos encontrábamos. Pero la cabeza continuaba oscilando y nosotros continuábamos teniendo que levantarla para esquivar los arbustos y las zarzas, para llegar adonde fuera que estábamos llevando el cadáver.

Llegamos por fin a la orilla del arroyo, cerca de la canoa de Lewis. La corriente parecía compuesta a medias por agua perezosa y por una masa de arbustos y ramas. Jamás me había visto en un sitio semejante, pero allí estaba. Ayudé a Lewis y a los demás a poner el cuerpo en la canoa. El fondo se hundió en el agua cubierta de hojas y empujamos la canoa corriente arriba, adentrándonos cada vez más en el bosque. Sentía cada guijarro del lecho a través de la suela de goma de las zapatillas, y el arroyo fluía entre mis piernas, intangible como una sombra. No había nada que hacer salvo lo que estábamos haciendo.

Lewis abría la marcha tirando de la canoa por la amarra de proa, avanzando trabajosamente corriente arriba con las venas hinchadas, la cuerda por encima del hombro como si acarreara una saca de oro. Los árboles, en su mayoría laureles de montaña y rododendros, formaban una bóveda sobre el arroyo, de manera que en ocasiones teníamos que avanzar de rodillas, con el agua por el pecho, para abrirnos paso entre el follaje. En algunos sitios era como un túnel donde nunca se había esperado que pusiera el pie un ser humano, y en otros era como un largo corredor verde donde el agua variaba de tonalidad y de temperatura y se hallaba mucho más quieta de lo que habría estado a cielo abierto.

Avanzamos por aquella interminable caverna de hojas con el suelo inundado durante veinte minutos, hasta que ya solo podíamos pensar en seguir adelante, palpando el arroyo con los pies cuando las hojas de los rododendros colgaban ante nuestras caras y nos lo ocultaban. Me pregunté qué haría yo si los demás desaparecieran y si el arroyo también desapareciera y me viese a solas en el bosque con el cadáver. ¿Qué dirección tomaría? Sin poder seguir el curso del riachuelo, ¿sería capaz de encontrar el río? Seguramente no, y me ligué en cuerpo y alma a los otros; solo podría salir de allí en su compañía.

De cuando en cuando miraba dentro de la canoa y veía el cadáver que transportaba, tumbado de espaldas con una mano sobre la cara y los pies cruzados, una caricatura del holgazán sureño de pueblo que no sabe hacer nada más que dormir.

Lewis levantó una mano. Todos nos erguimos alrededor de la canoa, sosteniéndola con la proa contra la corriente. Lewis trepó por la orilla más alejada como un animal. Drew, Bobby y yo esperamos, con la canoa flotando a la altura de la cadera y el hombre meciéndose suavemente entre nosotros. La vegetación era tan espesa a nuestro alrededor que en algunos lugares habría costado pasar un brazo a través de ella. Nos podrían estar observando desde cualquier sitio, desde cualquier ángulo, pero no sucedió nada. Yo sentía cómo las manos de los otros sostenían la canoa.

Al cabo de diez minutos regresó Lewis; levantó una rama que colgaba sobre el agua y apareció de pronto ante nosotros. Fue como si el propio árbol hubiera alzado una de sus extremidades por voluntad propia. Pensé que ese tipo de cosas sucedían continuamente en bosques lo bastante frondosos. Las hojas se elevaron de manera cuidadosa pero resuelta y Lewis Medlock pasó a través de ellas.

Atamos la canoa a un arbusto y levantamos el cuerpo, cada uno en la misma posición de antes. No me creí capaz de hacerlo de otro modo.

Lewis no había encontrado ningún sendero, pero sí una especie de abertura entre los árboles que iba tierra adentro y, tal como había dicho antes, corriente arriba. Era suficiente; nos serviría. Salimos del arroyo con mucho esfuerzo, entre grandes robles acuáticos y liquidámbares que llevaban allí desde siempre, tropezando, dando bandazos a un lado y al otro con el cadáver a cuestas, empapados en sudor, tratando de desentrañar un recorrido complejo e incoherente a través de los arbustos y los árboles. Al cabo de unos pocos giros yo ya no tenía ni idea de dónde estábamos y, curiosamente, me gustó sentirme tan perdido. Si se ha llegado a semejante punto, lo mejor es seguir hasta el final. Cuando dejé de oír el arroyo supe que estaba perdido, deambulando como un necio por el bosque, acarreando un cadáver por una manga.

Lewis volvió a levantar la mano y dejamos el cadáver en el suelo. Estábamos junto a una especie de charca, una filtración de agua putrefacta, negra azulada, bien subterránea, bien procedente de algún otro sitio del bosque. La tierra a su alrededor estaba blanda y encharcada, y yo me aparté, pese a que había caminado por el arroyo igual que los demás.

Lewis me hizo una seña. Me acerqué y él sacó de su aljaba la flecha con la que había matado al hombre. Yo habría esperado que vibrara o algo así, pero no; era igual que las demás: elegante y eficaz. La examiné; estaba recta. Se la devolví, pero, por alguna razón, era reacio a soltarla. Lewis hizo un gesto extraño con la cabeza, algo a medio camino entre la incredulidad y la resolución, y sostuvimos la flecha entre ambos. No estaba manchada de sangre, pero las plumas continuaban húmedas después de haberla lavado en el río. Parecía que alguien la hubiera llevado bajo la lluvia, o que se hubiera mojado con el rocío o la niebla. La solté.

Lewis la encocó. Tendió el arco al máximo, como lo había visto hacer cientos de veces, en su pose clásica, experta, mucho más funcional y precisa que la de los arqueros que aparecen en las urnas, y se mantuvo así, concentrado. Allí no había nada más que agua negra, pero él parecía apuntar a un lugar en concreto: una gota individual, quizá, en movimiento pero que tendría que detenerse, tarde o temprano, por un instante.

Soltó. La flecha desprendió un destello plateado y casi al mismo tiempo desapareció, mientras Lewis sostenía la postura, con el arco alzado, como si la flecha aún continuara en él. Nada pareció detener a la flecha bajo el agua, ningún tronco ni piedra. Ya no estaba allí, y bien podría hallarse surcando el detritus hasta el mismísimo centro de la Tierra.

Levantamos el cadáver y seguimos adelante. Un rato después llegamos a la base de un talud gruesamente acolchado de hojas y helechos. Lewis nos guiñó un ojo. Posamos el cadáver. Tenía un brazo retorcido hacia atrás, y que tal postura no le doliera parecía lo más extraño y terrible de cuanto había sucedido.

Lewis se arrodilló. Se puso a cavar con la pala plegable del ejército que había llevado para excavar letrinas. El suelo, o lo que fuera aquello, cedía con facilidad. No era tierra; eran hojas y materia en descomposición. Olía a varias generaciones de moho. El agua se filtraría fácilmente por ahí, pensé. Cualquier cadáver desaparecería enseguida.

Drew y yo nos arrodillamos y ayudamos con las manos. Bobby se quedó de pie, mirando entre los árboles. Lewis cavaba, concentrado en la tarea manual, buscando el mejor modo de llevarla a cabo. El sudor se le acumulaba en los pliegues del rostro varonil, con marcas de viruela, y el pelo, tieso de mugre y de loción capilar, le brillaba, caído sobre una oreja.

Era un lugar oscuro, silencioso, donde no corría el aire. Cuando terminamos, mi mono de nailon estaba empapado.

Habíamos cavado una zanja estrecha de sesenta centímetros de profundidad.

Lo hicimos rodar de costado y el cadáver cayó dentro, increíblemente lejos de nosotros. Lewis tendió una mano y Bobby le entregó la escopeta. Lewis la metió en la tumba y se quedó mirándola, con las manos en las rodillas. Le dio la vuelta al arma, colocándola de otro modo.

—Muy bien —dijo.

Paleamos y empujamos con las manos aquella materia oscura, a toda prisa. Yo me concentré en cubrirle la cara lo antes posible. Fue fácil, bastaron unos puñados de tierra. Fue desapareciendo poco a poco, fundiéndose con el inhóspito desorden del bosque. Cuando quedó oculto por completo, Lewis alisó la superficie.

Nos quedamos de rodillas. Estábamos encorvados, jadeantes, con las manos en las caderas o en el suelo. Yo sentí el impulso, pasajero pero muy poderoso, de desenterrarlo, de ponerme de parte de Drew. Ahora sabíamos dónde estaba; más adelante ya no. Aun así, seguiría habiendo mucho que explicar: la tierra, la demora y todo lo demás. ¿Qué íbamos a hacer, lavarlo en el río? Eso bastó para convencerme de que era imposible, y me puse en pie al mismo tiempo que los demás.

—En pocos días aquí crecerán los helechos —dijo Lewis. Era agradable oír una voz, sobre todo la suya—. Nadie lo encontrará ni en un millón de años. Dudo que nosotros mismos pudiéramos volver a dar con este sitio.

—Todavía estamos a tiempo —intervino Drew—. Más vale que estés seguro de lo que haces.

—Estoy seguro —dijo Lewis—. Cuando llueva desaparecerá cualquier rastro que hayamos dejado. Ni un perro nos podría seguir hasta aquí. En cuanto salgamos del río, estaremos a salvo. Creedme.

Emprendimos el regreso. Yo habría sido incapaz de dar con el camino de vuelta, pero Lewis se detenía de cuando en cuando y reorientaba nuestros pasos, y a mí me parecía que más o menos íbamos en la dirección correcta; era la que yo habría tomado en caso de estar solo.

Llegamos al arroyo en un punto aguas arriba de donde habíamos dejado la canoa. La corriente discurría hacia el río y nosotros la seguimos, pisando los guijarros nunca hollados del lecho, agachándonos para esquivar las hojas y las ramas bajas, hablando entre dientes para nosotros mismos. Yo me sentía aislado de los demás, y en particular de Lewis. El deseo de ayudarnos mutuamente se había extinguido; pensé que, si yo cayera en un agujero y desapareciera, los otros no se percatarían, sino que continuarían adelante, cada vez más rápido. Todos queríamos salir del bosque lo antes posible. Sin duda, era lo que yo deseaba, y me habría supuesto un esfuerzo inmenso retroceder aunque solo fuera un paso corriente arriba, sin importar qué problema pudiera tener cualquiera de los demás.

En cuanto llegamos a la canoa, embarcamos. Drew y Lewis se ocuparon de remar, y yo sentía cómo los largos golpes de remo de este último nos desplazaban en la dirección en la que yo quería ir. Drew apartaba las ramas bajas y regresamos al río antes de lo que yo creía posible.

La otra canoa estaba donde la habíamos dejado, meciéndose suavemente en la orilla.

—Larguémonos de aquí —dijo Bobby.

—Déjame pensar un minuto —dijo Lewis—. Hay que dejar a un lado el orgullo y los rencores. ¿Te ves capaz de remar, Bobby?

—No lo sé, Lewis. Lo intentaré.

—No es culpa tuya —dijo Lewis—, pero intentarlo no será suficiente. Tenemos que emparejarnos de la mejor manera posible. Creo que lo mejor es que Bobby vaya conmigo. Ed, ¿cómo estás de fuerzas?

—No sé. Alguna me queda.

—Bien. Tú y Drew coged mi canoa. Bobby y yo llevaremos todo lo que podamos en la otra. Intentaremos mantenernos a la par, pero será mejor que vayáis delante, para que pueda veros si tenéis problemas. Siento decirlo, pero, por lo poco que sé, todavía no hemos llegado a la peor parte del río.

—La parte que iba a ser divertida —dijo Bobby.

—La parte que te va a saltar la tapa de los sesos si no haces exactamente lo que yo te diga —respondió Lewis sin alzar la voz—. Venga, pongamos en mi canoa todo lo que se pueda. Queréis salir de aquí, ¿verdad?

Dedicamos diez minutos a reacomodar el material.

—Cógelo todo si puedes, Lewis —dije—. Si Drew y yo tenemos que ser los primeros en pasar por los putos rápidos, al menos me gustaría ser capaz de manejar la canoa medianamente bien. Y no quiero llevar cosas que se me enrollen y me arrastren al fondo si volcamos.

—No te culpo —dijo Lewis—. Cogeré todo lo que pueda.

—Lo que sí quiero es un arma —dije—. Me quedo con el arco.

—Yo me lo pensaría dos veces —me aconsejó Lewis—. Si crees que las tiendas de campaña pueden ser un problema, verás como se te clave una flecha cuando estés en el agua.

—Merece la pena —dije—. También me gustaría tener la escopeta del tipo. ¿Por qué coño tuvimos que enterrarla con él?

—La escopeta está bien donde está —dijo Lewis.

—Podríamos habernos deshecho de ella más adelante.

—No, sería demasiado arriesgado. Cada kilómetro que hiciéramos llevando la escopeta aumentaría las posibilidades de que nos descubrieran con ella. Eso podría ser el fin, amigo mío. El fin.

Estábamos listos. Drew se instaló en la proa de la canoa de aluminio. Me alegré de ir con él; nos entendíamos bien a la hora de remar. Se quedó sentado sosteniendo el remo sobre la superficie, negando con la cabeza. Ninguno de los dos dijo nada hasta que yo le pedí que nos pusiéramos en marcha.

Eran las cuatro de la tarde, y la perspectiva de pasar otra noche en el río me paralizaba. Las dificultades y el esfuerzo físico de enterrar a aquel hombre me habían impedido pensarlo, pero ahora la idea de acampar y de lo que podría suceder entonces cayó sobre mí como una maza; me abrumaba. Sin embargo, saqué fuerzas de flaqueza. Las hojas brillaban, cada una era un punto misterioso, y el río y la luz reflejada en él, pura energía. Yo nunca había experimentado un estado de alerta semejante; me invadió una serenidad inmensa. La consciencia simultánea de cuanto sucedía en cien lugares diferentes a mi alrededor me proporcionaba una suerte de equilibrio que hacía que mis brazos llevasen a cabo movimientos largos y seguros y me mostraba dónde había rocas ocultas bajo la superficie.

Avanzamos a buen ritmo durante casi una hora. Lewis no se quedaba atrás: hacía avanzar su canoa sobrecargada a costa de un esfuerzo que yo no podía ni imaginar. Le gustaba ocuparse de todo y hacer más que los otros por el mero hecho de que podía. Y a mí me alegraba ver que en una situación de emergencia sus convicciones no se tambaleaban; se mantenían firmes y hasta se fortalecían.

Pero también me alegraba de que Drew y yo fuéramos ligeros de peso y maniobrables. No había rápidos, pero parecía que el río ganaba velocidad. Teníamos la extraña y clara sensación de ir cuesta abajo por una larga rampa. Yo era cada vez más consciente de ello, hasta que caí en la cuenta de que dicha impresión la causaba lo que les estaba sucediendo a las riberas. Las orillas habían comenzado a elevarse, la izquierda más que la derecha, y continuaban subiendo de manera irregular pero decidida, cada vez más alto, cambiando el sonido del río, que ahora incluía una especie de golpeteo, cuyo tono se elevaba a la par que las paredes, donde primero desaparecieron los árboles y a continuación los arbustos, hasta que no quedó nada más que la roca. La mayor parte del tiempo los costados no eran verticales, pero sí muy escarpados, y supe que si volcábamos nos veríamos en problemas. Recé para que no hubiera rápidos en la garganta, o para que al menos fueran fáciles.

Remamos y remamos. Drew iba inclinado hacia delante, como un estudioso encorvado sobre su escritorio, y con cada golpe de remo su vieja camisa del ejército se le tensaba sobre los hombros.

Miré hacia atrás. Nos habíamos distanciado un poco de la otra canoa, que iba unos treinta metros por detrás. Me pareció que Lewis nos gritaba algo, seguramente que frenáramos, pero el matraqueo se tragó su voz.

Ahora las paredes alcanzaban los cuarenta y cinco metros a ambos lados. La reverberación del sonido parecía impulsarnos en la misma medida que el agua; ambas formaban parte de lo mismo: la corriente que debíamos surcar para atravesar la garganta.

Volví a mirar atrás. Lewis y Bobby habían ganado un poco de terreno. Estaban demasiado cerca de nosotros para atravesar unos rápidos, pero no había nada que yo pudiera hacer al respecto. Se las tendrían que apañar por su cuenta.

Cada vez que salíamos de una curva, antes de que Drew se interpusiera en mi campo de visión, yo escrutaba la corriente en busca de agua blanca, y a continuación miraba ambas orillas hasta tan lejos como me era posible, tratando de apreciar si perdían altura. No había espuma a la vista, y las paredes se mantenían sin cambios: grises, salpicadas de maleza, calizas, picadas de hoyuelos, erosionadas.

Pero el sonido sí estaba cambiando, se volvía más profundo y enormemente frenético e imponente. Al ruido de antes había venido a sumarse otro nuevo, aún más abrumador que las reverberaciones en las paredes, con ascensos y descensos de volumen; era como un bajo rítmico integrado por todos los sonidos que habíamos oído en el río hasta el momento. Dios mío, Dios mío, pensé. Sé lo que es eso. Si topamos con una cascada estamos jodidos.

El sol se escondió tras el lado derecho de la garganta y la sombra cayó sobre el agua con tanta rapidez que pareció suceder de súbito. La oscuridad descendió sobre nosotros como una manta y en ella el agua discurría aún más rápido, ondulándose y produciendo un poco de espuma bajo la canoa. Me castañeteaban los dientes. Sentía el temblor en todo el cráneo, como si ya hubiera caído al agua y ahora padeciera el frío en la sombría orilla pedregosa. Era como si descendiéramos a saltos por una inmensa zanja, como si nos deslizáramos a toda velocidad por una corriente subterránea cuyo techo hubiera sido arrancado.

No llegaríamos a Aintry a oscuras; era imposible. Si no veíamos nada, no saldríamos vivos del río ni aunque este se mantuviera como ahora. Lo último que yo quería era atravesar la garganta de noche. Sería mejor detenernos mientras quedara luz y buscar una roca llana o un banco de arena, o disponernos a pasar la noche en las canoas.

Doblamos otra curva, a cuya salida el lecho del río comenzó a inclinarse hacia abajo. Había una serie de rápidos pequeños pero complicados. No distinguí hasta dónde se prolongaban. Casi lo único que había aprendido acerca de manejar una canoa era que había que enfilar la parte de los rápidos por donde el agua discurría más veloz, donde más espuma hubiera. No quedaba mucha luz y yo ya había decidido que después de ese tramo nos retiraríamos a la orilla, sin importarme lo que Lewis y Bobby decidieran hacer.

La corriente nos arrastraba sin piedad. Llegamos a un trecho de calma entre dos rápidos, pero íbamos demasiado deprisa como para apartarnos del centro antes de alcanzar el siguiente obstáculo. No quería arriesgarme a que el río nos pusiera de costado y nos lanzara contra las rocas. Así no solo volcaríamos, sino que seguramente la canoa quedaría encallada y la fuerza de la corriente la retendría. Y no podríamos continuar los cuatro en una sola canoa, que iría demasiado cargada y sería imposible de maniobrar. Intenté mantener a Drew centrado en el rápido, como si fuera un punto de mira, y hacerlo pasar entre las rocas; si él pasaba, yo también.

—Un poco más rápido, amigo —grité.

Drew remó con más fuerza.

Algo le sucedió. Al principio —puedo verlo en tres dimensiones, a cámara lenta, incluso congelar la imagen— fue como si algo, quizá una ráfaga de viento, pero muy definida y concentrada, le levantara un mechón de pelo de la nuca. Por un segundo pensé que había meneado la cabeza o que la canoa había dado una sacudida que yo no noté, pero en ese mismo instante sentí que perdíamos el control. El río arrebató el remo de la mano de Drew como si nunca lo hubiera sujetado. Su brazo izquierdo se estiró hacia el agua y el resto del cuerpo lo imitó, haciendo volcar la canoa. Yo no pude hacer nada. También caí al agua.

En un acto reflejo, justo antes de precipitarme de bruces al rápido y de que el río me apresara y me diese vueltas de campana, solté el remo y cogí el arco, que llevaba a los pies, porque incluso presa del pánico supe que prefería tener un arma, pese al riesgo que pudieran suponer en el agua las puntas desnudas de las flechas.

El río me arrastró, pero al menos llevaba el arco. El chaleco salvavidas me devolvió a la superficie y la canoa de Lewis se abalanzó sobre mí como una ballena, alzada por la corriente. Me golpeó en el hombro y me hundió hasta el fondo, donde los cantos rodados corrían como canicas, y algo, seguramente un remo, me dio en un lado de la cabeza cuando Lewis o Bobby trataron de apartarse de mí como si yo fuera una piedra más. Me impulsé con los pies y subí. Aguas abajo, la canoa verde chocó contra el flanco de la otra, rebotó, y Bobby y Lewis salieron despedidos cada uno por un lado. Impacté contra una roca y sentí un fuerte dolor en una pierna, en algún músculo o hueso. Pataleé con ambos pies y di contra algo sólido. La corriente debió de ponerme de nuevo cabeza abajo, porque no podía respirar. Abrí los ojos y no vi nada. Estiré el cuello confiando en sacar la cabeza del agua, pero nada. Me ahogaba. Me llegaban impactos de todas partes. Sufrí rozaduras y un golpe tras otro en los rincones más improbables e inesperados del cuerpo, siempre proyectado hacia delante, tropezando y estampándome contra cuanto había en el río.

Giré sin descanso. Me revolqué. Traté de arrastrarme por el fugaz fondo. No había manera. Me estaba muriendo. Sentí que empezaba a desvanecerme sumido en la increíble violencia y la brutalidad del río, fundiéndome con ellas. No era mala forma de acabar, pensé; a lo mejor ya estaba muerto.

Mi cabeza salió del agua y lo cierto es que pensé en volver a sumergirla. Pero llegué a atisbar las canoas, y eso atrajo mi atención lo bastante como para mantenerme con vida. Estaban juntas, la verde prácticamente partida en dos, rodando una contra la otra como un par de leños. Algo se me clavaba en una mano, en la izquierda. La canoa de madera se terminó de partir contra una roca y desapareció. La de aluminio brincó sobre la roca y también se perdió de vista.

Las piernas por delante, chico, me dije, tragando agua. Ponte de espaldas.

Lo intenté varias veces, pero siempre me golpeaba las espinillas o los muslos contra una piedra. Me volví a sumergir y oí lo que debía de ser la canoa de aluminio chocando contra las rocas, un sonido tintineante, lejano y hermoso.

Me puse de espaldas y discurrí con el río, deslizándome por encima de las rocas como una criatura que siempre hubiera estado dentro de mí pero a la que yo no había permitido manifestarse hasta entonces. El chaleco salvavidas me sacaba el torso por encima del agua. Si conseguía alzar los talones sobre las piedras, me deslizaba por encima de ellas como una serpiente mocasín, sintiendo las algas contra la nuca antes de ir a parar a los siguientes rápidos.

Mientras patinaba sobre la superficie tuve la certeza de que jamás habríamos podido atravesar aquel tramo con las canoas. Había demasiadas rocas, repartidas de manera demasiado azarosa, y la corriente era demasiado rápida, no cesaba de ganar velocidad. No habríamos podido remolcar las canoas desde la orilla ni tampoco sacarlas del agua y portearlas. Tarde o temprano, habríamos volcado; por raro que parezca, esa certidumbre me alegró. Estaba seguro de que el modo como yo estaba atravesando aquella parte del río era el único posible.

Habría sido terroríficamente divertido si no hubiese dolido tanto. El río no dejaba de lanzarme hacia delante. Veía que me abalanzaba hacia una gran piedra pulida por la corriente, levantaba los pies y me deslizaba por encima, caía de culo en un pozo de espuma, recobraba velocidad y seguía avanzando. Me golpeé en la nuca un par de veces antes de aprender a incorporar la cabeza cuando sobrepasaba la piedra, pero luego ya no recibí más golpes.

Sabía que estaba herido en alguna parte. Pero no sabía dónde. La mano izquierda me dolía mucho y eso era lo que más me preocupaba, porque no recordaba habérmela golpeado con nada. La levanté y vi que llevaba agarradas las puntas de las flechas y que, cada vez que apretaba, me hería en la palma. El arco lo tenía encajado bajo el brazo izquierdo. Lo recoloqué y aparté las puntas de las flechas, justo antes de pasar sobre otra roca. Cuando la dejé atrás vi que, después de un nuevo tramo de rápidos, el agua se serenaba: un remanso, y luego más agua blanca, pero lejos, oculta por el crepúsculo. Me relajé y en esa ocasión ni siquiera toqué las rocas al pasar; flui entre el frío frenesí de espuma hasta ir a parar al remanso, acunando el arco.

Flotaba, ya no me arrastraba la corriente. Mientras yacía perezosamente en el gran lecho oscuro, contemplé los altos laterales de la garganta. Me dolían mucho las piernas, pero podía moverlas y, por lo que me parecía, ninguna estaba rota. Saqué la mano del agua; había sufrido pinchazos y golpes, aunque ninguno tan grave como podría haber sido, y tenía un corte en diagonal a lo largo de la palma, poco profundo.

Floté, tratando de serenarme lo bastante como para trazar un plan. Con torpeza, me giré y miré corriente arriba en busca de los otros. Mi cuerpo me parecía muy pesado y difícil de mover sin que la tremenda autoridad de los rápidos me ayudara y me dijera qué hacer.

No había nadie ni corriente arriba ni corriente abajo. Me mantuve atento al último salto de agua porque pensé que quizá los había adelantado en algún momento. Probablemente hubiera unos cuantos sitios donde el agua se frenaba entre las rocas y donde podían haber quedado retenidos, vivos o muertos.

Mientras se me pasaba esto por la cabeza, Bobby apareció dando tumbos por los rápidos, rodando sobre las rocas, hasta caer en plancha al remanso. Le señalé la orilla y avanzó sin fuerzas hacia allí. Yo hice lo mismo.

—¿Dónde está Lewis? —grité.

Él negó con la cabeza y yo dejé de nadar y me detuve a esperar en el centro del remanso.

Un par de minutos después llegó Lewis, doblado en dos y con aspecto descompuesto, sosteniendo el remo en una mano y cubriendo una mueca de dolor insoportable con la otra. Nadé hasta él y floté a su lado entre las ondas que se formaban bajo el salto de agua. No dejaba de retorcerse, presa de un dolor cuyo origen yo no acertaba a ver.

—Lewis —dije.

—La pierna —jadeó—. Creo que me la he roto.

Allí no había apenas corriente, el agua no nos arrastraba.

—Agárrate a mí —dije.

Alargó la mano libre y me agarró por el cuello del mono; yo nadé de costado, poco a poco, hacia un grupo de grandes rocas al pie del acantilado. La oscuridad caía rápidamente sobre nosotros mientras yo, medio asfixiado, remolcaba a Lewis.

Desde donde estábamos, la pared del acantilado parecía la gigantesca pantalla de un autocine a la espera de que empezara una película épica. Traté de oír la música ambiental y miraba una y otra vez la pálida y curva pared rocosa en busca de la imponente imagen de Victor Mature, preguntándome cuándo aparecería, o si en realidad la película ya había comenzado y yo no me había dado cuenta.

Al acercarnos a la pared, vi que saldríamos del agua por un banco de arena. Bobby estaba sentado en una roca. Le hice una seña y se levantó y se acercó a la orilla, sin saber qué hacer con las manos.

Me tendió una y tiró de nosotros. Lewis fue a la pata coja, con mucho esfuerzo, hasta una roca, sobre la que se dejó caer y volvió a retorcerse. La roca, que aún conservaba parte del calor proyectado por el sol en su descenso, lo acogió, y yo lo ayudé a tenderse de espaldas. Seguía tapándose la cara con una mano.

—Han disparado a Drew —masculló—. Lo he visto. Está muerto.

—No estoy seguro —dije, aunque me temía que estuviera en lo cierto—. Le pasó algo. Pero no sé qué fue. No lo sé. —Luego le dije a Bobby—: Hay que bajarle los pantalones.

Se me quedó mirando.

—No pongas esa cara —dije—. Esto es diferente. Quítale los pantalones y mira a ver cómo de grave es. Yo tengo que ir a por esa puta canoa si no queremos quedarnos aquí para siempre.

Me metí en el río una vez más, encogido ante la expectativa de un disparo de rifle realizado con el último resquicio de luz. Me zambullí como un animal torpe, percibiendo la familiar variación de peso. Con una idea muy clara de lo que tenía que hacer, eché a nadar.

Cuanto más caía la luz, más profundo se volvía el remanso; nadie habría podido convencerme de lo contrario. La canoa de aluminio era una mancha pálida que flotaba medio hundida en la oscuridad más absoluta, derivando despacio hacia los siguientes rápidos, pero, como presa de un ataque de pereza, frenó y permaneció en el pozo. Casi la había alcanzado cuando me topé con un objeto de madera que resultó ser un remo roto. Lo cogí.

Nadé a cámara lenta alrededor de la canoa, esperando un disparo de rifle que, si me mataba, no llegaría a oír, igual que no había oído el que acabó con Drew, si eso era lo que había sucedido. Desde lo alto de la garganta nadie alcanzaría a verme, yo lo sabía bien, aunque a lo mejor sí que distinguían la canoa. Incluso eso era dudoso, no obstante, y, seguro de mí mismo, me dije que podría pasar toda la noche nadando al descubierto sin que me sucediese nada.

Aquella zona del remanso era profunda, no podía hacer pie para dar la vuelta a la canoa y achicar el agua. Me colgué del costado y la incliné una y otra vez para que el líquido se desbordara. Con cada intento, la canoa giraba con más facilidad, el agua que contenía regresó al río y la línea de flotación descendió casi hasta el mínimo. La empujé por la afilada popa, impulsándome con las piernas como una rana. Noté el tirón de la corriente hacia la oscuridad aguas abajo. Alcancé a ver un poco de espuma, pero por suerte estaba lejos, un problema para otro momento. Me acerqué al acantilado y llamé a Bobby. Oí su respuesta.

Apenas le veía la cara. La canoa fue hacia él gracias a un impulso similar al que yo solía darle a Dean cuando estaba aprendiendo a caminar. Bobby se metió en el agua, tiró de la embarcación por la amarra de proa y la varó bajo un saliente de roca.

Salí del agua sin decir nada.

—Por Dios —dijo Bobby—, no estés tan callado. Estoy de los nervios.

Aunque iba a decir algo, cerré la boca y me acerqué a Lewis, que ya no estaba en la roca, sino tumbado en la arena. Las piernas le brillaban y tenía la pernera derecha de los calzoncillos subida hasta la ingle. La silueta del muslo no dejaba lugar a dudas de que tenía un hueso roto. Lo palpé con cuidado. Su pene se encogió de dolor contra el dorso de mi mano. Giró la cabeza, restregando el pelo contra la arena.

No era una fractura múltiple. No noté las astillas de hueso que me habían enseñado a buscar en innumerables cursillos obligatorios de primeros auxilios, pero palpé una gran hinchazón. Era como si la piel se quisiera abrir, desgarrarse, para dejar salir algo.

—Aguanta, Lew —dije—. Aquí estamos bien.

Ya había oscurecido por completo. El sonido del río nos envolvía como jamás podría hacerlo a la luz del día. Me senté junto a Lewis e hice un gesto a Bobby para que se acercara. Él también se sentó.

—¿Dónde está Drew? —preguntó Bobby.

—Lewis dice que ha muerto —respondí—. Probablemente tenga razón. Puede que le hayan disparado. Pero no estoy seguro. Yo lo estaba mirando cuando pasó, y aun así no lo tengo claro.

La mano de Lewis tiraba de mí hacia abajo. Acerqué el oído a su cara. Él trataba de decir algo, pero no era capaz. Por fin:

—Eres tú. Tú.

—Claro que soy yo —dije—. Estoy aquí. Estamos a salvo.

—No. Eso no... —El sonido del río se tragó el resto.

—¿Qué vamos a hacer? —preguntó Bobby desde la oscuridad. La noche ocultaba su rostro enrojecido.

—Creo —dije— que no saldremos vivos de esta garganta.

¿Eso he dicho?, pensé. Sí, lo has dicho, como lo haría un sonámbulo. Lo has dicho y lo crees.

—Sospecho que su intención es acabar con nosotros mañana —dije en voz alta, y mi voz me pareció lo más extraño que había oído en la vida. ¿Cuándo empieza la película, Dios mío?

—¿Cómo...?

—Es lo que haría yo. ¿Tú no?

—No sé...

—Si Lewis tiene razón, y yo creo que la tiene, ese bastardo desdentado nos disparó cuando enfilábamos los rápidos, antes de que fuéramos demasiado deprisa. Mató al primer hombre de la primera canoa. El siguiente habría sido yo. Y luego tú.

—Eso quiere decir que tuvimos suerte de volcar.

—Así es. Tuvimos suerte. Mucha suerte.

Resultaba raro decirlo, en nuestras circunstancias. Agradecí que no nos pudiéramos ver las caras. A mí me parecía que la mía estaba serena, con el ceño fruncido, pero quizá no fuera así. Teníamos que actuar.

—¿Qué vamos a hacer? —repitió Bobby.

—La pregunta es: ¿qué va a hacer él?

No hubo respuesta. Continué hablando.

—¿Qué tiene que perder? Cuenta con las mismas ventajas que nosotros cuando enterramos a su amigo en el bosque. No habrá testigos. No hay ninguna razón para seguirle los pasos. Por lo que sabe todo el mundo, él nunca nos ha visto, ni nosotros a él. Si los cuatro desapareciéramos en el río, ahí quedaría la cosa. ¿A quién le iba a importar? ¿Qué partida de búsqueda podría adentrarse en esos rápidos? Un helicóptero no serviría de nada, aunque fuera posible inspeccionar el agua desde arriba, y no es el caso. ¿Crees que alguien se va a meter con un helicóptero en esta garganta por si ve algo? Es impensable. Podría haber una investigación, pero apuesto lo que sea a que no conduciría a nada. Lo que nos pasará si nos mata es que nos convertiremos en leyendas: uno de esos casos sin resolver.

—¿Crees que está ahí arriba? ¿En serio?

—Creo que es mejor que pensemos que lo está.

—Entonces ¿qué?

—Estamos atrapados. Él no puede bajar y nuestra única escapatoria es el río. De noche no podemos irnos, y en cuanto nos pongamos al descubierto por la mañana, nos estará esperando.

—Jesús...

—Sí —dije—. Eso es. O, como diría Lewis: «Ven a nosotros, Jesús, caminando sobre las aguas blancas. Si no, tendremos que hacer lo que haga falta».

—Oye, Ed —dijo Bobby, y el patetismo de su voz, en comparación con el sonido del río, me molestó—, tienes que estar seguro.

—¿Seguro de qué?

—De lo que dices. ¿Y si te equivocas? A lo mejor en realidad no estamos en peligro, a lo mejor no hay nadie allá arriba. —Hizo un gesto, pero yo no lo vi.

—¿Quieres correr el riesgo?

—No. No si puedo evitarlo. Pero...

—Pero ¿qué?

—¿Qué podemos hacer?

—Tenemos tres opciones —dije, y una tercera persona, alguien ajeno a mí, me dictó cuáles eran—: Nos podemos quedar aquí llorando y llamando a nuestras mamás. Podemos invocar a los elementos. A lo mejor somos capaces de volver a poner a Lewis encima de la roca y bailar la danza de la lluvia a su alrededor, para que haya menos visibilidad. Pero si conseguimos que llueva, no lograremos salir de aquí, y Lewis morirá de frío. Mira dónde estamos.

Me gustaba cómo sonaba mi voz en la montaña, sobre todo de noche; parecía la de alguien que conocía ese lugar y que sabía lo que estaba haciendo. Me acordé de Drew y del chico albino tocando en la gasolinera.

Guardamos silencio para mirar hacia lo alto del acantilado, donde vimos que estaban saliendo las estrellas. El cielo estaba completamente despejado.

—Y entonces ¿qué? —dijo Bobby.

—Alguien puede intentar subir y esperarlo allí, en la cima.

—¿Quieres decir…?

—Como dicen en las películas, sobre todo en las de los sábados por la tarde: o él o nosotros. Ya hemos matado a un hombre. Él también. Quién saldrá de aquí dependerá de quién mate a quién. Así de sencillo.

—Entendido —dijo él—. No quiero morir.

—Entonces ayúdame a pensar. Tenemos que pensar del mismo modo que él. Todo depende de eso.

—Yo no tengo ni idea de en qué está pensando.

—Podemos empezar por suponer que pretende matarnos.

—Hasta ahí llego.

—Lo siguiente es cuándo. No puede hacer nada hasta que haya luz. Eso significa que disponemos hasta el alba para hacer lo que sea que vamos a hacer.

—Sigo sin saber qué será.

—Te digo lo que yo creo. A esta distancia no se oye un disparo, con tanto ruido como hay aquí. Después de matar a Drew, pudo habernos disparado a los demás y no nos habríamos enterado a no ser que nos hubiera acertado. No tengo ni idea de lo bien que puede vernos desde donde está. Pero me parece razonable suponer que vio caer a Drew y también cómo volcaron las canoas. Puede que crea que los demás nos ahogamos, pero no me parece que quiera correr el riesgo de darlo por sentado. La corriente es muy fuerte, pero que tú, Lewis y yo hayamos llegado aquí demuestra que se puede sobrevivir, y probablemente él lo sabe. Por otro lado, puede que la razón por la que no nos disparó a nosotros fue que, cuando el río nos arrastró, él se quedó muy atrás, y además ya estaba oscureciendo. Tenemos suerte. Eso significa que contamos al menos con dos ventajas, si las sabemos usar.

—¿Ventajas, dices? Vaya ventajas. Tenemos a un herido. Tenemos una canoa que hace aguas y con el fondo abollado. Tenemos a dos tíos que no saben moverse por el bosque y ni siquiera saben dónde coño están. Él tiene un rifle y está en una posición elevada. Conoce nuestra ubicación y es consciente de que no podemos escapar, y nosotros no tenemos ni la más mínima idea de dónde se encuentra él, ni siquiera de quién es. Si tú y Lewis lleváis razón, no tenemos escapatoria. Si está allí arriba y quiere matarnos, lo hará.

—Eso todavía no ha pasado. Y nos queda un as en la manga.

—¿Cuál?

—Él cree que no podemos llegar hasta donde está. Y, si lo conseguimos, lo podemos matar.

—¿Cómo?

—Con el cuchillo o con el arco. O con las manos, si no hay más remedio.

—¿Podemos? ¿Los dos?

—No. Solo uno de nosotros.

—Yo ni siquiera sé usar un arco —dijo. Por un instante respiró tranquilo.

—Eso reduce mucho las opciones —dije—. ¿Comprendes a lo que me refería con resolver problemas? Basta con detenerse a pensar un poco.

Se trataba de una decisión seria, y noté que estaba interponiendo espacio entre ambos. Incluso en la oscuridad, el distanciamiento era obvio.

—Ed, sé sincero. ¿En serio crees que puedes subir allí a oscuras?

—¿La verdad? No lo creo. Pero no tenemos otra opción.

—Sigo pensando que a lo mejor se ha ido. ¿Y si ya no está?

—¿Y si sí? —dije—. ¿Quieres correr el riesgo? Mira, si me caigo del puto acantilado, a ti no te dolerá. Y si me pega un tiro, tú te libras. Tienes dos posibilidades de salir con vida. Si se ha largado, o si por la razón que sea no dispara, o si falla las veces suficientes como para que escapes con la canoa río abajo, salvas la vida. Y si yo subo y lo mato, también. Así que no te preocupes. Deja que me preocupe yo.

—Ed…

—Calla y déjame pensar.

Miré la pared de la garganta, pero solo pude deducir que era muy alta. Sin embargo, al menos en la parte de abajo, no era tan empinada como me había parecido antes. No era tanto una pared vertical como una rampa con mucha pendiente, y pensé que podría subirla, o al menos una parte, cuando la luna estuviera más alta y se pudiera ver un poco mejor.

—Acércate, Bobby. Y escucha lo que te voy a decir. Antes de irme te haré repetirlo porque todo se tiene que hacer bien y a la primera. Esto es lo que quiero que hagas.

—Muy bien. Te escucho.

—Mantén a Lewis lo más abrigado y cómodo que puedas. Cuando empiece a amanecer, en cuanto haya apenas un poco de luz, lo suficiente para ver hacia dónde vas, lo metes en la canoa y os largáis. Todo se decidirá en ese momento.

Yo era el protagonista de la escena. Me puse en pie y caminé arriba y abajo por el banco de arena, pues tal era mi privilegio. Por alguna razón, metí los pies en el agua. Imagino que buscaba un recordatorio de todos los elementos presentes, y también mirar todo lo arriba del acantilado que me fuera posible. Con el agua por las pantorrillas y la cabeza echada hacia atrás, escruté la pendiente de la pared en la oscuridad. Aparecieron más estrellas en lo alto, una suerte de río de estrellas. Puse la cuerda al arco.

Pasé la mano por las palas en busca de roturas o partes donde la fibra de vidrio se hubiera astillado. La superior estaba más deteriorada de lo que debería, pero ya se encontraba así antes. Inspeccioné las flechas que me quedaban. Había comenzado con cuatro y desperdiciado dos con el ciervo. Me pareció que una de las que me quedaban seguía estando recta. La hice girar entre los dedos, como me había enseñado Lewis, para comprobar si se había doblado. Puede que estuviera un poco curvada en un extremo, junto a las plumas, pero se podía usar, y a corta distancia no se desviaría demasiado. La otra estaba muy doblada y la enderecé con las manos, aunque a oscuras no podía hacer mucho. La sostuve a la altura de los ojos y miré a lo largo del astil mientras apuntaba hacia la parte más iluminada del cielo, pero no veía lo suficiente como para saber exactamente dónde y en qué medida estaba doblada. No obstante, la punta se hallaba en buen estado.

Volví junto a Bobby y apoyé el arco contra el saliente de roca bajo el que estaba la canoa. Bobby me salió al paso mientras yo desenrollaba y empezaba a enrollar una vez más la cuerda que había llevado todo el tiempo a la cintura. Había sido una compra afortunada, teniendo en cuenta que no había contado con escalar ningún acantilado pero al final iba a tener que hacerlo. Una cuerda es muy útil en una ocasión así, y fugazmente pensé que la suerte también nos acompañaría en todo lo demás. Pasé la cuerda una y otra vez entre mi pulgar izquierdo y el codo hasta que estuvo enrollada de nuevo, bien tensa. Até los extremos y me pasé el rollo por el cinturón, donde llevaba el cuchillo.

—No te duermas —le dije a Bobby.

—Es poco probable —respondió.

—Ahora escucha. Si te vas en cuanto apenas haya luz, será muy difícil que te acierte desde la cima. Deberías estar a salvo en cuanto llegues a los rápidos. Yo ya estaré arriba para entonces, y tendremos más o menos las mismas probabilidades si la Mosca Humana da con la forma de trepar hasta allí. Haré todo lo posible para que no os dispare. Por lo poco que vi del acantilado antes de que oscureciera, la parte de arriba es muy irregular, así que si yerra el primer tiro, o si tú consigues pasar por delante de sus narices sin que te vea, no podrá alcanzaros. Solo tenéis que sobrepasarlo y doblar la primera curva del río, y seréis libres.

—Ed, dime una cosa. ¿Se te ha ocurrido que haya más de uno?

—Sí, se me ha ocurrido. No te voy a engañar.

—¿Y si es así?

—Si es así, seguramente moriremos. En cuanto amanezca.

—Yo también lo creo.

—De todas formas, no creo que haya más de uno. Te diré por qué. No es buena idea implicar a otra persona en un asesinato a no ser que no te quede más remedio. Eso por un lado. Por otro, no creo que haya tenido tiempo de ir a buscar a nadie más. Cuenta con todas las ventajas. No necesita ayuda.

—Espero que tengas razón.

—Tendremos que suponer que la tengo. ¿Algo más?

—Sí. Te lo tengo que decir. No creo que lo estemos afrontando de la manera adecuada. Puede que nos estemos equivocando.

—Yo me juego la vida a que estoy en lo cierto. Lewis se habría encargado. Pero me toca a mí. No me lo pongas más difícil.

—Escucha —dijo Bobby, agarrándome del mono sin fuerza—. No puedo hacerlo. No pienso servir de blanco para que tú desaparezcas en el bosque mientras nos matan a tiros. No puedo. Sencillamente, no puedo.

—Escúchame bien, hijo de puta. Si quieres escalar ese acantilado, adelante. Ahí lo tienes. Pero si subo yo, vamos a hacer las cosas a mi manera. Y te juro por Dios que si no haces exactamente lo que te digo, seré yo el que te mate. Así de sencillo. Y si abandonas aquí a Lewis, te mato también.

—Ed, no lo voy a abandonar. Sabes que no haría eso. Es solo que no me quiero poner al descubierto para que un paleto asesino me mate como a Drew.

—Si todo marcha bien, y así será si haces lo que te digo, nadie te va a matar. Ahora escúchame. Lo voy a repetir una vez más y te lo tienes que meter en la cabeza. Te diré lo que va a pasar.

—Muy bien —dijo por fin.

—En primer lugar, largaos en cuanto veas lo bastante como para pasar por los rápidos. Seguramente todavía estará demasiado oscuro como para que os dispare desde la cima. Aunque no sea así, no tiene muchas posibilidades de acertaros una vez que alcancéis los rápidos. Cuando llegues a un remanso, rema con todas tus fuerzas y luego despacio. No mantengas un ritmo constante. Si te dispara, haz todo lo que puedas para llegar a los siguientes rápidos o a la siguiente curva. Si ves que no puedes escapar, que os gana terreno y que las balas impactan cada vez más cerca, abandona la canoa. Saca a Lewis a la orilla y quédate allí con él un día. Yo trataré de volver con ayuda. Si al cabo de un día no aparezco, será porque me ha matado. En ese caso, deja a Lewis y baja el río como buenamente puedas, aunque sea nadando. Ponte los tres chalecos salvavidas y flota corriente abajo. No podemos estar a más de veinticinco kilómetros de un puente. Pero si llegas a eso, por Dios, acuérdate de dónde dejaste a Lewis. Si no lo recuerdas, morirá. Sin ninguna duda.

Me miraba fijamente, y por primera vez desde que se había ocultado el sol, le vi los ojos, en los que había sendos puntos de luz.

—Eso es todo —dije.

Cogí el arco y fui adonde Lewis estaba tumbado, sin dejar de restregar la nuca contra la arena. Me acuclillé a su lado. Alargó una mano y me tocó el hombro. Estaba temblando, presa del falso frío causado por el dolor.

—¿Sabes qué cojones estás haciendo?

—No, amigo —dije—. Improvisaré sobre la marcha.

—Que no te vea. Y no tengas compasión. Ninguna.

—No si puedo evitarlo.

—Pues evítalo.

Contuve el aliento.

—Mátalo —dijo Lewis, imponiéndose al ruido del río.

—Lo haré si consigo encontrarlo —dije.

—Aquí nos tienes —dijo, volviendo a tumbarse—, en el corazón del país de Lewis Medlock.

—Pura supervivencia.

—Ya te dije que llegaríamos a esto.

—Sí. Es verdad.

Todo a mi alrededor era diferente. Me colgué el arco del hombro izquierdo, con las puntas de flecha hacia abajo. Apoyé una mano en la pared de la garganta, la misma que me había cortado con las flechas, como si el tacto me pudiera decir cómo era el conjunto del acantilado, como si la solución del problema me pudiera llegar a través de la palma. La roca era irregular, y un fragmento se desprendió y se me quedó en la mano. El río sonaba con más fuerza, como si las rocas de la garganta hubieran cambiado de posición. Seguidamente se volvió a relajar y el ruido adicional se alejó, se extinguió, arrastrado por la corriente.

Era la señal. Retrocedí, tomé carrerilla y salté, estirándome todo lo que pude hacia arriba para pasar el codo por encima del primer saliente de roca. Raspándome los costados y las piernas, conseguí ponerme en pie encima de él. Bobby y Lewis estaban justo debajo de mí, bajo el saliente, pero podrían perfectamente no haber estado ahí. Me hallaba sumido en la soledad más absoluta que había experimentado en mi vida.

El corazón se me hinchó de júbilo al pensar en dónde me encontraba y en lo que estaba haciendo. Había una luz nueva en el agua; la luna estaba subiendo y me quedé unos minutos mirando la corriente, con la espalda pegada a la roca, sin pensar ni sentir nada, presa de un hondo sentimiento de desnudez, impotencia e intimidad.

Me di media vuelta muy poco a poco y me apoyé en la pared para hacerme una idea de la inclinación. Posé la mejilla contra la roca y levanté las manos hacia la oscuridad, palpando con todos y cada uno de los dedos la frágil superficie. Era esa fragilidad lo que más me preocupaba; tenía miedo de que algún apoyo o agarre se desprendiera. Mi mano derecha dio con lo que parecía ser una grieta y mi pie derecho buscó algo donde apoyarse, lo que fuera. Había una irregularidad, un bulto, en la roca; le asesté unos puntapiés y lo tenté para probar su solidez, luego apoyé el pie en él y tiré con fuerza con el brazo derecho.

Me alejé poco a poco del saliente. El arco se me deslizaba del hombro, lo que me obligaba a depender más del brazo derecho que del izquierdo. La rodilla izquierda encontró una especie de agujero y metí el pie en él. Me acomodé lo mejor que pude en la nueva posición y volví a tantear la pared por encima de mí. Había una protuberancia a la izquierda y avancé hacia ella, sin dejar de asombrarme por la situación.

El acantilado no era tan vertical como había pensado, aunque, por lo que había visto antes de que la canoa volcara, en las cercanías de la cima sí lo sería. Visualicé lo que sucedería si me soltaba: no sería tanto una caída como un deslizamiento, bien hasta el río, bien hasta el primer saliente rocoso, lo que me tranquilizó algo, pero no mucho.

Alcancé la protuberancia, seguí subiendo, apoyé el pie izquierdo firmemente en ella, y la mano derecha halló un agarre sólido en lo que seguramente fuera una raíz. Miré hacia abajo.

El saliente de roca era una mancha pálida, a tres o cuatro metros de distancia. Me olvidé de él, concentrado en seguir adelante, tanteando el acantilado con las rodillas y la punta de los pies, cavando apoyos a fuerza de puntapiés en la roca bituminosa siempre que podía, tratando de asegurar las dos manos y un pie antes de pasar a una nueva posición. A veces conseguía hacerlo y mi confianza crecía. A menudo solo lograba asegurar una mano y un pie, o las dos manos. En una ocasión, solo me pude sostener con una mano, pero era un buen agarre, y forcejeé y tanteé alrededor hasta que enganché un pie en la roca y me empujé hacia arriba.

Los problemas se presentaban de uno en uno y resolverlos absorbía toda mi atención, pero me percaté de que cada vez me iba costando más hallar soluciones: el acantilado temblaba contra mi cara y mi pecho. Oía mi respiración, los silbidos y resuellos desesperados contra la roca. El acantilado se estaba escarpando y yo tenía que deslomarme para avanzar cada palmo. Se me estaban fatigando los brazos; las piernas no es que me temblasen, se sacudían. Recordé que no debía mirar abajo; el famoso consejo que se da a cualquier escalador. El pánico me rondaba. No estaba tan cerca como podría, pero se acercaba. Puse los cinco sentidos en percibir el acantilado, tanteándolo con más mimo que antes, pese a que no podía dejar de temblar. Seguí subiendo, centímetro a centímetro. Con cada paso hacia una nueva posición, más alta, aumentaba mi cariño por la pared.

Pese a todo, miré hacia abajo. El río se desplegó ante mí, reflejando la luz de la luna. Llenaba mi campo de visión, con una espiral de luz en el centro, una llama que no cesaba de titilar y bailar. Yo debía de estar a veinte o treinta metros de altura, pendiendo sobre una suerte de gloria ineludible, un pozo de luz.

Devolví la atención al acantilado y posé los labios contra él, sintiendo con cada terminación nerviosa y con cada músculo cómo tomaba posesión de la pared en cuatro puntos azarosos, de los que todo dependía.

Fue más o menos entonces cuando pensé en retroceder, en bajar a la orilla y buscar una vía de ascenso mejor, y en ese momento un pie perdió apoyo. Se balanceó en el vacío. Tanteé el aire antes de devolver el pie a su lugar. Se acurrucó en el hueco como un animalillo y yo retomé el avance.

Me agarré a la roca con la mano izquierda y tiré. No podía subir. Solté la mano derecha y me aferré la muñeca izquierda, con los dedos temblando por el esfuerzo. Encontré apoyo para un pie, pero eso fue todo. En esa postura, miré hacia arriba. La pared no me ofrecía nada. Ya no presionaba contra mi cuerpo. Algo de lo que había dependido hasta entonces ya no estaba ahí, y no regresaría. Me quedé colgando, aunque todavía no estaba todo perdido. Concentré mis fuerzas en los dedos de la mano izquierda, pero estaban cediendo. Me encontraba en la parte perpendicular del acantilado y, a menos que la pudiera superar pronto, acabaría cayendo. Creía tener una especie de plan para ese caso: me debía impulsar con las piernas bien fuerte para apartarme del acantilado, librar el saliente y caer en el río. Pero aunque consiguiera esquivar la roca, seguramente el agua sería poco profunda cerca de la orilla, y caer allí sería igual de malo que estrellarse contra la piedra. Además, me tenía que deshacer del arco.

Aguanté. Al cabo de numerosas pequeñas maniobras me agarré con las dos manos a una grieta y palpé hacia arriba con la mano izquierda, lastrado por el arco que llevaba al hombro, al mismo tiempo que recordaba escenas de películas donde una mano en primer plano busca algo con desesperación, como una llave en un escondrijo en una cárcel, o bien asoma de unas arenas movedizas, tendida hacia alguien o algo a lo que agarrarse. Allí no había nada. Volví a cambiar las manos de posición y exploré la pared con la derecha. Nada. Probé con el pie que colgaba en el vacío, confiando en que, si hallaba un buen apoyo, me podría izar y palpar un poco más arriba, pero tampoco encontré apoyo, pese a que tanteé tan lejos como pude con el pie y con la rodilla, arriba y abajo, a derecha e izquierda. Se me desbocó la mente, presa del pánico. En mi vejiga, la orina se tornó un cuerpo sólido y doloroso, y a continuación manó en un delicioso alivio sexual, como en un sueño húmedo, algo imposible de contener y por lo que no te debes culpar. La única escapatoria era la caída. Mi última esperanza era despertarme.

Estaba a punto de ceder, pero la rabia me hizo resistir. Si hubiera dispuesto de un poco más de movilidad, habría hecho algo desesperado, pero me hallaba prácticamente clavado donde estaba. No podía actuar a la desesperada. Aun así, sabía que, si iba a intentar algo, más valía que lo hiciera ya.

Concentré las pocas energías que me quedaban en los músculos de la pierna izquierda y empujé hacia arriba tan fuerte como fui capaz, más fuerte de lo que era capaz. Sin sujeciones en la pared, luché contra el acantilado para obtener cualquier cosa que me sirviera. Por un instante, tanteé con ambas manos. En un destello mental me dije que no debía doblar los dedos, sino mantener las manos abiertas. Me hallaba sobre una superficie tan lisa como la piedra de un monumento, y aún sigo creyendo que durante un breve espacio de tiempo me sostuve en el aire por pura fuerza de voluntad, mientras me debatía contra la roca.

Debajo de un dedo, una hendidura pareció brotar de la nada. Seguramente la creé yo mismo. Introduje los demás dedos, me agarré y, al mismo tiempo, tanteé con la otra mano en busca de una prolongación del hueco. Ahí estaba. Sujeto por ambas manos, absorbí fortaleza de la piedra. Tiré hacia arriba como si trepara a un alféizar y conseguí subir una rodilla. Primero introduje medio cuerpo en la hendidura, que fue lo más difícil. Me deslicé dentro como una lagartija. No había mucho espacio. Al tumbarme, abandonada la verticalidad que tanto esfuerzo me había costado, el arco se me resbaló y levanté el brazo justo a tiempo de atraparlo con la muñeca. Me abracé a él, con las puntas de las flechas en el cuello.

16 DE SEPTIEMBRE

Con la mejilla contra el hombro, me tumbé de costado en la hendidura, mirando hacia fuera, sin pensar en nada, fundido con la piedra por un lado y expuesto por el otro, como si yaciera en una tumba ladeada. Sentía en las manos la fibra de vidrio del arco, fría y familiar. Las curvas poseían un tacto hermoso, una suavidad fresca, y junto a las curvas, las flechas yacían, o se erguían, rígidas, las plumas se erizaban con mis movimientos y las puntas me pinchaban. Pero se trataba de un dolor bueno; era algo real, coherente con la situación. Sencillamente, estaba tumbado en la naturaleza, con los pantalones empapados de orina, ni fríos ni templados. Piensa, me dije, piensa. Pero no podía. No quiero pensar aún. Todavía no es necesario. Cerré los ojos y dije algo, y me pareció que tenía sentido, aunque estaba fuera de lugar. Creo que farfullé algo sobre un anuncio de un banco acerca del que Thad y yo no estábamos de acuerdo, o puede que no tuviera nada que ver con eso. A saber.

Las primeras palabras que sí recuerdo las pronuncié claramente. Menuda vista. *Menuda vista.* Pero tenía los ojos cerrados. El río discurría en mi cabeza, alcé los párpados y vi exactamente lo mismo que había estado viendo en mi mente. Por un segundo no distinguí entre lo que estaba viendo y lo que estaba imaginando; la similitud era tal que la distinción carecía de relevancia; ambas imágenes eran el río. Se prolongaba eternamente. El reflejo de la luna era tan inmenso que hería los ojos, así como la imaginación, también deslumbrada. ¿Qué?, dije. ¿Dónde? No existía ningún otro lugar salvo aquel. Entonces ¿quién? Ni idea. ¿Por dónde empezar?

Puedes empezar por el arco y, a partir de ahí, familiarizarte despacio con la situación, recordar lo sucedido y volver a ponerte manos a la obra. Aferré el arco, haciéndome poco a poco a la idea de que, en breve, lo tendría que usar. Pero de momento no. No pienses en ello por ahora.

Y disfruta un poco más de la luz de la luna. Tenía el arco, una flecha en buen estado y otra con la que me la podría jugar a corta distancia. La idea vino acompañada por una descarga de adrenalina, ambas me recorrieron el cuerpo al unísono. ¿De veras tendría que hacerlo? Era muy probable. Y tengo un montón de cuerda de nailon y un buen cuchillo, que un asesino sostuvo contra mi garganta y que clavó en el árbol al que yo estaba atado. Ya no está en el tronco, sino en mi cinturón. Haber estado en el agua no ha mermado su filo; si quisiera afeitarme con él, podría. ¿Todavía me duele donde esa rata de los bosques, ese puto palurdo, me afeitó? Me palpé el pecho y me dolió. Bien. Bien. ¿Estoy listo? No. No. Todavía no, Gentry. Aún no es el momento. Pero falta poco.

Era fácil decirme a mí mismo que no entendía lo que estaba pasando, y eso hice. No obstante, daba igual. Se impusieron las certezas acerca de dónde me encontraba y de lo que estaba haciendo. No estaba muy preocupado. Me hallaba a cuarenta y cinco metros del río, por lo que estimé, y pensé que, si había llegado tan lejos, también podía cubrir lo que me quedaba de camino, aunque arriba la pared fuera más escarpada que abajo. Echa un vistazo. Es todo lo que puedes hacer ahora mismo. Todo lo que puedes hacer y todo lo que tienes que hacer.

Menuda vista, repetí. El río poseía una belleza sin mácula ni sentido propio. Era lo más magnífico que había visto en la vida. Pero no lo estaba viendo simplemente. Por un momento no veía, contemplaba. *Contemplé* el río, sumido en su helado pozo de luminosidad; contemplé su distante sonido y su indiferencia, las ondas de luz, las motas y los destellos causados por la luna; contemplé su larga y sinuosa forma, su inabarcable transcendencia. ¿Qué era aquello?

Nada más que su brillo abrumador. Nada más que un par de rocas, grandes como islas, una de las cuales parecía rodeada por un hilo escarlata que se asemejaba a un rostro, una suerte de dios, un diseño para un anuncio, un boceto. Era un hilo similar a las manchas que el sol forma bajo los párpados cerrados. La roca rielaba como un carbón al rojo porque yo quería que así fuera, aferrado a su silueta pulsátil, pero quien palpitaba era yo. Parecía mi propia cara, en una de esas fotografías retroiluminadas. Mi rostro, ¿por qué no? Lo es porque yo quiero que lo sea: mi cara, girada tres cuartos, en una charca iluminada por la luna; la pose podría parecer forzada, artificiosa, diferente a la imagen que mostraría un espejo. Creí ver la mandíbula apretada, pulsando a la par que el río y la piedra, aunque puede que estuviera sonriendo. Cerré los ojos y los volví a abrir, y el hilo alrededor de la roca había desaparecido, pero antes había estado allí. Me sentí mejor; me sentí de maravilla, y el miedo ocupaba el centro mismo del sentimiento, el miedo y la anticipación. Estaba claro adónde me conduciría eso.

Me di la vuelta. Me volví hacia la pared y me concentré en la situación, traté de recordar lo alto que me había parecido el acantilado a la luz del día e intenté estimar dónde me encontraba. Calculé que debía de haber cubierto tres cuartas partes de la pared. Me pareció que me podía poner de pie en la hendidura, lo que me haría ganar un metro más.

¿Por qué no? ¿Aquello que había encima de mí era un saliente? Si llegaba hasta allí, ¿qué no podría hacer? Alargué el brazo y palpé la parte de arriba de la hendidura. ¿Qué me ofreces?, dije. Esto promete. Tiene el aspecto de algo que puedo escalar hasta la cima. Bastaría con ir un poco a la izquierda y jugármela. Lo tendré que hacer, pero no hay problema. He pasado por muchos momentos cruciales en las últimas horas, por muchas decisiones, he tanteado la superficie de este acantilado perdido de la mano de Dios, he forzado los músculos hasta su extremo de resistencia peleando contra la roca.

¿Dónde estaba Drew? Él solía decir —fue la única cosa interesante que le escuché en mi vida— que los mejores guitarristas eran ciegos. Gente como el reverendo Gary Davis, Doc Watson y Brownie McGhee, que habían desarrollado el sentido del tacto más allá de lo que alguien con vista es capaz de hacer. A mí me había sucedido algo parecido, me dije. He hecho lo que he hecho, he llegado hasta aquí mayormente gracias al tacto, y a oscuras.

¿Siguen ahí abajo? ¿Lewis sigue retorciéndose en la arena? ¿Bobby está sentado en una piedra a su lado pensando en qué hacer? ¿Tiene la cabeza entre las manos? ¿O está apretando la mandíbula, convencido de que aún podemos salir de aquí?

¿Quién sabe? Pero hemos trazado un plan, es cuanto hemos sido capaces de hacer. Si no funciona, seguramente todos acabaremos muertos, o, si puedo bajar el acantilado en caso de que no suceda nada, sencillamente recorreremos unos kilómetros más por el río en la canoa, una vez que estemos de vuelta en la ciudad nos tomaremos unos días de descanso para recuperarnos, daremos parte del ahogamiento de Drew y regresaremos a la larga y declinante rutina de nuestra vida. Pero nos había correspondido representar unos papeles, y antes de irnos debíamos cumplir con nuestro cometido.

Yo era un asesino. Se habían producido muertes: una segura, otra probable. Sentía la fibra de vidrio del arco en mi mano y estaba tendido de espaldas en una hendidura de un acantilado sobre un río, y cabía la posibilidad de que todo dependiera de mí.

Lo veía todo en mi mente. Bien enfocado, como en una película antigua. La cima de la garganta era muy irregular, y la recordaba densamente arbolada. Quería tener algo concreto que hacer cuando llegara arriba, y allí tumbado traté de pensar en qué era lo mejor que podría hacer y qué lo primero que tendría que hacer.

Debía reconocerlo: pensaba que no había auténtico peligro, al menos de origen humano. No creía de veras que el hombre que había disparado a Drew hubiera pasado toda la noche a la espera para matarnos a nosotros, ni tampoco que fuera a volver en cuanto amaneciera. Pero entonces recordé lo que le había dicho a Bobby y me volví a preocupar. *¿Qué haría yo si fuera él?* Lo repasé todo y, hasta donde podía saber, estaba en lo cierto. El hombre tenía muchos más motivos para matarnos que para dejarnos marchar. Todos estábamos interpretando nuestro papel hasta el final.

Me di media vuelta. Bueno, le dije a la piedra negra que tenía delante de la cara, lo primero que haré al llegar arriba será no volver a pensar en Martha y en Dean hasta que los vea de nuevo. Y después me asomaré sobre el primer tramo donde el río discurra despacio y echaré un vistazo antes de que se haga de día. Cuando haya hecho eso, avanzaré en círculo, sigilosamente, y lo buscaré igual que un animal. ¿Qué clase de animal? Eso no importa, siempre que sea silencioso y mortífero. Podría ser una serpiente. Quizá pueda matarlo mientras duerme. Eso sería lo más fácil, pero ¿me atrevería? ¿Cómo? ¿Con el arco? ¿O lo atravesaría con el cuchillo que compré en una ferretería? ¿Podría hacerlo? ¿Me gustaría?

¿Lo de ir en círculo era buena idea? Si me alejaba demasiado del río, y del sonido de la corriente, lo más probable sería que me acabara perdiendo. ¿Entonces qué? ¿Otro círculo? *¿Cómo?* ¿Cómo te orientas cuando intentas recorrer un círculo, un *círculo,* en el bosque? No tenía ni idea. ¿Y si me alejaba demasiado del río? ¿Me arriesgaría a estropearlo todo?

Me veía matando a aquel hombre porque no albergaba el convencimiento de tener que hacerlo. Si él se acercaba al borde del acantilado, como en algún momento debería hacer, el ruido que subiría del río me permitiría acercarme a él lo bastante como para matarlo de un flechazo. Quería hacer exactamente lo mismo que había hecho Lewis con el otro hombre. Quería que no sospechara nada hasta que sintiera un dolor espantoso en el pecho y una flecha, surgida de la nada, lo hubiera atravesado.

El círculo, pensé. En el bosque, con todas aquellas hojas, con el viento. Era dejar demasiado en manos del azar. No funcionaría, supe. Jamás funcionaría.

¿Y entonces qué, director artístico, asesor gráfico? ¿Cuál es el diseño? El siguiente: dispararle por la espalda, cuando esté en el borde de la garganta. Seguramente se tumbará en el suelo para apuntar hacia el río. Cada uno tiene su técnica para concentrarse. Mientras él esté enfrascado en la suya, yo intentaré acercarme a cinco o diez metros y atravesarlo con mi flecha buena por la parte inferior de las costillas —la precisión será determinante— y luego correré al bosque y me sentaré a esperar a que muera.

Hasta ahí era capaz de pensar. Parecía que ya estaba todo claro. Tanto como pueden estarlo las cosas en una ensoñación, pero solo me parecía claro porque la realidad aún se hallaba remota. Mi estado mental era el mismo que cuando fui a cazar el ciervo entre la niebla. Mis planes eran buenos, pero no eran más que eso: planes, y me impactó caer en la cuenta de que, si me topaba con el tipo y él llevaba su rifle, debería llevar tales planes a cabo o él me mataría a mí.

Me deslicé un poco más adentro en la hendidura para extraer una última dosis de coraje de la roca. Pero ya estaba cansado de estar allí. Era mejor ponerse en marcha.

Me apoyé en una rodilla y me asomé con cautela, estirando las manos más allá del borde superior. Una vez erguido, palpé en todas las direcciones del saliente que tenía encima. A la derecha no había nada útil, pero aun así me regocijaba hallarme otra vez en movimiento. Hacia la izquierda la hendidura se estrechaba gradualmente; si iba en esa dirección, lo único que podría hacer sería avanzar centímetro a centímetro de costado, hasta que solo se apoyaran en la hendidura las puntas de mis pies. Logré erguirme hasta ponerme en pie y doblé la cintura hacia delante, apoyando el pecho en la roca. No contaba con esto y resultó vigorizador. La piedra me sostuvo. Me sujetaba con las rodillas en vez de con los pies y los dedos, y la postura era diferente. Avancé así, poco a poco. Me desplacé a la izquierda y luego a la derecha, mientras el río destellaba debajo de mí. Me movía despacio porque no encontraba agarres buenos para las manos y porque las flechas se me clavaban bajo los brazos, pero había un equilibrio tembloroso y casi perfecto entre la gravedad —o mi versión de la misma— y la inclinación de la roca: el hecho de permanecer en la pared y el hecho de caer de la misma se cancelaban mutuamente justo en el punto que mi cuerpo ocupaba, si bien el equilibrio tendía levemente a mi permanencia en la pared y al ascenso. Una vez tras otra me vi tendido sobre el vientre, empapado en sudor, sin asidero, la goma de las suelas flexionada contra la roca lisa, las manos abiertas contra la piedra. Luego volvía a subir centímetro a centímetro, con los movimientos más íntimos de los que mi cuerpo era capaz, gestos que nunca había osado realizar con Martha, ni con ninguna otra mujer. El miedo y una suerte de gran sexualidad, avivada por la luna, me alzaban, milímetro a milímetro. Y aun así me aferraba enloquecidamente a la humanidad. Buscaba en el río un atisbo dorado como el visto en la modelo, alguna peca, algo atractivo en la luz serpentina.

Encima de mí, las diferentes oscuridades cambiaron; en una de ellas había una estrella. A ambos costados de esa pequeña luz, la roca se continuaba proyectando hacia arriba, tan negra y sólida como siempre, pero había perdido su poder. La parte más elevada y mortífera del acantilado, donde yo me encontraba, se inclinaba, tendía de manera irrevocable hacia la vida, y hacia la brecha por donde asomaba la estrella, y donde, a medida que continué subiendo, asomaron más estrellas, hasta formar una constelación en forma de corona. Ahora podía avanzar apoyándome en las rodillas, con el extremo del arco rascando la piedra detrás de mí.

Estaba llorando. ¿Por qué? No había motivo, pues no estaba triste ni asustado; casi había llegado a la cima. Me tuve que tumbar. Me apoyé en un codo como un turista y miré hacia abajo. Dios mío. Dios mío. El río destellaba y danzaba en las lágrimas prendidas a mis pestañas, y el hecho de ser una visión insoportable solo lo hacía más bello. Era digno de ver.

Pero al final tienes que volver a apoyarte en las rodillas, que en un acantilado te ayudan a avanzar más que cualquier otra parte del cuerpo, al menos en los que cuentan con cierta inclinación; me incorporé.

Dolía, pero avanzaba. Me arrastraba, pero ya no era necesario hacerle el amor al acantilado, follármelo a cambio de avanzar un par de centímetros a la luz de la luna, pues ahora mediaba un espacio entre él y yo. Si la distancia llegaba a ser lo bastante discreta, hasta le podía dar una patada, o incluso dos, sin que pasara nada.

Los pies se me doblaban a un lado u otro. Guiado por una suerte de conjeturas que no sería capaz de verbalizar, seguí arrastrándome y dando traspiés hacia arriba igual que una criatura nacida en el acantilado que regresara a casa. A menudo una mano o un pie resbalaban y entonces hallaban un asidero o algo similar que yo sabía que estaba ahí, aunque había ignorado saberlo, y podía proseguir el ascenso. No había nada que el acantilado pudiera hacer contra mí; nada que yo, en lo que dura un parpadeo, no fuese capaz de contrarrestar. Continué subiendo.

Llegué a un pequeño cañón. Sí, y me puse en pie. No veía gran cosa, pero se parecía a la zanja por donde había ido a cazar ciervos entre la niebla. El suelo bajo —*bajo*— las plantas de mis pies estaba cubierto de piedras y guijarros, sobre los que continué caminando. A la altura de mis hombros, las paredes del cañón parecían ansiar lanzarse al vacío, pero no lo hacían. En cambio, se comenzaron a poblar de arbustos y de unos árboles pequeños, fantasmales, de densas ramas. Eran sólidos, y poco a poco llegué hasta ellos. Sus ramas me cubrieron. Había salido.

Me saqué el arco de la axila. Aún lo tenía todo; el cuchillo en la cintura me recordó para qué servía. También seguía allí la cuerda, puede que para nada, o puede que para algo. Y miré a lo lejos, hacia lo carente de sentido, hacia lo hermoso.

Río arriba solo vi la V mellada y cegadora de los rápidos donde habíamos volcado; nada había allí que mirar, salvo el continuo y cuasi silencioso fluir del agua. Me di media vuelta y, durante lo que me pareció la misma cantidad de tiempo, observé el bosque. Volví junto a los pinos que crecían en suelo firme, apoyé la frente en un árbol y luego coloqué el antebrazo entre la frente y la madera.

¿Dónde estaba? Miré de nuevo hacia el río. Cuanto más cerca del filo del acantilado, más escasos eran los árboles. La luz de la luna pasaba entre las agujas y caía al Cahulawassee. Por primera vez, pensé de verdad en la inminente destrucción del río, en el agua elevándose hasta el lugar donde yo me encontraba en ese momento, alzándose desde su altura natural, cubriendo las rocas que tan mal nos lo habían hecho pasar en los rápidos, y subiendo lentamente por el acantilado, buscando de manera paciente e inevitable cada uno de los agarres a los que me había aferrado, hasta detenerse donde yo estaba, bajo la luz de la luna. Me senté en una roca fría y miré hacia abajo. Rodeado por aquella luminosidad, pensé que, si caía, podría estirar el brazo instintivamente y aferrarme a algo que me sostendría; pensé que, entre todos los lugares del mundo que podían matarme, había uno que ya no era capaz.

Retorné poco a poco al que era mi propósito.

En primer lugar, supuse que el hombre que había disparado a Drew sabía que le había dado. Eso para empezar. Supuse también que él sabía que no habíamos muerto todos en los rápidos. ¿Qué más? Podría estar esperando sobre el remanso donde se encontraban Bobby y Lewis —más o menos donde estaba yo—, con la intención de dispararles cuando salieran a terreno descubierto, pero si Bobby acertaba a calibrar bien la variación de la luz y se ponía en marcha cuando hubiera visibilidad suficiente para usar la canoa pero no tanta como para fijar el blanco, tendrían una oportunidad de pasar ante él, llegar a los siguientes rápidos —los que yo veía a escasa distancia río abajo— y escapar. Nuestras esperanzas dependían de nuestra capacidad para anticiparnos al montañés, y ahora que yo estaba en la cima de la garganta, me parecía que nos habíamos anticipado de manera acertada, o tanto como nos era posible. Si Bobby se ponía en marcha con la primerísima luz, las posibilidades de acertarle desde aquí arriba serían sumamente bajas, y las grandes entalladuras en el filo del acantilado y los cañones, estrechos pero profundos, como por el que yo había subido, impedirían al tipo avanzar río abajo a la misma velocidad que la canoa. Supuse que él lo sabía y que trataría de resolver el problema disparando desde algún punto río abajo, donde la corriente fuera lenta y su blanco se desplazara a una velocidad más constante y sin cabecear ni balancearse. Debajo de mí, salvo por un brochazo de espuma encajado entre dos grandes rocas, los rápidos parecían incluso amables; en algunos puntos —hasta donde era capaz de apreciar— el agua apenas estaba agitada por algunas ondulaciones entrecruzadas. Sin embargo, incluso eso dificultaría la labor de un tirador. Si yo fuera a matar a alguien desde esa distancia y con ese ángulo, querría poder apuntar cómodamente. En esas condiciones, y si él era buen tirador, no había razón por la que no pudiera alcanzar a Bobby y a Lewis, con unos segundos de diferencia, si se tomaba su tiempo y abatía al primero limpiamente. Eso requeriría que el agua estuviera en calma, con la corriente tan lenta como fuera posible, y debería ser río abajo, más allá de la siguiente curva.

Estaba claro. Tenía que tenderle una emboscada, a ser posible por la espalda, y eso dependía de que yo fuera capaz de localizar el sitio que él elegiría para disparar, lo que también dependía de la suerte. Y tendría que sorprenderlo mientras estuviera concentrado apuntando, aunque eso dejaría a Bobby y a Lewis un margen de seguridad muy estrecho.

Había pensado tanto y con tanta intensidad en él que, a día de hoy, sigo creyendo que entonces, bajo la luz de la luna, nuestras mentes se fusionaron. No es que sintiera que me volvía malvado, sino que me invadió una enorme indiferencia, tan vasta como el abismo de luz que se abría a mis pies; indiferencia no solo ante la perspectiva del cuerpo del hombre retorciéndose y pateando el suelo, atravesado por una flecha, sino también hacia mí. Si Lewis no hubiera matado a su compañero, aquel hombre y yo habríamos hecho algo parecido al amor, lo que para mí habría resultado doloroso y aterrador, y para él placentero de un modo espantoso, pero nuestros cuerpos habrían entrado en contacto, en el suelo del bosque, y era extraño pensarlo. ¿Quién era? ¿Un convicto evadido? ¿Nada más que un sucio granjero que había salido a cazar? ¿Un contrabandista de alcohol?

Como yo necesitaba estar en un sitio desde donde se viera el río, en toda la extensión que fuera posible, para saber si la canoa se ponía a tiro del hombre, decidí buscar un puesto lo más alto posible, a la vez que resguardado: una roca que me sirviera de otero o un árbol. Me acordé de que, cuando se puso de moda en el estado la caza de ciervos desde árboles, muchos cazadores que hasta entonces jamás se habían acercado a un venado en el bosque cobraron una pieza a la primera. Estos animales no tienen enemigos naturales en las alturas, así que rara vez miran hacia arriba. La situación no era exactamente la misma, pero había muchos árboles cerca del filo del acantilado. No obstante, en primer lugar tenía que ir río abajo y encontrar el lugar idóneo.

Me puse en movimiento siguiendo los peñascos al filo de la pared, yendo en paralelo a los rápidos, que se prolongaban hasta más allá de donde alcanzaba mi vista. La mayor parte del tiempo la marcha no fue tan dificultosa como me había temido. Los peñascos eran muy grandes y pasaba de uno a otro mediante una zancada o saltando desde una oscura masa a otra con una seguridad que me asombraba; no sentía que hubiera nada que temer. Lo único que me preocupaba era la aspereza de mi respiración, en la que aún se oía el pánico padecido, y que no parecía guardar relación alguna con todo lo demás que hiciera mi cuerpo. Me costó un buen rato, al menos una hora, puede que dos, dejar atrás los rápidos. Cuando el reflejo de la luna se allanó y menguó el sonido que llegaba desde abajo, supe que había llegado a la parte del río que estaba buscando. ¿Y ahora qué?

El filo lo formaban en su mayor parte rocas de gran tamaño, y había muchas tras las que me podría haber escondido, pero en ese caso no habría dispuesto de visibilidad. Decidí continuar corriente abajo un poco más para ver qué había por allí y luego regresar adonde me encontraba en ese momento.

En esta ocasión la marcha fue más ardua; había algunos lugares muy complicados: grandes peñascos con cantos afilados y árboles caídos encajados entre sí, y en un momento dado me topé con una suerte de muralla natural, como una alta barricada de roca, que en un principio me pareció insalvable. Para rodearla habría tenido que desviarme veinte o treinta metros tierra adentro. No obstante, a ambos costados y cerca de la misma crecían retoños, y ayudándome de ellos —me proporcionaron agarres a la hora de subir la roca apoyándome en ella con los pies— conseguí llegar a la cima y pasar al otro lado. No dejaba de mirar el río y, a menos que el hombre se tumbara en lo alto de la muralla de roca —desde donde la visibilidad no era buena, pues del río no se veía nada más que un tenue movimiento, como las hojas de un árbol atisbadas entre las de otro—, debería escoger un emplazamiento en el mismo filo, desde donde dispusiera de una amplia visión de la corriente para apuntar con tranquilidad. En la zona de aguas en calma que yo había recorrido solo había un lugar así. Corriente arriba el cauce se hallaba rodeado por un batiburrillo de rocas, pero el acceso era sencillo desde tierra adentro, hasta donde yo alcanzaba a apreciar. Había una plataforma de arena clara en el filo mismo, que ofrecía vistas al río por encima de una franja de matorrales. Me dije que era el sitio que estaba buscando. Seguíamos estando lo bastante alejados de viviendas y carreteras como para que nadie nos oyera, pero, aun así, yo estaba seguro de que no se encontraban muy lejos, y cuanto más cerca estuviésemos, menos probable era que él se arriesgara. Si no viene aquí, pensé, y escoge otro sitio aguas abajo, Bobby y Lewis están jodidos.

Sí, reflexioné, sintiéndome un cobarde y sin embargo satisfecho, están jodidos. Pero yo habré hecho todo cuando estaba en mi mano, y como último recurso podría salir del bosque siguiendo el río, hasta llegar al primer puente. No temía que el hombre me persiguiera después de matar a los otros —aunque la posibilidad se me pasó por la cabeza y lo imaginé siguiendo mis inseguras huellas entre la maleza, en las oscuras profundidades del follaje, donde no circulaba el aire—, ya que él no sabía dónde estaba yo. Seguramente recordaría que en las canoas íbamos cuatro personas, pero era posible que uno se hubiera ahogado en los rápidos; al fin y al cabo, los tres habíamos sobrevivido de milagro. Mi vida estaba más a salvo que la de los otros dos, a menos que me topara con el desdentado por casualidad.

O a menos que fallara el tiro. Eso me aterraba; pensar en tal posibilidad me dejaba la garganta seca. Se me ocurrió largarme de inmediato, pero en el fondo de mi mente algo me dijo que aún no había llegado hasta donde podía llegar; si Bobby y Lewis morían, quería poder decirme que había hecho algo más que escalar la garganta y luego abandonarlos a su suerte. Pero si el hombre al que estaba buscando no acudía adonde yo esperaba después de que yo hubiera hecho cuanto estaba en mi mano para dar con él y matarlo, no sería culpa mía. Y no había muchas probabilidades de que hubiera acertado con el sitio. Había hecho lo que había podido.

Aún no había más luz que la de la luna. Me aparté del río en una zona donde el terreno, salpicado de rocas y árboles bajos, se elevaba, y avancé a tientas. Entre los árboles, que no dejaban pasar ni un resquicio de luz, solo pude guiarme por el tacto. Tanteaba con las piernas porque así llegaba más lejos que con los brazos. Toqué algo sólido. Di un paso y de súbito me sentí envuelto por ramas y agujas de pino. Posé el arco en el suelo, trepé por las ramas inferiores, que eran gruesas y crecían muy cerca unas de otras, y subí hasta que el árbol se empezó a mecer.

Había poca visibilidad entre las agujas, unos reflejos tenues procedentes del río, que entrevisto desde el árbol parecía hallarse el doble de lejos que visto desde la maleza junto al acantilado. Concluí que la parte del río que estaba viendo era donde este salía del tramo de rápidos, a continuación del remanso donde estaban Lewis y Bobby, y el cauce se serenaba y se ensanchaba, y las hebras plateadas de la corriente se fundían en el uniforme reflejo de la luna.

Bajé a por el arco y me puse a hacer lo posible para disponer un escondite en el árbol. Nunca le había tirado a nada desde lo alto de un árbol, ni siquiera a una diana, aunque recordé que alguien me había dicho que había que apuntar un poco más bajo de lo que parecía correcto. Pensé en ello mientras trabajaba.

Moviéndome como si me diera instrucciones a mí mismo —¿dónde va esta mano? ¿Aquí? No, mejor aquí, o un poco más abajo—, retiré las ramitas que se interponían entre la plataforma arenosa y yo. No fue difícil; me limité a quitar cosas hasta que nada bloqueaba la luz que se reflejaba en el río. Cuando me volví a recostar contra el tronco, miré por un túnel de agujas de pino corto e irregular. Dispararía a través de él; hasta me ayudaría a apuntar. Mientras trabajaba, me había servido de un sentido del tacto completamente distinto al que había poseído antes, y pensé que lo había adquirido en el acantilado. Me bastaba posar la mano sobre algo para conocer su forma exacta y su peso, y no necesitaba realizar ningún esfuerzo innecesario para partir o arrancar la parte del árbol que quisiera. Estar a oscuras y haciendo lo que estaba haciendo era como hallarme bajo el efecto de una embriaguez poderosa; no podía creer que aquello estuviera sucediendo de veras. Nunca había vivido nada que se le pareciera ni remotamente. Tanteé el árbol con la parte más íntima de la palma de la mano, arranqué una aguja, me la metí en la boca y la mordisqueé. El sabor era el adecuado.

Giré un poco alrededor del tronco en una dirección y en otra en busca de una posición más ventajosa o un ángulo más amplio para disparar. No quería seguir pelando el pino; debía parecer un árbol normal, sin señales de peligro; debía parecer como todos los demás. Tenía una línea de disparo limpia, a través del oscuro túnel, pero no me podía desplazar más de medio metro a cada lado. Para que lo pudiera matar en tales condiciones, él tendría que pensar como yo había previsto que lo haría, y no solo de manera aproximada, sino exacta. Nuestras mentes debían funcionar como una sola.

Saqué la flecha buena de la aljaba, la encoqué a tientas y tensé la cuerda, con ambos pies bien plantados en sendas ramas gruesas y quedando inmóvil al tender el arco por completo, un poco inclinado hacia la derecha para que el codo de ese lado pudiera retroceder hasta el final. Apunté a través de la abertura con tanta precisión como pude y pensé por un instante en tirar a la arena para asegurarme de la elevación, pero descarté la idea al mismo tiempo que una súbita oleada de sudor me cubría y relajé la tensión. Casi. Había estado a punto de hacerlo. Un tiro innecesario sería fatal; era probable que la flecha se perdiera o se dañara, lo que me dejaría sin posibilidades si el hombre aparecía. *Si* aparecía.

Me acomodé como pude y decidí quedarme en el árbol hasta que amaneciera. Practiqué la inmovilidad; para eso estaba allí.

Todo estaba en silencio, apenas se oía el río; el sonido de los rápidos aguas arriba llegaba hasta mí como nada más que un susurro persistente, entremezclado, me parecía, con otro ruido que sin duda provenía de corriente abajo: más rápidos, habría apostado, puede que incluso una cascada. Si eso era cierto, mis posibilidades de estar en el lugar correcto aumentaban. Parecía lógico, aunque pese a toda la lógica seguía sin creer que el hombre fuera a aparecer; era más probable que yo lo hubiera previsto todo mal. Solo me guiaba por especulaciones, por mucho que dependiera de su resultado. Me sentía atrozmente cansado y aun así sereno, salvo cuando pensaba que, si había acertado en mis previsiones, tendría que llevar a cabo mi plan: apuntar a través del túnel de agujas de pino al cuerpo de una persona y disparar.

Pero sobre todo sentía asombro por la situación. Una especie de asombro aturdido. Me costaba imaginarme subido a un árbol, tal como me encontraba, pese a que me bastaba alargar una mano para tocar la corteza y las agujas, en mitad de la noche —o en algún momento de la noche—, perdido en el bosque, a la espera de tratar de matar a un hombre al que había visto una sola vez en mi vida. Nadie sabe dónde estoy, pensé. Apliqué tensión a la cuerda y la flecha retrocedió un poco. ¿Quién podría creerlo?, pensé. ¿Quién?

Fue una larga espera. Consulté el reloj, pero se había parado en el río. La cabeza se me caía hacia delante y parecía resuelta a continuar bajando. Me desperté sobresaltado dos o tres veces, pero más suavemente en cada ocasión, con menos alarma. Una de ellas salí del sueño más antiguo de todos —el más antiguo y el más onírico—: el de sentirme al borde de caer. Por un segundo no supe qué hacer ni a qué agarrarme, y sencillamente alargué una mano. Me erguí de nuevo y me afiancé en mi puesto. No había flecha en el arco. Dios mío, pensé, lo he jodido todo. No creo que pueda disparar a través del túnel con la flecha torcida. Sabía que sin un arma no haría más que acurrucarme impotente entre las ramas, rezando por que el tipo no me viera, y me quedaría allí mientras él mataba a Bobby y a Lewis. Sabía que no sería capaz de asesinarlo con el cuchillo, pese a toda la ventaja y el factor sorpresa con los que pudiera contar.

Estaba tan oscuro como antes, incluso más. Dejé el arco colgado de una rama y bajé del árbol. La flecha debería estar en el suelo, seguramente clavada en vertical, pero no lo estaba. Me arrastré alrededor del tronco entre la pinaza caída, sollozando de miedo y frustración, tanteándolo todo, por todas partes, con las manos, los brazos, las piernas, con todo el cuerpo, ansiando cortarme con la punta de la flecha, no importaba con tal de que estuviera allí.

No estaba, y para entonces ya había un poco de luz. Tendría que volver a trepar al árbol. Quizá cuando se viera mejor me las podría apañar para enderezar la otra flecha, aunque sabía que mi confianza quedaría muy tocada, y no hay ningún otro deporte ni disciplina profesional, ni siquiera el golf ni la cirugía, en el que la confianza sea tan crucial como en el tiro con arco.

Sin embargo, di con la flecha, clavada en una rama debajo de donde había dejado el arco, y mi plan volvió a cobrar forma y se desplegó ante mí como una escalinata. Volvía a tener todo cuanto necesitaba. Subí a por el arco y me instalé de nuevo en mi puesto de tiro.

Las agujas fueron cobrando definición con los primeros rayos de sol y el árbol comenzó a destellar un poco, proyectando hacia mí la luz que rebotaba en las agujas, y sentí que la luz se volvía a reflejar en mí, dirigiéndose al exterior. No dejaba de mirar a través del túnel, que ya no era pura negrura informe; había en él diferentes tonos de verde. Abrí la boca para hacer menos ruido al respirar, no producir silbidos con la nariz ni sorber moco.

Ahora veía con nitidez: el suelo rocoso y sembrado de pinaza al pie del árbol, y la cornisa arenosa, de unos tres metros de ancho, con un festón de maleza desgreñada. Más allá la vista descendía, pero no caía como un cuerpo muerto, sino lentamente, para posarse finalmente en el río. Bobby debería estar poniéndose en marcha. Todo habría concluido en cuestión de minutos; yo habría previsto la situación de manera errónea o acertada y estaríamos muertos o seguiríamos con vida.

O a lo mejor ya se había largado por el río mientras yo estaba buscando la flecha. No había modo de saberlo, y me encogí entre las ramas a la espera de oír un disparo de rifle proveniente de otro lugar, una ubicación en la que yo no había pensado o que ni siquiera había visto.

No obstante, eso no sucedió. La luz fue creciendo. La seguridad de saberme perfectamente oculto se vino abajo. Desde el ángulo correcto, alguien de pie en la cornisa arenosa me podría ver claramente a través del túnel de ramas de pino, ya fuera de manera deliberada o por casualidad. Era mucho lo que dependía del azar.

Me moví con cautela, imitando en cuanto podía a una criatura que morara en el árbol, estirando el cuello e inclinándome hacia delante para ver medio metro más allá del borde del acantilado, tratando de divisar la canoa.

Capté algo por el rabillo del ojo y se me encogió el estómago. No giré la cabeza de inmediato, sino lentamente. Lo sabía, pensé. Lo sabía.

Dos piedras hicieron un leve ruido al entrechocar y un hombre llegó a la cornisa con un rifle. Llevaba la mano derecha en el bolsillo.

Es el momento, pensé, pero lo primero que se me pasó por la cabeza, sin poder evitarlo, fue que me podía quedar en el árbol hasta que se marchase. La confianza adquirida en el ascenso de la garganta me había abandonado; lo único que quería era seguir vivo. Me temblaba todo el cuerpo, no podía ni encocar la flecha. Entonces miré hacia abajo y vi mis manos sosteniendo el arco, la afilada punta de la flecha de caza. Eso me serenó y comencé a creer, de nuevo, que haría lo que había ido a hacer, que interpretaría mi papel en aquella charada mortal. Si se tumbaba en el suelo dándome la espalda, dispararía. Curvé los dedos índice y corazón alrededor del culatín de la flecha, inhalé lentamente por la boca y me recosté en el tronco, en tensión e inmóvil.

Él miraba el río, sosteniendo ahora el rifle con ambas manos, a la altura de la cintura, tranquilamente, como si ni siquiera pensara en llevárselo al hombro. Su postura denotaba relajo y disfrute, una elegancia natural. Yo jamás había visto una pose más hermosa y convincente. Quise matarlo mientras siguiera en esa postura y recé para que Bobby se pusiera a la vista en ese preciso instante, pero yo no veía nada en el río y, al parecer, él tampoco. Se desplazó un poco, quedando enmarcado solo a medias por mi túnel de agujas. Espera hasta que se tumbe, me dije, y entonces aciértale en la espalda. Conviértelo en un problema práctico. Trata de darle en el centro; así, aunque no le partas la columna, acertarás en alguna zona vital.

Pero él seguía de pie, sin manifestar indecisión ni lo contrario, simplemente estaba de pie, con parte del cuerpo fuera de mi línea de tiro, excepto la cabeza y el tronco. Mejor hacerlo ya. Me arriesgaba a que saliera por completo de la línea de tiro. Tensé el brazo para comprobar si los músculos me seguían respondiendo. La cuerda adoptó un pequeño ángulo. Lo miré fijamente y él se adentró un poco más en el túnel de agujas. Se hallaba de perfil, solo tenía que levantar la cabeza y girarla un poco para verme. Supe que mi siguiente batalla sería contra la histeria, la histeria desbocada que se sentía al tender completamente el arco, el ansia de dejar ir la flecha y que el esfuerzo necesario para tender el arco abandonara el cuerpo: soltar y acabar de una vez por todas. Visualicé la delicada rutina necesaria para realizar un buen disparo, siempre consciente de que hasta la mejor técnica no sirve de nada si la suelta no se hace bien; los dedos de la mano derecha deben estar relajados y, sobre todo, el brazo que sostiene el arco no se puede mover.

Parecía confuso. No dejaba de apartar la vista del río y de mirar el suelo ante sus pies, en parte de roca y en parte de arena, y cada vez que inclinaba la cabeza miraba a un punto más alejado del río y más cercano adonde yo estaba.

Cerré los ojos, llené despacio los pulmones hasta tres cuartos de su capacidad y alcé el arco centímetro a centímetro. Cuando casi había alcanzado la posición deseada, di a mis músculos la orden de tensar. La espalda se me ensanchó, absorbiendo fortaleza del árbol. La flecha se deslizó a lo largo del reposaflechas, la punta se acercó a la empuñadura del arco. Tintineó por efecto de la tensión antinatural de mi cuerpo, produciendo un sonido audible tan solo por las terminaciones nerviosas de la palma de mi mano izquierda. Con la punta apoyada en la empuñadura, procedí a comprobar diferentes aspectos del arco, de la flecha, de mis manos, de mis brazos, del cuerpo, como en una cuenta atrás.

El hombre estaba ligeramente fuera del *peep,* el punto de mira insertado en la cuerda. Desplacé un poco el arco para encuadrarlo en el *peep* y el problema de la desviación lateral quedó solucionado, salvo quizá en el momento de la suelta. El hilo naranja de Martha apresó el blanco. Solo restaban la cuestión de la elevación, el mayor problema cuando se dispara desde arriba hacia abajo, y la suelta. Bajé dos o tres centímetros la flecha, como si mi intención fuera darle en el estómago; la cuerda y la flecha conformaban un plano que cortaba al hombre verticalmente por la mitad.

Nos hallábamos ligados, y aumentó la sensación de una intimidad peculiar entre ambos, pues él se encontraba encerrado en un marco inserto en otro marco, ambos obra mía —el *peep* y el túnel de agujas—, y supe que lo tenía: bastaba con que mi mano derecha se relajara y dejara ir la flecha y con que mi brazo izquierdo no se moviera, que se limitara a absorber la vibración del arco.

Todo se hallaba en orden, mejor imposible. Mi anclaje era firme y la punta de la flecha estaba tan inmóvil como una piedra. Yo me sentía pleno del poder transformador que infunda el arco cuando se tiende al máximo, repleto de la histeria que es la ruina de algunos arqueros y la esencia de otros, de quienes son capaces de conquistarla y hacer que obre en su favor.

Yo revisaba las últimas cuestiones y él seguía mirando el suelo, un poco vuelto hacia mí, más una silueta que una figura en tres dimensiones. Entonces hizo un movimiento, pequeño pero rápido, y hube de luchar para contener la flecha. Revolvió el suelo con la punta de un pie y entonces, por primera vez, le vi la cara, vi que tenía una cara. La cuidadosa estructura de mi posición de disparo se tambaleó y hube de recurrir a todos mis músculos, mis entrañas y mi corazón para mantenerla. Sus ojos barrían la arena y la roca, cada vez más rápido. Se acercaban a mí. Cuando empezaron a alzarse, esa fue la señal para la suelta. No vi la flecha en el aire, y creo que él tampoco, aunque seguro que oyó tañer la cuerda. Llevaba tanto tiempo con el arco tendido que tras la suelta pensé que mi brazo izquierdo continuaría inmóvil para siempre, como el de una estatua. Temí que mi concentración hubiera saltado por los aires al saberme descubierto, y en parte así había sido, pero solo en parte. Había apuntado bien; si el brazo izquierdo había respondido, le había dado.

No supe qué sucedió a continuación, y sigo sin tenerlo claro. El árbol vibró como si un hacha se hubiera clavado en él, y el bosque, que llevaba tanto tiempo en silencio, se colmó de un ruido incomprensible. Lo siguiente que supe fue que ya no había árbol, ni arco. Algo me golpeó una pierna e intentó arrancármela, y caí de espaldas mientras muchas cosas que parecían brazos me rozaban y me golpeaban con fuerza desde abajo. Incluso a día de hoy sigo afirmando que pasé parte de la caída comprobando si tenía los dedos de la mano derecha relajados, si habían estado relajados en la suelta, y seguían estándolo.

También traté de dar media vuelta para no caer sobre la nuca, y estaba empezando a hacerlo, creo, cuando impacté contra el suelo. Algo se me clavó por detrás y oí un ruido como el de una sábana al desgarrarse. También sentí cómo algo se curvaba y se partía debajo de mí, y me quedé sin aliento, sabiéndome herido, mientras el rifle volvía a disparar. No fui capaz de levantarme, me arrastré de espaldas, llevando algo a rastras. El rifle produjo otro estampido y otro y otro; una rama del árbol se partió, pero más arriba de lo que habría estado mi cabeza si yo me hubiera encontrado en pie. Había algo raro en los disparos, me daba cuenta incluso en mi estado. Me incorporé apoyándome en una rodilla y luego me puse en pie y, agachado y dando corcovos, me refugié tras unas rocas en el lado del árbol que quedaba aguas arriba. Mantuve la cabeza gacha. El rifle volvió a disparar. Entonces asomé la cabeza lentamente.

El hombre se acercaba trastabillando, todavía a tres o cuatro metros del árbol, tratando de alzar el arma como si fuera demasiado larga o demasiado flexible, como una manguera. Hizo fuego, pero a un metro ante sus pies. La parte superior de su pecho era de otro color, y cuando se encorvó vi la flecha colgando a su espalda, justo por debajo del cuello; estaba teñida de rojo y se balanceaba sujeta nada más que por el culatín. Despacio, se agachó hasta quedar de rodillas, abrió la boca y la sangre manó a chorro contra el suelo, como algo que surgiera del interior de la tierra, un manantial que aflorase tras retirar la roca adecuada. Muérete, pensé, por Dios, muérete, muérete.

Me tendí sobre el costado derecho al abrigo de la roca y apoyé la mejilla en ella. ¿Qué me pasa?, me pregunté cuando la roca empezó a dar vueltas como si se dispusiera a levantarse. Miré mi otro costado y vi que estaba atravesado por una flecha, la doblada que llevaba en la aljaba, y que el arco colgaba de ella, roto.

Apoyé la cabeza y todo desapareció. ¿Adónde fui? Cobré una distancia reconfortante, y en el interior de mi mente vi una imagen difusa de mí mismo perdiéndome entre la niebla y diciendo adiós con la mano.

La nada.

De nuevo la nada, de otro tipo, y de esta nada emergí sobresaltado. Frente a mí, un hombre apoyado en el suelo con las manos y las rodillas, de cuya boca manaba sangre, como si vomitara en la casa de un amigo, acordándose de mantener la cabeza agachada o dentro del váter. Recliné la cabeza y me volví a alejar.

Me despertó la dureza de la piedra contra mi boca. Costaba mucho respirar en el lugar donde había estado. Una vez más, alcé la cabeza y mis ojos miraron, pero no vieron a ningún hombre. Me habría quedado allí tumbado para siempre, pero azuzado por el misterio de su ausencia me obligué a ponerme en movimiento.

Me incorporé y comprobé mi estado. La flecha me había atravesado la grasa fruto de la edad y la falta de ejercicio. La tendría que sacar bien abriéndome el costado mediante un corte, para liberar el astil, bien tirando de la flecha y haciendo que toda ella pasara a través de mí. Con el máximo cuidado que pude, pero retorciéndome de dolor y suplicando ayuda a cada movimiento, arranqué las plumas, apreté los dientes y probé a hacer lo segundo. Avanzó poco a poco y me di cuenta de que parte de la pintura se me quedaría dentro de la herida, pero no podía hacer nada por impedirlo. Me lamí la mano y embadurné de saliva el astil, creyendo que la lubricación ayudaría. Lo hizo al principio, y luego ya no; la flecha se quedó firmemente trabada y cualquier intento por moverla me llevaba al borde de la pérdida de conocimiento. Tendría que cortar.

Saqué el cuchillo del cinturón, rasgué el mono de piloto alrededor de la herida y eché un vistazo. Fue apenas un instante, pero mucho más terrorífico que tratar de extraer la flecha a ciegas. La punta de caza me había abierto el costado, como estaba diseñada para hacer. Si me hubiera alcanzado más superficialmente, solo me habría hecho un mal desgarro, pero no era el caso; la flecha me había atravesado de parte a parte. La carne alrededor del metal se abría dolorosamente, como una boca, cada vez que movía el astil. Apoyé el cuchillo en la carne, a la altura de donde tenía la flecha atravesada. Corta, dije en voz alta. Corta y sácala, y podrás ir a lavarte al río. Es lo mejor.

Corté. El estómago se me retorció de dolor, y corté de nuevo, profundizando. El bosque se volvió borroso, todo era confuso de pronto, como si de cada árbol alzaran el vuelo pájaros que se abalanzaran contra mi cara. Giré el cuchillo para que la parte curva de la hoja entrara en la herida y empujé hacia abajo con las dos manos. Lo sentí rascar el astil. Esto tendrá que bastar, me dije. No me voy a seguir rajando, aunque me tenga que arrancar la flecha a tirones, a costa de partirme en dos. Un lado de la roca estaba cubierto de sangre y me palpé el costado para comprobar si algo de carne retenía todavía el astil. El cuchillo cayó y tintineó contra la piedra. El astil saldría. Lo desprendí lentamente y la herida cambió. Sostuve la flecha ensangrentada mientras del costado me manaba sangre que caía sobre la roca. Sufrí un breve desvanecimiento, sin soltar la flecha. Luego me puse en pie.

Jamás había sentido tal libertad. El mismo dolor era libertad, y también la sangre. Recogí el cuchillo y corté una manga del mono de piloto por el hombro, hice una bola con ella y la apreté contra la herida. A continuación corté una larga tira de una pernera y me la enrollé a la cintura. Actuaba de manera automática pero muy consciente. ¿Podía caminar? ¿Qué más podía hacer?

Andar resultaba difícil y tenía que hacerlo de costado, pero no era imposible. Me asomé al borde de la garganta. No había rastro de la canoa y concluí que ya había pasado. No estaba mal. Yo esperaría un poco, buscaría al hombre al que había disparado, lo enterraría o me desharía de él como pudiese, y luego me largaría de allí.

Regresé junto a la roca y eché arena y tierra sobre mi sangre para ocultarla. Era toda la sangre que estaba dispuesto a dejar en aquel bosque; el resto sería de otra persona.

Fui adonde había estado el hombre. Había muchas piedras salpicadas de rojo y un gran charco donde había vomitado. Miré hacia el bosque recordando lo poco que sabía sobre la caza de ciervos: tras alcanzar a un venado, hay que aguardar media hora y a continuación seguir el rastro de sangre. No tenía ni idea de cuánto tiempo había pasado desde que lo había atravesado con la flecha, pero, por lo que había visto, supuse que el tipo no podía haber ido muy lejos, a lo mejor nada más que unos metros. Me agaché, apoyándome en las rodillas y las manos, tratando de dar con la dirección señalada por la sangre.

La que había caído en la arena había sido absorbida de inmediato, así que solo me podría guiar por la que hubiera en las piedras. Seguramente se habría adentrado en el bosque, malherido. Cuando el rastro de sangre me lo confirmó, aumentó mi confianza; lo seguí piedra a piedra.

Al borde del bosque encontré el rifle, abandonado, un objeto fuera de lugar entre la pinaza. Lo dejé donde estaba y desenvainé el cuchillo. Avanzaba de rodillas, sangrando a la par que seguía su sangre. En una ocasión tuve que retroceder y reencontrar el rastro porque no supe distinguir su sangre de la mía. El mono estaba empapado de cintura para abajo, y la tela que había puesto contra la herida rezumaba. Pero no me sentía débil en absoluto. Me preguntaba cuánto tardaría en coagular una herida tan abierta, pero la zona se me había adormecido, y yo, de manera instintiva, me presionaba el costado con el codo, como si me abrazara a mí mismo con un solo brazo; creí que podría aguantar y mis planes no iban más allá de llegar hasta la siguiente piedra sobre la que yo no hubiera derramado sangre.

En aquella zona del bosque no había senderos. Estaba oscuro, pero yo veía el rastro, y cuando no lo veía, lo sentía, y, en algunos momentos, lo olía. Por última vez, traté de pensar como el montañés. Le había dado de lleno, me parecía que justo debajo de la garganta o en la parte inferior del cuello. Agonizaba, estaba desarmado, seguramente tenía la yugular seccionada. Lo único que me preocupaba era que estuviera tratando de llegar a algún sitio que él conociera, o, lo que era más probable, tratando de avisar a alguien. Yo no creía que fuera así, pero no lo sabía con certeza.

Debía encontrarlo. Si no lo hacía yo, podría hacerlo alguna otra persona, y sería nuestro fin, de un modo u otro, o al menos el comienzo de las explicaciones, de los juicios, de los abogados y de todo lo demás que habíamos pretendido evitar cuando Lewis nos convenció de enterrar al otro hombre bajo los helechos.

Había poca luz para ver bien el suelo estando en pie; me tenía que acercar más a la sangre. Me puse a cuatro patas con la cabeza gacha, como un perro, con el cuchillo entre los dientes, apartando las ramas de los arbustos una a una hasta que fui a parar a un claro de unos cincuenta metros de diámetro. Apenas oía el río desde allí, no era más que un murmullo distante; cada una de las hojas que mediaban entre él y yo lo acallaban.

Había perdido casi todo el contacto con la sangre. Se me iba la cabeza, me encontraba al borde del desmayo, aunque sin sentirme particularmente débil. El problema era que no podía pensar con claridad. Pero sabía que tenía que volver a dar con su sangre o todo estaría perdido.

Me puse en pie y entré en el claro. Un hombre herido de gravedad no querría debatirse entre la maleza. Si tuviera un destino definido, se habría servido del espacio abierto. Seguramente habría cruzado por allí aunque no tuviera ningún objetivo. No estaba en el claro, luego debía de haberlo cruzado. ¿En línea recta? ¿Era capaz de moverse en línea recta? Atravesé el claro dispuesto a inspeccionar cada hoja de cada arbusto del otro lado, y empecé a buscar lentamente por el borde. Había haces de luz matutina por doquier, nítidos y afilados, alumbrando lugares concretos sin motivo aparente, desplazándose con las copas de los árboles mecidas por el viento. Cuando había recorrido la mitad del perímetro, uno de los haces de luz se movió e iluminó algo. Era una piedra, en parte marrón, en parte rojiza, del tamaño de una pelota de tenis y que parecía haber sido pintada a toda prisa. Tuve que detenerme un minuto, mi cabeza cada vez más espesa, antes de comprender lo que significaba. Tú no has estado aquí, me dije con el cuchillo todavía en la boca. No has estado. Me acerqué a la piedra.

Era el sitio donde debía de haber perdido la poca sangre que le quedaba, la que le había permitido llegar hasta allí. Unos pasos más allá, de nuevo entre la espesura, encontré más sangre en una hoja casi a ras de suelo; quizá se estuviera arrastrando. Pensé en volver a ponerme a cuatro patas y olfatear como un animal, pero la posibilidad de que él fuera a rastras me hizo querer estar en pie, y eso hice, aunque encorvado hacia un lado y con el brazo presionando contra el costado para contener la hemorragia.

Recorrí el terreno con la vista, pasando sobre rocas, hojas y pinaza, hasta que mis ojos se detuvieron al pie de un árbol muerto, veinte metros más adelante. Podría haber sido un arbusto o una piedra, pero supe en cuanto mi vista se posó en él que no era ninguna de las dos cosas. No se movía, pero la luz bailaba sobre él y parecía no del todo inerte, vivo, del mismo modo que casi todo lo que había en el bosque estaba vivo. Me acerqué. Era un hombre tendido bocabajo, con una mano aferrada a una de las raíces del árbol muerto. Tenía unos dedos largos, finos y mugrientos, y la espalda empapada en sangre.

Había muchas cosas por hacer, pero me podía permitir una pausa. Su cerebro y el mío se desligaron y se alejaron el uno del otro, y en cierto modo lo lamenté. Mi mente nunca se había hallado en comunión con la de nadie más en cuestiones de vida o muerte, ni lo volvería a estar. Me quedé inmóvil, mirándolo, respirando contra el cuchillo. Luego me lo saqué de la boca.

El modo como estaba tumbado no me recordaba a ninguna de las posturas que lo había visto adoptar cuando estaba vivo, hasta que me vino a la mente la pose junto al río, la pose en la que habría querido matarlo. Presentaba ahora el mismo aspecto relajado, el de alguien que se siente parte de cualquier lugar donde se encuentre, en especial del bosque.

Le di la vuelta empujándolo con el pie. La mano quedó con la palma a la vista, aún con la forma de la raíz del árbol. Le vi la cara con claridad.

Caí de rodillas, solté el cuchillo. Fue como si el corazón se me hubiera desplazado hacia la herida y latiera allí con fuerza, buscando vaciarme de sangre como fuese. Me cubrí la cara con las manos, paralizado de terror; no podía volver a mirarlo. Tenía la boca abierta, repleta de dientes amarillentos.

¿Seguro? Me acerqué a él y cogí el cuchillo del suelo. Se lo metí en la boca, le hurgué en las encías y de la superior se soltó una prótesis dental. ¿Eso lo explicaba? ¿Era suficiente? Le volví a encajar los dientes empujándolos con el mango del cuchillo.

Iba vestido como el desdentado al que habíamos visto en la orilla del río, aunque no podía saber si exactamente igual que él, pero sí de manera muy parecida. Era más o menos de la misma talla, y delgado, y repulsivo. El tiempo que había pasado en su presencia a la orilla del río se hallaba grabado a fuego en mi memoria y continuaba viéndolo como lo vi en aquellas circunstancias, muy diferentes a las actuales; creo que si hubiera tenido la oportunidad de verlo moverse, habría salido de dudas, en un sentido u otro. Pero no llegué a estar seguro, y sigo sin estarlo.

Empuñé el cuchillo. ¿Y ahora qué hago? Lo que quieras. Tampoco esto lo verá nadie. Nunca se sabrá. Puedes hacer lo que desees, por espantoso que sea. Puedo cortarle los genitales, que pretendía usar conmigo. O cortarle la cabeza mientras lo miro a los ojos. O devorarlo. Podía hacer con él lo que deseara, y me quedé atento a la espera de que llegara tal deseo; cuando llegara, lo obedecería.

No llegó, pero me rondó el horror definitivo, queriendo tomar el control del cuchillo. Me puse a cantar. Una de mis canciones populares favoritas, un tema folk-rock. La canté hasta el final y para entonces todo había pasado. Me puse en pie como buenamente pude. Míralo, le dije.

Los problemas volvieron a hacerse patentes, uno a uno. Prefería arrastrarlo que llevarlo a cuestas, pero sabía que tardaría menos si cargaba con él, así que envainé el cuchillo, apoyé una rodilla en el suelo y me lo eché atravesado sobre los hombros como había aprendido a hacer en mis tiempos de *boy scout.* Me puse en pie con casi el doble de mi peso y eché a caminar hacia el claro. Pasé junto a la piedra salpicada de sangre que me había guiado hasta el cadáver, caminé dando traspiés entre los arbustos por donde había pasado a cuatro patas y me encaminé hacia el río con sangre rezumando del costado y chorreando por la pernera izquierda, húmeda, luego seca y luego húmeda de nuevo. El cadáver me clavaba al suelo y pensé que cuando me lo quitara de encima me pondría a levitar. Mientras andaba a tumbos entre la maleza, no sabía si sería capaz de volver al río. El bosque se abrió lentamente ante mis ojos, y veinte metros más adelante el terreno se desplomó hacia un vacío lleno de luz solar, del cual volvió a llegar hasta mí el viejo sonido de la eternidad.

Lo posé casi en el sitio exacto donde él estaba cuando lo alcanzó la flecha y me acerqué al borde del acantilado. Comencé por mirar río abajo, pues me asustaba otear en el otro sentido y encontrarme con nada más que un vacío inalterado, pero incluso mirando a favor de la corriente supe que el vacío aguas arriba no era total, que allí había algo, una mota, y me volví para mirarlo de frente y asegurarme. La canoa de Lewis destellaba, reflejando claramente los rayos del sol, una lista plateada, como una trucha, saliendo de los rápidos. Miré al hombre. Estás muerto, Lewis, le dije. Tú y Bobby estáis muertos. No os pusisteis en marcha lo bastante pronto; lo hicisteis todo mal. Tendría que coger el rifle y pegarte un tiro, Bobby, pedazo de gilipollas incompetente, enclenque de ciudad, borracho de mierda. Tendrían que haberte matado justo ahora. Estás a tiro, vas despacio, mucho, no haces más que estar ahí sentado. Si yo no hubiera subido aquí y hecho lo que he hecho, ahora estarías flotando en el agua, después de que te hubieran volado la tapa de los sesos, y a Lewis también.

Fui a buscar el rifle y mi enajenación creció en cuanto lo tuve en las manos. Me lo llevé al hombro y puse el punto de mira en el centro del pecho de Bobby. Hazlo, dijo el muerto. Hazlo, lo tienes a tiro. Pero eludí el impulso, abrí los dedos, dejé que el rifle cayera al suelo. Pensé fugazmente en abrir fuego al aire para atraer la atención de Bobby, pero descarté la idea por miedo a que se asustara y volcara la canoa. Además, no quería volver a llevarme el arma al hombro. Había estado muy cerca, demasiado.

Agarré el rifle por el cañón, lo hice girar sobre mi cabeza para cobrar impulso y lo lancé al río tan lejos como pude. Descendió dando vueltas, rápidas al principio, más lentas a medida que fue cayendo, hasta hundirse a unos cincuenta metros frente a la canoa. Esperé que Bobby lo hubiera visto con antelación suficiente como para darse cuenta de lo que era, y de que significaba que estábamos a salvo: un rifle caído del cielo.

Bobby sacó el remo del agua, pero no miró hacia arriba. Me llevé el índice y el pulgar a la boca y silbé tan alto como pude, un silbido tan agudo que casi me dejó sordo, pero aun así me pareció que el sonido del río se lo tragaba. Trepé al peñasco más alto al borde de la garganta. Pensé que sería mejor si me movía y me puse a saltar como en las clases de Educación Física del instituto, abriendo y cerrando las piernas a la vez que subía y bajaba los brazos. Sentí que me desgarraba, pero continué saltando mientras pude. Bobby alzó la vista por fin, su diminuta cara se quedó mirando hacia arriba. Brinqué, sin que mis zapatillas de tenis hicieran ruido contra la piedra y con el costado gritando de dolor, pero feliz; luego señalé al pie del acantilado, debajo de donde estaba. Él volvió a meter el remo en el agua y paleó por la derecha para desviar la canoa hacia la orilla.

Regresé junto al hombre tendido en el suelo, lo empujé para ponerlo de espaldas. Era como si contemplara perezosamente el cielo. Una rama se le había clavado en un ojo, que estaba blanquecino, pero el otro era azul claro, delicadamente recorrido por una curiosa trama de venillas, poco propia de un ojo, y me vi reflejado en él, una figura inclinada, diminuta pero que no dejaba de crecer.

Tras haberlo acarreado, tocarlo no me causaba ningún reparo, ni tampoco registrarle los bolsillos. Aunque no sentía ningún interés por saber quién era, pensé que sería mejor tratar de averiguarlo, por si más adelante me fuera necesaria la información.

Volví un bolsillo del revés. No había nada. Noté un botón de su ropa interior; estaba frío. En el otro bolsillo había cinco balas de rifle —de gran calibre, y me acordé de la cabeza de Drew— y también una especie de carné, que tuve que alisar y sostener a la luz para leerlo. Se llamaba Stovall y era ayudante honorario del sheriff del condado de Helms, que era donde estábamos, supuse. Esto me preocupó, aunque no mucho, pues Lewis me había dicho que en las colinas todo el mundo, o casi todo el mundo, era ayudante honorario del sheriff. El único motivo para preocuparse era que si alguien lo tenía en la estima suficiente como para darle aquel carné, quizá fuera conocido, un miembro valorado de la comunidad —significara eso lo que significase en el condado de Helms—, y por lo tanto alguien a quien estuvieran dispuestos a buscar. Me quedé mirándolo, no obstante, y me pareció un hombre tan irrelevante, incluso para el condado de Helms, que seguramente solo lo echarían de menos unas pocas personas, y tampoco tanto. Hice una pelota con el carné, lo extendí de nuevo, lo rompí en pedazos, los volví a arrugar y los lancé al río. Una corriente de aire los atrapó y los mantuvo en suspensión antes de desperdigarlos. La flecha con la que lo había matado la arrojé al río como una lanza. Hice lo mismo con la que estaba cubierta de mi propia sangre. A continuación cogí el arco. Detestaba tener que deshacerme de él. Pensé que quizá la empuñadura se pudiera aprovechar, quería conservarla el resto de mi vida, pero al final lo tiré todo, con fuerza.

Desenrollé la cuerda que llevaba prendida al cinturón. Era larga. No creía que bastara para descolgar el cadáver hasta la ribera, pero al menos podría bajarlo un buen tramo, y luego ya se me ocurriría algo. Arrastré el cadáver hasta el borde del acantilado, le pasé la cuerda por debajo de los brazos y la até con varios nudos de rizo, el único que sabía hacer, como la mayoría de la gente. La cabeza no dejó de balancearse ni de dar bandazos mientras lo ataba, y eso me irritó más que nada en mucho tiempo, más que la mueca permanente de Wilma, la secretaria de Thad, y su cansina y amedrentadora fachada de persona responsable. La herida en la garganta no parecía especialmente dolorosa —no se podía comparar con el orificio con cortes en el borde que yo tenía en el costado—, pues se había cerrado y la sangre había coagulado, y ahora no aparentaba ser más que un arañazo profundo, casi un mal corte hecho al afeitarse; costaba creer que lo atravesara y llegara hasta la parte de atrás del cuello, y que le hubiera causado la muerte.

Até el otro extremo de la cuerda al árbol más cercano al borde, luego me acerqué a este y traté de llamar a Bobby, pero la idea de mi voz cayendo al abismo me asustó; sabía que no llegaría al fondo; la imaginé perdiendo fuerza y significado entre el sol que llenaba el vacío. Había una especie de entalladura o falla en la roca, en la que crecía maleza cerca del agua, y entre ella acerté a ver la cara de Bobby. Puede que también lo oyera, un sonido ascendente, sumado al del río, pero si me dijo algo no llegué a entenderlo.

No quedaba otra; yo mismo lo había dispuesto. Empujé el cadáver por encima del borde, haciéndolo rodar a patadas mientras sujetaba la cuerda con las dos manos. Dio un tirón al caer y quedó con los pies apuntando hacia abajo, y yo sujeté la balanceante carga. Sin soltar la cuerda, retrocedí hasta el árbol y me afiancé contra él. Procedí a dejar bajar el peso invisible por la pared. Fue duro. Me tenía que enrollar la cuerda alrededor de una muñeca. Cuando me cansaba, la pasaba a la otra. Los cambios se fueron haciendo más frecuentes. Acabé teniendo que enrollarla en ambas manos. El cabo a mis pies menguaba a la par que yo sudaba, y la cuerda me hendía la carne, desgarrándola casi. Deseé haber dado una vuelta a la cuerda alrededor del árbol antes de empezar, pero ya era tarde, tenía que resistir; había algo inaceptable en la idea de soltar la cuerda y dejar que el hombre cayera y se quedara balanceándose; no lo haría, costara lo que costase. Seguía sudando y liberando cuerda, e intentaba imaginar lo que estaría pensando Bobby al ver al hombre bajar de aquella manera, centímetro a centímetro, la persona que le había apuntado con un arma mientras otro lo enculaba, y que lo habría matado sin dudarlo. También trataba de imaginar, por las diferentes tensiones que me llegaban a través de la cuerda, lo que estaba haciendo el cadáver y cómo lo estaba haciendo, controlado por una suerte de poder superior, privado de su dignidad, pero protegido por las abrasiones de mis muñecas, por mi dolor y por mi esfuerzo, enganchándose en los matojos que crecían en la pared y en los salientes de roca, soltándose, balanceándose, resbalando, rodando, pero sin caer y reventar contra las piedras de la orilla como un saco de gelatina.

Solté el último metro de cuerda y retrocedí, dejando que el árbol sostuviera sin esfuerzo el cadáver. Mis manos se resistían a abrirse, ansiaban continuar sosteniendo la soga desesperadamente. Me acerqué al borde y vi el cabo de color verde en la plataforma de arena; luego se doblaba sobre una piedra dolorosamente afilada y se perdía de vista, y más abajo reaparecía, tenso, enganchado en algo, después balanceándose, concluyendo en el cadáver a él atado. Volví a preguntarme qué estaría pensando Bobby. Regresé al árbol y comprobé los nudos, luego fui una vez más al borde y traté de poner mi ensangrentado pañuelo entre la cuerda y el filo rocoso, pero no tuve fuerzas para levantarla.

Muy bien, me dije. Ahora es cuestión de confianza. Tienes que tener confianza. Miré por última vez hacia el bosque, me puse de rodillas, agarré la cuerda, una mano por encima del borde y otra por debajo, descolgué los pies y empecé a bajar.

Era un lujo disponer de un agarre permanente y no tener que buscarlos a tientas a mi alrededor, buscar algo que quizá no existiera, algo que nunca había estado o que nunca estaría.

Pero apenas me restaba fuerza en las manos y en los brazos; solo sabía que continuaba sosteniéndome, además de por el dolor que sentía en los dedos, porque no me caía. Hablaba continuamente con mis manos, y con todas y con cada una de las piedras junto a las que pasaba, pues aparecían ante mi cara en toda su hermosa claridad. Nunca había mirado —ni presenciado, ni contemplado— nada tan de cerca. Me tuve que detener en un par de ocasiones, al borde de la muerte, con la vista fija en la piedra, pendiendo sobre el río, sobre su cuerpo fluyente, y me concentré en grabarlo en mi cabeza tan profundamente que siempre lo pudiera recordar tal como era en aquel momento; siempre, día y noche, y puede que asimismo después de mi muerte. Proseguí el descenso, jadeando, inhalando el polvo de roca que levantaban mis exhalaciones.

El último sitio donde me detuve a descansar fue una cornisa dentada de unos quince centímetros de ancho; no dejé de sujetarme con ambas manos a la cuerda, casi me podría haber sentado cómodamente. Vi girar el cadáver en el extremo de la soga. Parecía muy pesado, puro peso muerto, la cabeza posada en el pecho, reflexivo y sereno.

También vi a Bobby, aunque ninguno dijo nada todavía. Tenía la canoa en un entrante de la orilla donde la corriente se remansaba. Retomé la bajada, ansioso por librarme de mi propio peso. El cadáver debía de estar a unos diez metros sobre las rocas de la orilla, y yo aún no tenía una idea clara de lo que haría una vez que llegara a él. A los dos nos quedaría aún un buen trecho hasta el suelo. Supuse que tendría que cortar la cuerda, dejarlo caer y luego saltar yo al río, pero me dije que lo decidiría cuando llegara a su altura.

Estaba ya casi sobre el cadáver, apoyado en la pared con un pie y una rodilla, pensando cómo proceder sin tener que encaramarme encima de él y abrazarlo como en una película antigua de Harold Lloyd.

La cuerda se rompió y caímos. De pronto no hubo peso ni nada en lo que pensar. Sin embargo, me salvó lo que había pensado la noche anterior: me impulsé con el pie y la rodilla apoyados en la roca, lo que me apartó de la pared un par de metros. El suelo se acercaba. Conseguí volverme a medias y vi que iba a librar las rocas de la orilla, y eso era lo único importante.

Había perdido el control. Por un instante no hubo nada salvo un vacío iluminado por el sol, y la caída y el giro. ¿Dónde estaba el río? Vi algo de color verde y algo de color azul, ambos unidos en una suerte de relación esencial, y a continuación el agua penetró en mi oreja derecha como un picahielos. Grité, un grito terrible y enmudecido, y sentí cómo el tirón de la corriente se adentraba en mí, primero en la cabeza, entrando por una oreja y saliendo por la otra, y a continuación, minuciosamente, en todo el cuerpo, por el recto, por la boca y también por la herida del costado.

Era consciente de que me rodeaba algo conocido, el calmoso empuje de la corriente. El agua se apoderó de la herida como si me la quisiera arrebatar. Llevaba tantos años sin hacerme daño de verdad que casi me parecía un lujo, aunque cuando traté de nadar hacia la superficie me di cuenta de que me había debilitado más de lo que pensaba. A punto estuve de perder el conocimiento. Me hallaba en una habitación de diferentes tonalidades de verde, hermosamente graduadas desde la luz hasta la oscuridad, y yo me dirigía hacia el color más pálido, aunque parecía estar a un lado en lugar de arriba. Un instante antes de llegar a la superficie, vi el sol, líquido y transformado, que seguidamente explotó en mi cara.

Tenía algunas lesiones más, sobre todo en las manos, pero comprobé que podía mover los brazos y las piernas y supe que no estaba malherido, que me podía seguir valiendo por mí mismo. Floté, recordando poco a poco cómo se nadaba, y me bastó pensarlo para empezar a moverme.

Llegué a un costado de la canoa y me alcé con cuidado para asomarme al interior. Mi cara no estaba a más de veinte centímetros de la de Lewis. Tenía los ojos cerrados y podía estar tanto en reposo como muerto, pero movió la cabeza. Abrió los ojos. Me dedicó una mirada larga, muy seria, volvió a cerrarlos y a apoyar la cabeza. El fondo de la canoa, sobre todo a su alrededor, estaba cubierto de vómito, de restos de la carne y de las demás cosas que habíamos llevado de la ciudad. Rodeé la canoa para salir a tierra y me encaré con Bobby.

—¿A esto le llamas la primera luz?

—Escucha —dijo—. Lewis lo ha pasado muy mal. Creí que se moría. Está malherido.

—Estarías muerto. Os estaba esperando allí arriba. No has hecho lo que te dije y él te habría matado. Te podría haber disparado cincuenta veces porque no has hecho lo que debías. Más te vale mirar a tu alrededor; mira el sol, amigo. Más te vale mirarte las manos y los pies, porque ahora mismo podrías estar muerto.

—Escucha —repitió—. Por favor, escucha. Era imposible meterlo en la canoa mientras no hubiera luz para ver lo que estaba haciendo. Se desmayó varias veces antes de que pudiera subirlo. Te lo aseguro, no querría pasar otra noche como esta. Habría preferido trepar el acantilado contigo.

—Muy bien. A lo mejor la próxima vez.

—¿Cómo lo hiciste? Creí que no lo conseguirías. Pensaba que no te volvería a ver. Yo no sé si me habría largado, en caso de haber llegado a la cima.

—Lo pensé —dije—. Pero no lo hice.

—Has hecho exactamente lo que dijiste que harías —dijo—. Es increíble. No lo puedo creer. No puedo. De verdad, Ed. Esto no nos puede estar pasando.

—Bueno, ahora tenemos que hacer como si no nos hubiera pasado. La pregunta es: ¿cómo?

—No lo sé —dijo Bobby—. ¿Crees que podemos? ¿Lo crees de verdad?

—Sí, lo creo de verdad —respondí—. A pesar de la mala suerte que hemos tenido, también nos está sonriendo la fortuna.

—¿Y lo has matado? ¿Tú?

—Lo he matado, y lo volvería a hacer, pero mejor.

—¿Le tendiste una emboscada?

—Algo así. Me anticipé a sus planes. Y él vino a mí.

El cuerpo destrozado yacía sobre las rocas, con la prótesis dental partida en varios trozos junto a la cabeza; había caído de cara. Le dimos la vuelta. El rostro era algo increíble; más increíble que cualquier otra cosa. Oí cómo Bobby se quedaba sin aliento. Luego le oí decir:

—Le disparaste de frente. ¿Cómo…?

—Eso es —dije—. Lo miré a la cara. Yo estaba subido a un árbol.

—¿Un árbol?

—Sí, hay muchos en el bosque. Un montón.

—Pero…

—No me vio hasta después de que la flecha lo alcanzara, y puede que ni siquiera entonces. Me parece que estaba a punto de descubrir mi posición cuando solté. Él abrió fuego unas cuantas veces. ¿Oíste algo?

—Puede que sí. No estoy seguro. Seguramente no. Fue solo que me estaba esforzando por oír algo. Pero no, no oí nada.

—Pues aquí lo tenemos —dije—. Otro más.

Me miró el costado.

—¿Te dio? —Nunca lo había oído hablar con tanta seriedad—. Déjame ver.

Bajé la cremallera y el mono de piloto cayó al suelo. Tenía los calzoncillos cubiertos de sangre, que seguía manando de la herida.

—Amigo —dijo—, menuda carnicería.

—Me caí del árbol y me clavé la otra flecha —dije—. Me pregunto si habría habido alguna diferencia si no las hubiera afilado tanto antes de salir de casa. Y me alegro de no usar puntas de cuatro filos.

—Y que lo digas. Es increíble. Esa flecha casi te parte en dos.

—Para eso son. Me atravesó. Pero creo que es una herida limpia, que no es lo habitual. Me parece que el río se ha llevado casi toda la pintura que me quedó dentro.

Examiné la herida. El descenso del acantilado me la había vuelto a abrir, deshaciendo la cura que yo me había practicado en el bosque. Volvía a sangrar, aunque podría ser peor. Me quité la ropa interior y me quedé desnudo, sangrando, apreté los calzoncillos contra la herida y los sujeté con la manga cortada del mono, completamente ensangrentada. Me volví a vestir.

—Acabemos con esto y en marcha —dije.

Estábamos junto al cuerpo. La cuerda, apilada al lado, se había deshilachado por donde se rompió, a causa del roce contra el filo del acantilado.

—¿Estás seguro de que es…? —preguntó Bobby.

Lo miré fijamente, su boca abierta y los ojos inyectados en sangre.

—No —respondí—. Diría que sí, pero no estoy seguro. A lo mejor si pudiéramos hacer que te apuntara con un arma, tú nos sacarías de dudas. O si le reconstruyéramos la cara. Pero no lo sé. Solo sé que aquí estamos. Vamos a deshacernos de él en el río. De una vez por todas.

Recorrimos la orilla en busca de piedras del tamaño adecuado, ensimismados. Tomé agua entre las manos y traté de lavar la roca contra la que se había estampado su cara. La limpié, de rodillas, y la sangre fue saliendo. Cayó a la arena, que se la tragó. Ayudé a Bobby a buscar piedras y apilamos cinco o seis, de aspecto amenazador, junto al cadáver. Corté la cuerda en secciones y até las piedras al hombre, la más grande contra el cuello, estrujándole la herida.

—Aquí no —dije—. En el centro del río, donde sea más difícil encontrarlo.

Forcejeamos con él y entre nosotros, y las piedras y el cuerpo entraron por fin en la canoa, junto a Lewis, que se desplazó un poco, como para hacer sitio a alguien a quien le correspondía estar allí, casi como si se moviera para dejar espacio en la cama a un cuerpo familiar que se deslizara junto a él en mitad de la noche.

Costaba mucho maniobrar la canoa con tanto peso. Nos apartamos de la orilla y por un momento derivamos corriente abajo, demasiado cansados para hacer nada más. Desde más adelante nos llegaba el ruido de unos rápidos, avivando una vez más el terror, un terror que venía a acumularse sobre otro ya existente e inmenso. Bobby estabilizó la canoa y yo me puse de rodillas entre la sangre, el vómito y las piedras, y levanté una de estas y la tiré al agua por un costado. La canoa se escoró. El cadáver estaba ansioso por largarse, pero se hallaba enganchado a la borda. Eché al agua otra piedra, que arrastró una pierna, pero el cadáver seguía sin abandonarnos. Levanté la última piedra, la que estaba atada al cuello, y la arrojé con mi último resto de energía. La herida del cuello se abrió, sin asomo de sangre —pensé que la cabeza se iba a separar del cuerpo—, y el cadáver desapareció. Desapareció de una forma tan absoluta en el seno del río que fue como si el hombre nunca hubiera tenido nada que ver con aquel lugar, ni el río con él. Nunca había hollado el mundo. Me lavé la mano en la corriente y dejé que su sangre se perdiera con él.

Estábamos solos, en movimiento.

Doblamos una larga curva. El río cambió, renovado, ante nosotros y a nuestro alrededor, y yo hundí el remo en el agua, aunque sin hacer ninguna fuerza. Atravesamos unos pequeños rápidos sin grandes problemas, hasta fue divertido. La canoa siguió el cauce por decisión propia.

A los lados, los acantilados eran cada vez más bajos. Descendieron y se volvieron a elevar casi hasta la misma altura de antes, pero ya no eran tan imponentes. Cada vez que se alzaban eran menos altos que la anterior.

Teníamos el sol a la espalda, nos empujaba. Lo agradecí, no había nada más grato. Pero no era capaz de mantener la cabeza erguida. Tenía el costado entumecido y me seguía sangrando, la barbilla no cesaba de caerme contra el pecho y yo miraba con la vista borrosa el fondo de la canoa, donde Lewis iba tumbado con una mano en la cara. Me levanté los párpados con los dedos para espabilarme, pero estaba dormido, pese a tener los ojos abiertos. Me tenía que tumbar en algún sitio, pensé; de lo contrario, caería al agua.

No era una mala perspectiva, para ser sincero. Habría sido maravilloso poner mi peso en manos del río una vez más, puede que para siempre. Aquello era muy duro, demasiado. Me daba cuenta. Cualquiera se habría dado cuenta.

Pasamos unos pequeños rápidos que nos zarandearon y nos hicieron cobrar algo de velocidad, no mucha. Eran profundos y potentes, pero los canales estaban despejados y los recorrimos sin necesidad de hacer grandes maniobras. ¿Adónde iríamos a parar? ¿Qué nos aguardaba más allá, creado por el hombre, que tuviera algún significado para nosotros? ¿Cómo veríamos el mundo cuando abandonáramos el río para siempre?

Lewis yacía inmóvil, con el cinturón desabrochado y los botones del pantalón abiertos; una criatura poderosa y vencida. Alrededor de la herida, los enormes músculos del muslo se le estaban poniendo azules. Con la mano libre, con la que no se tapaba la cara, se masajeaba la pierna, quizá para relajarla. Ese brazo lo tenía rígido; el tríceps se estremecía con cada movimiento del río, se contraía con cada roca del fondo.

La corriente había adquirido velocidad, aunque no estuviéramos pasando por ningún rápido. Era profunda, verde y profunda. Resultaba fácil avanzar, más que nunca, y cada vez que yo conseguía alzar la cabeza, superponía la imagen de un puente a la del río, pero nunca lograba que la imagen persistiera; el puente siempre se acababa desvaneciendo.

Teníamos delante lo que parecía un tramo de rápidos con unas pocas rocas de gran tamaño —el sonido era ronco, más grato que aterrador—, y más allá, otra curva jalonada por árboles. Nos dirigíamos directos al agua blanca, oxigenada, y estábamos a punto de llegar allí cuando vi el cadáver de Drew encajado de espaldas entre dos rocas y mirándonos fijamente.

Se lo dije a Bobby, que fue incapaz de girar la cabeza hacia allí. Simplemente, no pudo, y yo lo comprendí, sin culparlo. Pero alguien tenía que mirar, que hacer algo, y sería mejor que lo hiciéramos entre los dos.

—Escucha —me oí decir—. Espabila y ayúdame.

Aproé hacia Drew, hacia donde reposaba entre las rocas, luchando contra la corriente, empeñada en hacernos pasar de largo. Puse la canoa tan de costado como pude y pedí a las rocas que nos acogieran, que nos prestaran su ayuda. Me obedecieron. Nos detuvimos, retenidos con suavidad, y yo desembarqué; la corriente revolvía el suelo arenoso alrededor de mis pies. Recorrí el costado de la canoa en dos dificultosos pasos, con la oposición del río, y le di a Bobby una palmada en el hombro; tan fuerte como pude, pero no tanto como la situación demandaba. Para dejarlo más claro, apoyé la otra mano en la empuñadura del cuchillo.

—¿Me has oído? —dije sin alzar la voz—. Levanta ese culo de inútil y ayúdame o te mato. Vamos. Tenemos que acabar con esto.

Se metió con cuidado en el agua, evitando mirarme. La corriente le hizo tambalearse.

Drew estaba sentado, mirando aguas arriba, en una especie de tosca silla formada por dos rocas, separadas de la corriente central por una tercera, esta plana. Su postura era muy relajada, despreocupada casi. La corriente rompía contra él a la altura del pecho y las salpicaduras le entraban en la boca, formando una especie de aro plateado alrededor de los labios, entre los que brillaba un diente de oro. La corriente le mantenía abiertos los párpados, y los ojos parecían observar incansables el río proveniente de las montañas, todas y cada una de sus curvas. La boca abierta, con el labio inferior colgante, le daba una expresión de cretino, pero los ojos nada tenían que ver con eso; eran azules, penetrantes y prístinos.

Avancé hacia él dando tumbos, como un borracho en un bar. Intenté levantarlo de su asiento tirando de las correas del chaleco salvavidas, pero se resistió a moverse. Al contrario, se pareció acomodar mejor entre las rocas. Por fin se levantó, blando, abrazado a mí, y luchamos juntos contra la corriente. Bobby lo sujetó por el otro lado y los tres nos abrimos paso por dos mundos, el acuático y el aéreo, hacia la canoa. Fue como si la totalidad del río se extendiera ante nosotros, la corriente hacía que se nos enredaran los pies, los de Drew con los nuestros, los de Bobby con los míos. No me había dado cuenta de lo mucho que pesaba. Perdimos pie, caímos y la corriente arrastró a Drew boca arriba, girando lentamente, el rostro herido tan plácido, limpio e inexpresivo como el cielo.

Fui tras él, me hundí en un agujero del fondo, conseguí salir a la superficie, lo agarré y lo llevé a rastras hasta la roca más próxima a la canoa, donde lo posé bocabajo. Le examiné la cabeza. Algo lo había golpeado con fuerza. Bien. Pero no sabía si era una herida de bala; nunca había visto una. Solo tenía la referencia de las descripciones del asesinato del presidente Kennedy, los detalles proporcionados por los testigos, los médicos y el informe de la autopsia, que había leído en los periódicos, como la mayoría de los estadounidenses en su momento. Me acordé de que parte del cráneo de Kennedy había estallado. Sin embargo, a Drew no le había pasado nada parecido. Había una abrasión alargada sobre la oreja izquierda y el cráneo estaba hundido, con los bordes mellados. Pero no se veía masa cerebral ni nada había reventado.

—Bobby, acércate —dije—. Tenemos que tomar una decisión.

Señalé la herida en la cabeza de Drew. Bobby echó un vistazo, los ojos se le enrojecieron más todavía y apartó la mirada. Ambos nos abrazábamos a la roca, jadeantes.

—¿Es una herida de bala?

—Ed, sabes que no tengo ni idea. Pero a mí no me lo parece.

—Mira bien.

Le señalé la abrasión debajo del pelo.

—Yo diría que le dispararon y que la bala lo rozó. Pero no sé si lo mató o no.

—O si se lo hizo contra una roca después de caer al agua —dijo Bobby.

—Si hacemos las cosas bien, solo tendremos que darnos explicaciones a nosotros mismos —dije—. Pero me gustaría averiguarlo. Creo que deberíamos.

—¿Cómo?

—Lewis lo sabrá mejor que nosotros. Vamos a llevar a Drew junto a él para que lo vea.

Volvimos a levantarlo y lo arrastramos hasta la canoa. Lo alzamos para que la cabeza quedara apoyada en la regala.

—Lewis —dije en voz baja.

No respondió. Tenía los ojos cerrados y respiraba con dificultad.

—Lewis, préstanos atención un momento. Es importante. Muy importante.

Volvió la cabeza y abrió los ojos. Bobby y yo sostuvimos a Drew y yo le aparté a este el pelo de la zona que quería que quedase a la vista.

—Lewis, ¿esto es un disparo? ¿Esto lo ha hecho una bala?

Un destello del interés de antaño asomó a sus ojos. Levantó la cabeza todo lo que pudo y miró debajo del pelo de Drew.

—¿Le dispararon? ¿Le dispararon, Lewis?

Su mirada vagó, muy despacio, por la corriente hasta encontrarse con la mía. A mí me zumbaba la cabeza; no sabía qué esperar. Asintió, un gesto apenas perceptible, y se volvió a tumbar.

—Rozado —dijo.

—¿Estás seguro? ¿Seguro del todo?

Volvió a asentir y, casi en el mismo gesto, sufrió una arcada. Continuó asintiendo, y Bobby y yo nos miramos. Estudiamos de nuevo la herida de Drew.

—Puede ser —dijo Bobby.

—Puede no. *Es.* Tiene que serlo. Pero no podemos dejar que nadie lo examine. Nosotros no lo sabemos con certeza, pero hay gente que sí será capaz de deducir lo que pasó, y si tenemos que dar explicaciones sobre por qué le pegaron un tiro, todo acabará saliendo a la luz.

—¿Vamos a salir de esta? No sé cómo. No lo sé.

—Ya casi hemos salido —dije.

—¿Qué hacemos con Drew?

—Lo vamos a hundir en el río —respondí—. Para siempre.

—Dios mío, Dios mío.

—Escucha. Como te acabo de decir, no nos podemos permitir que nadie que entienda de estas cosas lo examine. Si regresamos sin él, simplemente habremos tenido mala suerte. Somos unos putos aficionados. A ver quién demuestra lo contrario. Vinimos a bajar el río sin tener ni idea de dónde nos metíamos, lo que es la pura verdad. Al principio nos fue bien, pero luego volcamos. Lewis se partió la pierna en los rápidos y Drew se ahogó. Cualquiera se lo creerá. Pero no podemos explicar que a uno de nosotros lo hayan matado con un rifle.

—Si es que fue así.

—Correcto. Si es que fue así.

Un brillo asomó a los ojos de Bobby, pero de inmediato se oscureció o murió.

—Esto no acabará nunca —dijo—. Nunca.

—Claro que sí —dije—. Se va a acabar. Solo nos queda esto por hacer, pero lo tenemos que hacer bien. Todo depende de ello. Todo.

Busqué a tientas en el bolsillo del mono y saqué la cuerda de repuesto para el arco. La até a una piedra de buen tamaño y el otro extremo al cinturón de Drew, un nido de rizo sobre otro. Metimos la piedra en la canoa, agarré a Drew por el chaleco salvavidas, volví a dejarlo flotando en el río y lo sujeté mientras atravesábamos los siguientes rápidos vadeando, con el cadáver meciéndose suavemente a la par que la canoa.

Cuando el río ganó profundidad, Bobby se subió a la canoa y empuñó el remo. Drew y yo nos alejamos del final de los rápidos y yo floté, sostenido por el chaleco salvavidas. Una mano de Drew flotaba con la palma hacia arriba y vi los callos producidos por la guitarra, blancos y arrugados, y su anillo de la universidad, y me pregunté si a su mujer le gustaría tenerlo. Pero no, no podía ser; eso implicaría tener que dar explicaciones. Toqué el callo del dedo corazón de la mano izquierda y se me llenaron los ojos de lágrimas. Floté abrazado a él por un momento, llorando agua del río. Podría haber llorado hasta que el río dejara de fluir, pero no había tiempo.

—Eras el mejor de los cuatro, Drew —dije en voz lo bastante alta como para que Bobby me oyera. Quería que me oyera—. El único decente, el único cuerdo.

Le desabroché el chaleco salvavidas y se hundió. En la canoa, de rodillas junto a Lewis, Bobby arrojó la piedra por la borda. Un pie de Drew se elevó y me rozó la pantorrilla, y fuimos libres, libres en el infierno.

Me quedé en el agua detrás de la canoa, sujetando su chaleco. Privadas de peso, las piernas me dolían el doble. Quise dormir, hundirme, no tener que seguir respirando. Floté llevado por el río, previendo todas las pesadillas y los sudores que se avecinaban, pero aquí no, todavía no. Cuando llegamos a otro tramo poco profundo, me elevé de la grava y de los cangrejos del fondo, icé todo el peso de mi cuerpo, y la mitad más, y me instalé en el asiento trasero con el ardiente sol y la ropa mojada comprimidos uno contra la otra en mi espalda como estratos geológicos.

Durante largo tiempo no hubo nada salvo fatiga y calor. Los insectos revoloteaban en la canoa entre Bobby y yo, una calina silbante que, por momentos, creí que estaba dentro de mi cabeza. Pero a ambos lados las paredes de roca iban perdiendo altura. Pocos kilómetros más adelante, la de la derecha desapareció, y al otro lado no había más que una baja empalizada rocosa. Esta también decreció, y volvimos a navegar a la misma altura que el bosque. Supe que había calculado mal la distancia que nos faltaba por recorrer, pues parecía no tener fin. Bobby iba con la cabeza gacha; lo máximo que podía esperar de él era que no perdiera el equilibrio, que no se cayera al agua y nos hiciese volcar. Si volcábamos en un tramo profundo o de rápidos nos costaría mucho volver a subir a la canoa, y sería imposible recuperar a Lewis.

Me había puesto el chaleco salvavidas de Drew encima del mío. Me daba muchísimo calor, pero me tapaba el cuello y me protegía del sol. No dejaba de pensar en el accidentado viaje que ese chaleco había hecho por los rápidos, tratando de impedir que Drew se ahogara cuando en realidad, probablemente, él ya estaba muerto por otra causa.

Los labios se me hincharon por el sol. Me aproximaba lentamente a un límite definitivo, pero no sabía dónde se hallaba, ni en qué parte del río estaríamos cuando lo alcanzara, ni qué haría yo entonces. ¿Había algo que pudiera decirme a mí mismo, o a Bobby, que sirviera de ayuda?

—Bobby —dije de pronto—, aguanta. Si resistimos otros quince kilómetros, habremos llegado. Lo sé. Hemos recorrido un camino muy largo, no puede faltar mucho más.

Intentó asentir y lo consiguió en parte.

—No menees la canoa, amigo. Y si ves algo que yo no haya visto, dímelo. Si entramos en unos rápidos, avísame de dónde están las rocas. Si no puedes, túmbate con Lewis y reza, pero intenta mantenernos nivelados.

Había un tono nuevo, grave, en el sonido del río, un viejo conocido que supe identificar.

—Que sea lo que Dios quiera —dije.

Nos dirigíamos a la fuente del sonido, pero cuando salimos de la siguiente curva solo nos encontramos con una curva más, a ochocientos metros de distancia. El ruido provenía de allí, o de más adelante.

—Creo que oigo unos rápidos, Bobby. Estoy seguro. Si se puede pasar porteando la canoa, lo haremos así. Pero si no, los tendremos que atravesar.

Continuamos río abajo, ganando velocidad, y el aumento de volumen del ruido, como si se girara un dial, trajo consigo el viejo terror, pero asimismo la emoción, la sensación de la que siempre hablaba Lewis; la sentí, pese a lo cansado que estaba.

Entramos en la siguiente curva y supe por el sonido que, si los rápidos estaban a la salida o, al menos, al alcance de la vista cuando nos enderezáramos, no serían tan malos como otros por los que ya habíamos pasado. Pero salimos de la curva moviéndonos a mayor velocidad aún, sin cascadas ni rápidos ni agua blanca a la vista, y supe que iba a ser muy jodido. Aumentó la probabilidad de que estuviera oyendo una cascada, y una vez más me dispuse a morir. El sonido aumentó de súbito, acompañado por un hervor, por una desesperación ronca. Doblamos otra curva. La vista se despejó hacia la izquierda y vi un tramo de rápidos más empinado —mucho más— que cualquiera de los que habíamos pasado; también era más largo, y finalizaba en un embudo formado por dos rocas inmensas entre las que el aire se tornaba blanco.

El agua se mantenía cristalina durante unos cincuenta metros y a continuación descendía en una serie de pequeñas cascadas escalonadas, casi del mismo tamaño, donde se aclaraba al ganar velocidad, luego trazaba un giro cerrado a la izquierda y desaparecía entre las dos grandes rocas. Más allá no se veía nada; era como si todo el río se transformara en niebla. Podríamos haber ganado la orilla, pero yo no tenía fuerzas. La corriente se había apoderado de nosotros, nos llevaba directos hacia allí.

—No podemos portear —grité—. Agacha el culo todo lo que puedas.

No me miró, echó el trasero hacia atrás, quedando enganchado por las corvas al asiento. Nuestro centro de gravedad estaba tan abajo como era posible, y yo también me agaché, inclinándome hacia delante; no podría controlar la canoa si estaba más bajo, y tanto el agua como nosotros íbamos ya a mucha velocidad, como hilos entrando en un telar. El bramido nos golpeó de frente y luego también desde los costados; ya estábamos en los rápidos, zarandeados por unas pequeñas ondulaciones, previas al primer escalón de la corriente. La proa se inclinó hacia abajo, la canoa arañó el fondo de roca justo debajo de mi coxis, lo superamos y nos dirigimos a otro escalón, más bajo que el anterior; sentí en la columna vertebral una sacudida hacia arriba que me levantó del asiento y que nos hizo escorar. La velocidad nos enderezó y di un golpe de remo con todas las fuerzas que me quedaban para alinearnos con la corriente. Nos balanceamos y saltamos otros dos escalones, sacudidas en la base del cerebro, y en medio de todo ello oí, primero suave y luego fuerte, un grito o cántico o invocación proveniente de alguna parte, y pensé que quizá fuera Lewis chillando. Estábamos en un breve trecho de agua revuelta pero sin escalones. Habíamos perdido un poco de velocidad en los saltos, pero la recobramos rápidamente y avanzamos directos hacia las rociadas y la oscuridad blanca del paso entre las dos rocas. Remé con fuerza y luego traté de frenarnos por el otro lado; vi que era inútil, volví a remar por la derecha todo lo fuerte que pude para enderezar la proa, y, zarandeándonos, salimos disparados hacia el agujero.

Por un instante no vi nada en absoluto y me quedé muy quieto, con la boca llena de rociones de agua y sintiendo unos golpes intermitentes en el casco de la canoa. A ciegas, la impresión de velocidad desapareció. Era como estar en una extraña habitación en un edificio donde hiciera frío o en una caverna temblorosa saturada de vapor. Antes de que me pudiera dar cuenta estaba empapado de la cabeza a los pies; el calor del sol en los hombros se extinguió en cuestión de un segundo. Volví a remar por la derecha, sobre todo porque era por ese lado por donde lo había hecho la última vez, y si entonces era lo correcto, quizá lo siguiera siendo. Estaba seguro de que teníamos que girar, girar sin cesar hacia la izquierda, si éramos capaces; ir a la derecha significaba la muerte, y si la corriente nos ponía de costado, todo el río y las montañas de las que procedía se desplomarían sobre nosotros, llenarían la canoa, tonelada tras tonelada, de manera interminable. Volví a remar, pero sin saber si mi esfuerzo tenía algún efecto. El remo se enganchó en algo y se soltó de un tirón, y paleé de nuevo, una y otra vez. El río apareció ante nosotros durante un instante y salimos propulsados como en una pista de despegue. Íbamos más rápido de lo que yo había ido nunca en un vehículo sin motor. La fuerza del agua contra el remo era extraordinaria, como si lo hundiera en una fuente sobrenatural de energía primitiva.

Era como navegar por un río de aire. Las rocas aparecían y desaparecían a nuestro alrededor y también debajo de nosotros; ahora arena, ahora piedras, los colores se entremezclaban mientras los surcábamos a toda velocidad. Me erguí a medias en mi asiento, nada ni nadie me lo podría haber impedido. Fue irreprimible: la confirmación del triunfo de una ilusión. Me erguí para ver lo que me aguardaba.

—Agárrate bien, amigo —grité—. Vamos a casa.

Delante teníamos un reborde de roca que sobresalía de la superficie. La corriente pasaba por encima a todo lo largo adoptando la forma de un rulo líquido y más allá había un vacío que parecía ansioso por beberse el río entero. Remé derecho hacia la roca para coger el toro por los cuernos.

La proa se levantó, como en el inicio de una rampa; nos empujaba la poderosa fuerza de la corriente. Hubo un instante de ingravidez. Pasamos sobre la roca en un único e imparable movimiento. Cerré los ojos y grité con Lewis, mezclando mi voz con su alarido bestial, reventándome los pulmones cuando pendimos a tres metros sobre el río y caímos. Me preparé para el vengativo impacto, pero la proa se deslizó hacia abajo con una extraña suavidad y atravesó las turbulencias en la base de la roca; un estremecimiento recorrió la canoa, me subió por la columna y me penetró en el cerebro, tuve una visión de agujas al rojo y bajamos otros dos escalones, casi simultáneos. Quedé a la espera de oír mi propio grito entre salpicaduras azules y blancas —aún sigo esperándolo— y de pronto nos estábamos deslizando corriente abajo, frenando, de nuevo surcando agua verde, sólidos y pesados, y el agua asimismo sólida y pesada debajo de nosotros.

Los escalones rocosos quedaron atrás; otra curva, sin rápidos, asomó a unos cien metros por delante. Miré a Bobby. Seguía enganchado por las corvas a su asiento, pero forcejeaba para soltarse. Se volvió a medias hacia mí y abrió un ojo. Hizo amago de decir algo, pero no llegó a hacerlo, y yo hice amago de decir algo también y tampoco llegué a decirlo.

Ahora, en aguas tranquilas, recapitulé, dando forma a nuestro futuro.

—Ahí atrás es donde pasó todo —dije.

Me miró sin entender nada.

—Nos harán preguntas. Cuando eso suceda, di que ahí es donde Drew se cayó al agua, donde caímos todos. Que ahí fue donde Lewis se rompió la pierna y perdimos la otra canoa.

—Bien —dijo sin convicción.

—Mira alrededor —dije—. Fíjate en cosas que podamos describir. Que quede bien claro que este es el sitio, para que nadie vaya a buscar a Drew río arriba. Así que mira. Fíjate bien.

Aturdido, miró a los lados, una orilla y luego la otra, aunque me quedó claro que no estaba reteniendo nada.

—Mira ese árbol, el amarillo grande —dije—. Esa va a ser nuestra referencia principal. El árbol y los rápidos, y esa roca enorme sobre la que hemos pasado. Es todo lo que necesitamos.

Me concentré en el árbol, observándolo desde todos los ángulos que la corriente me permitió mientras pasábamos por delante, grabando su imagen en la memoria de manera profunda y recuperable, y prescindiendo de todo lo demás. Estaba medio muerto, con la corteza pelada en un costado, donde le colgaba en hilachas. Debía de haberlo alcanzado un rayo, que lo había hendido hasta el corazón. Tal era la clase de imagen que quería memorizar, y junto con ella, el conjunto del árbol.

—Escucha, Bobby —dije—. Escúchame con atención. Tenemos que hacerlo bien. Drew se ahogó ahí atrás. Yo diría…, no, yo pienso decir que el mejor sitio para buscar su cuerpo es donde estamos ahora. Es imposible que llegue hasta aquí desde donde está. En aquella parte del río no hay caminos y nadie irá hasta allí a buscarlo sin una razón.

—Está aquí —dijo Bobby, llevándose una mano a la frente a modo de visera—. Está aquí, debajo de nosotros. Eso diré. Eso voy a decir. Perfecto.

Era justo lo que quería. Lewis guardaba silencio; o había perdido el sentido o responder suponía un esfuerzo excesivo para él.

—Volcamos en ese mal sitio que acabamos de dejar atrás —dije—. Hasta podemos decir que volcamos al pasar por el embudo entre las rocas. Volcamos y Drew se ahogó. Como se nos han parado los relojes, no sabemos exactamente cuándo fue. Pero sí podemos decir dónde. Donde está el árbol amarillo.

Bobby me miró; su expresión de cansancio había menguado un poco.

—No hay nada inverosímil en la historia, si la recordamos bien. Todo depende de nosotros y de nadie más, de nadie. Nadie vio nada, nadie sabe nada. Si no nos hacemos un lío con los detalles, todo saldrá bien. No nos vamos a sentir mejor que ahora, pero al menos no se nos complicará la vida. No habrá policía, no habrá investigación, no habrá nada de nada. Solo nosotros.

—Eso espero.

—Y yo. Pero, como diría Lewis, tenemos que hacer algo más que esperar. Control, amigo mío. Tenemos que controlar la situación. Así que cuéntame la historia.

Lo hizo, sin equivocarse en nada. Eso me complació, me sentí un poco mejor, pues temía reencontrarme con la civilización y sus procedimientos; lo había estado temiendo sin darme cuenta.

Estaba exhausto; sin embargo, tenía la mente despejada, y sentí que podría seguir adelante, algo que no había sentido durante las últimas horas. Cada vez con más frecuencia, me limité a dejar que la corriente nos llevara, remando lo justo para mantener la proa orientada hacia la corriente. Había árboles en las orillas, pero ya no se trataba del bosque salvaje e intrincado de la garganta, ni de la espesura oscura y silenciosa de antes. No estábamos lejos de la civilización. Esperaba ver algún rastro de presencia humana tras cada curva.

Ahí estaba. Una vaca tendida debajo de un árbol en la orilla. Alzó la cabeza y nos miró. Derivamos hacia ella.

—Es una granja, Bobby —dije—. Hemos llegado. Podemos parar cuando queramos.

Pero yo no quería caminar a través de pastizales en busca de una granja. Decidí seguir un poco más, hasta llegar a un puente o una carretera.

Aparecieron más vacas, blancas y negras, tendidas en las riberas, pastando, bebiendo, levantando la cabeza del río, sacudiendo los cuernos, inmensamente estúpidas, enormes e inútiles. Una curva más, me dije convencido, y habríamos llegado.

Doblamos la misma curva —yo habría sido incapaz de diferenciarlas— ocho o diez veces. Al cabo de más o menos una hora, cuando, por el calor y la altura del sol, debía de ser alrededor del mediodía, llegamos a una curva como las anteriores, pero donde un puente de tablones, sobre un armazón de acero, atravesaba el río. Justo a continuación había un canal de desagüe, al pie del cual un hombre y un niño estaban pescando con caña.

Trabajosamente, guiamos la canoa a tierra. Cuando tocamos la orilla, Bobby se puso en pie, se tambaleó un momento y se metió entre el kudzu. Yo salté al agua, y los pies se me hundieron en el cieno. Salí del río vadeando y aquella fue la última vez que introduje los pies en él. Varamos la canoa y nos quitamos los chalecos salvavidas.

Lewis seguía tumbado, con las manos cruzadas sobre el pecho. Estaba horriblemente quemado por el sol; la piel de los labios se le desprendía en jirones.

—Lewis —dije—, ¿me oyes?

—Te oigo —dijo con calma y claridad, pero con los ojos todavía cerrados—. Te oigo ahora y te he oído antes. Has pensado en todo. Podemos salir de esta. A mí no me preguntarán nada, y si lo hacen, sé lo que tengo que decir, lo que le dijiste a Bobby. Lo estás haciendo muy bien, mejor de lo que yo podría hacerlo. Sigue así.

—¿Sientes la pierna?

—No, pero hace mucho que no la muevo ni la toco ni pienso en ella. He dejado que se duerma y ahora no la puedo despertar. Pero no importa. Estoy bien.

—Voy a buscar ayuda —dije—. ¿Puedes aguantar un poco más?

—Claro —respondió—. Dios mío, esas cascadas debieron de ser algo digno de ver.

—Lo eran. Nos habría ido mucho mejor si hubieras estado con nosotros.

—Estaba —dijo.

—Tendrías que haber visto cómo pasaba el agua entre aquellas rocas.

—No lo vi —dijo, a punto de desmayarse otra vez—, pero lo sentí. Lo sentí en la pierna, y te aseguro que ahora sé algo que antes no sabía.

Me dedicó una sonrisa reconfortante. Intentó mantener la cabeza levantada del vómito seco, pero acabó teniendo que volver a posarla.

—¿Estás seguro de lo de Drew? —preguntó—. ¿No lo encontrarán?

—No lo encontrarán —dije—. Me aseguraré de que no lo encuentren.

—Entonces supongo que todo está arreglado —dijo—. Ve a buscar ayuda. La que sea. Quiero salir de este maldito horno. Quiero salir de mi ataúd, de esta puta lata de sardinas.

—No te muevas. Volvemos a casa. No te muevas y no te preocupes.

Le dije a Bobby que se quedara junto a la canoa y subí entre el kudzu de la ribera hasta la carretera que cruzaba el puente. Era una vía estatal, asfaltada, y vi una gasolinera como a medio kilómetro, una estación de servicio rural con un par de surtidores amarillos, supuse que de Shell. Me pregunté cómo podría llegar allí sin morirme por el camino, a la vez que esperaba que la carretera se descongelara en cualquier momento y empezara a fluir a mi alrededor. La inmovilidad bajo mis pies era inquietante, pero persistió, y desde tal inmovilidad miré el río. Era precioso y estuve seguro de que durante toda mi vida seguiría sintiendo su particular empuje, su peso, su profundidad y su velocidad; el río me los había regalado.

Me sentí pesado y un poco mareado al echar a caminar. La herida del costado se me había cerrado y el jirón del mono de piloto con el que la había vendado se había pegado a ella; no habría podido quitarlo sin desmayarme, así que lo dejé estar, apretándolo con el codo y caminando un poco encorvado hacia ese lado. Crucé el puente, por encima del canal de desagüe, hacia la gasolinera. Esta rielaba al sol como las irisaciones de un charco de aceite. La herida me dolía mucho, aunque no tanto como antes; ya no sentía como si las vendas se metieran en ella, solo que la envolvían, así que era como llevar un paquete o una pelota bajo el brazo. Estuve seco durante un breve intervalo de tiempo, desde que el sol secó el agua del río hasta que el nailon se empapó en sudor; para cuando llegué a la gasolinera, la tela estaba oscurecida de nuevo.

Un paleto adolescente estaba sentado en una desvencijada silla de cocina al otro lado de la puerta mosquitera, contra la que arremetían las moscas. Aunque debía de haber visto cómo me acercaba, me contempló incrédulo cuando llegué junto a él. Se levantó y abrió la puerta.

—¿Aquí hay teléfono? —pregunté.

Me miró como si no lo supiese.

—Tengo que llamar a una ambulancia —dije—. Y a la policía. Hay gente herida, y un muerto.

Dejé que él hiciera las llamadas porque yo ignoraba dónde estábamos.

—Di que ha habido un accidente en el río. Y diles adónde tienen que venir y que se den prisa. No creo que aguante mucho, y hay otro herido que está peor que yo.

Colgó y dijo que vendrían enseguida.

Me senté en una silla, recostado contra el respaldo, y me quedé muy quieto, repasando la historia una vez más, la más importante de todas las historias. Pero junto con ella recordé lo que la había ocasionado, y el bosque y el río y todo lo que había sucedido. De alguna manera tendría que acostumbrarme a la idea de que me había deshecho de tres cadáveres en dos días, y de que a uno de ellos lo había matado yo. Nunca había visto a una persona muerta, salvo un breve vistazo a mi padre en su ataúd. Resultaba extraño ser un asesino, sobre todo hallándome allí, sentado tranquilamente, pero estaba demasiado cansado como para preocuparme, y no lo hice, salvo por que Bobby se acordara bien de lo que le había dicho.

Pasaron un par de coches y yo esperaba oír cómo alguno se detenía. Me dolía el costado, pero el dolor permanecía estable, controlado al abrigo de mi brazo, una herida que yo mismo me había causado y con la que sería capaz de vivir. Me pregunté si debía decirle al médico que me atendiera que me había clavado una de mis flechas, o que me había herido con la canoa cuando volcamos, pues los golpes contra las rocas habían roto y deformado el metal creando filos cortantes. Decidí ceñirme a la versión de la flecha, ya que todavía podían quedar restos de pintura, y parte de la herida eran cortes limpios producidos por los filos de la punta, algo que no habría hecho el aluminio mellado.

Me sentí tan pesado que pensé que nunca me podría levantar de la silla y luego no pude ni mantener la cabeza erguida. Mi cuerpo inmóvil continuaba tratando de remar. Pensé que me había quedado entumecido, pero no debió de ser así, porque cuando alguien me tocó el hombro desnudo, donde me había cortado la manga del mono, di un respingo y me puse en tensión. Era un conductor de ambulancia negro.

—¿Has venido con un médico?

—Hay un médico —dijo—. De los buenos. Es joven y competente. Pero ¿qué le ha pasado, hombre? ¿Qué le ha pasado? ¿Le han disparado?

—El río —dije—. El río es lo que me ha pasado. Pero yo no soy el que está mal. Yo me puedo mover. Hay un hombre junto al puente que está grave. Otro se ha quedado con él. Y otro ha muerto, o eso creo. No lo pudimos encontrar.

—¿Quiere acompañarnos y enseñarnos dónde está el otro herido?

—Si me puedo levantar. Como siga sentado en esta silla me acabaré desmayando.

Se puso en mi lado bueno y yo me alcé como una montaña entre el aire removido por el ventilador y me quedé mirando un expositor de cartón amarillo lleno de gafas de sol baratas.

—Agárrese a mí —dijo.

Era menudo pero fuerte, y le pasé el brazo por encima de los hombros, pero las rodillas no me respondían. El mundo daba vueltas.

—No puede —dijo—. Vuelva a sentarse.

—Puedo —dije, mientras el expositor de las gafas se enfocaba.

Le pedí al chico de la gasolinera que le dijera a la policía adónde íbamos, y el conductor y yo salimos al exterior soleado, donde esperaba una pequeña ambulancia. El médico estaba en el asiento del acompañante escribiendo algo. Nos miró y se apeó en un mismo movimiento.

Abrió las puertas traseras.

—Mételo dentro y que se tumbe.

Me tendí de espaldas en una camilla. No fue fácil. No me quería separar del conductor. No solo había sido amable conmigo, sino que parecía buena persona, y yo necesitaba una con urgencia; no había nada que necesitara más que la cercanía de una buena persona. Ya no me quería a mí mismo, estaba harto de mi propia presencia.

El médico, joven, rubio y de tez pálida, se inclinó sobre mí.

—No, no —dije—. Yo no. Yo puedo esperar. Vayan al puente. Hay un hombre en una canoa con una mala fractura. Quizá tenga una hemorragia. Atiéndalo primero a él.

Fuimos al puente —fue extraño viajar por carretera, a bordo de una máquina— y salí de la ambulancia. Seguramente no había necesidad, pero me pareció que sería lo mejor.

Lewis continuaba tumbado en la canoa, con la camisa oscurecida por el sudor y un brazo sobre la cara, y Bobby hablaba con el hombre y el niño que antes estaban pescando. Imaginé que estaría probando la historia con ellos, y esperé que lo hubiera hecho bien. Lo miraban como si lo creyeran. Es difícil no creer a unos hombres heridos y exhaustos, era una gran ventaja.

El conductor y el médico sacaron a Lewis de la canoa y lo colocaron en una camilla. El hospital del condado estaba en Aintry, a once kilómetros. Nos disponíamos a partir cuando apareció un coche patrulla con la sirena encendida. Se apearon un tipo bajo y un muchacho rubio de aspecto rudo. Me preparé.

—¿Qué ha pasado? —dijo el agente rubio.

—Hemos tenido un accidente grave —dije exagerando un poco el tambaleo. Pero dejé de hacerlo. La sobreactuación lo podría estropear todo—. Uno de nuestro grupo se ha ahogado a unos quince kilómetros río arriba.

Me miró fijamente.

—¿Ahogado?

—Sí —dije. Pensé que había pasado la primera prueba, como el primer tramo de rápidos. Ahora ya solo podía continuar adelante.

—¿Cómo sabe que se ha ahogado?

—Volcamos en los rápidos y lo perdimos de vista. No sé qué le pasó. Puede que se diera en la cabeza con una roca. No lo sé. No lo pudimos encontrar y solo se me ocurre que se haya ahogado. Espero que no, pero me temo que es lo que ha sucedido. No queda otra.

Lo miré a los ojos mientras hablaba, lo que fue sorprendentemente fácil. Su mirada era seria pero comprensiva. Mientras contaba la historia que Bobby y yo habíamos ensayado en el río, hice el esfuerzo de visualizar lo que estaba diciendo como si en efecto hubiera ocurrido. Nos vi buscar a Drew, aunque nunca hicimos tal cosa. Vi cómo sucedía junto al árbol amarillo, y al decirlo me lo creí. Costaba pensar que nada hubiera acontecido en el mundo real. Sin embargo, al oírlo el agente, mi versión pasó a formar parte del mundo, del mundo verosímil, del mundo de los acontecimientos registrados, de la historia.

—Bueno —dijo—, tendremos que dragar el río. ¿Puede decirnos dónde pasó?

—Creo que sí —dije, no queriendo parecer demasiado seguro, solo en parte—. No sé si hay caminos por allí, pero creo que reconocería el sitio si lo viera. Lo que pasa es que tenemos a un herido. Hay que llevarlo al hospital.

—Muy bien —dijo, un poco reacio a dejar la situación en manos del médico—. Pasaremos luego por allí.

—Perfecto —dije, y volví a meterme en la ambulancia, donde ya esperaba Lewis.

Nunca me había alegrado tanto de viajar en un vehículo. Los neumáticos crujieron y nos detuvimos. Me incorporé despacio. Estábamos en un descampado, junto a un edificio bajo y alargado con aspecto de instituto rural. Soplaba un viento cálido. El médico abrió las puertas traseras de par en par, lo que amplió mi campo de visión.

—Ya estamos —dijo—. Tranquilo. Nosotros nos encargaremos de su amigo. Usted vaya con Cornelius.

Volví a agarrarme del conductor, subimos una rampa, cruzamos unas puertas de cristal y entramos en un pasillo larguísimo que concluía en una ventana del tamaño de un microfilm.

—Segunda puerta a la derecha —indicó el conductor.

Me senté encorvado en una camilla cubierta por una sábana. Un par de minutos después trajeron a Lewis, pero no lo metieron en la misma habitación. Se lo llevaron rodando silenciosamente hacia la ventana del fondo. Yo me tumbé y abracé mi costado herido, mi viejo amigo.

Entró el médico sin hacer ruido.

—Vamos a ver, amigo —dijo—. ¿Se puede incorporar un poco? ¿Esa cremallera todavía funciona?

—Creo que sí —mascullé.

Me senté con más facilidad de la que esperaba y hasta me bajé yo mismo la cremallera, con la mano libre. El médico me quitó las zapatillas de tenis y yo me desprendí de los restos del mono de piloto. Mi ropa interior y el jirón de nailon se habían pegado a la herida, pero él vertió algo indoloro de una botella sobre la masa de tela y carne, y los calzoncillos se empezaron a soltar. Tiró a un rincón todas las prendas y se puso a trabajar en mi costado.

Allí todo se iba disolviendo. Trozo tras trozo de tela y de carne se ablandaban, se ablandaban y se desprendían, y él los iba dejando caer al suelo. Mi costado respiraba como una boca y ya no me dolía, solo era algo extraño, más abierto que antes.

—Por Dios, amigo —dijo—. ¿Qué le ha pasado? Parece como si le hubieran dado un hachazo.

—¿En serio?

—¿Cómo se ha hecho esto? —preguntó en tono más profesional.

—Estuvimos cazando con arco por las orillas del río, caza furtiva —confesé—. Sé que no está bien, pero es lo que hicimos. Como nos íbamos a perder la temporada, decidimos probar así.

—¿Cómo diantre hizo para dispararse una flecha a sí mismo? No sabía que se pudiera.

No dejó de trabajar, muy concentrado y hablando con calma. Respondí del mismo modo.

—Llevaba el arco y las flechas en la canoa cuando volcamos. Cogí el arco porque no me quería ver en el bosque sin ningún arma encima, y me corté con una flecha. —Le enseñé la mano, que, en efecto, me había cortado de aquel modo—. Lo siguiente que recuerdo es chocar contra una roca, que algo me atravesó y que ya no tenía el arco en la mano. No tengo ni idea de adónde fue a parar. Corriente abajo, supongo.

—Le hizo una buena herida —dijo—. Hay una parte muy limpia y otra está desgarrada, como si la hubieran serrado. Y tiene dentro alguna clase de materia extraña que tendré que sacar.

—Las flechas tenían pintura de camuflaje —dije—. Será eso. Pero ahí dentro puede haber cualquier cosa. Dios sabe lo que se habrá metido ahí.

—Lo sacaremos todo —dijo—. Luego lo remendaremos como una colcha. ¿Quiere anestesia?

—Sí —dije—. Whisky.

—Mejor de otra clase —dijo—. Para el whisky tendrá que esperar. Este es un condado abstemio.

—¿No tienen ni gota de whisky casero en el hospital? ¿En pleno campo? ¿Qué le está pasando a Georgia?

—Nada de alcohol ilegal —dijo—. Lo desaconsejamos. La mayoría contiene sales de plomo.

Me puso una inyección en el muslo y continuó trabajando. Yo miré el paisaje por la ventana. No había nada que ver salvo diferentes tonos de verde.

—¿Quiere pasar la noche aquí? Hay mucho sitio. El hospital entero. No se verá en otra, se lo aseguro. Hoy está todo muy tranquilo. No hay ningún granjero con un disparo de escopeta. Ni comas etílicos. Ni ningún accidente de tractor. Solo usted y su colega, y un niño con una mordedura de serpiente al que darán el alta mañana. El veneno de la cabeza de cobre no es grave.

—No, gracias —dije, aunque me habría quedado con Lewis si pensara que podía servir de algo—. Císame y recomiéndeme un alojamiento. Me gustaría llamar a mi mujer y estar a solas. No quiero dormir en un hospital a no ser que no quede más remedio.

—Ha perdido mucha sangre —dijo—. Estará muy débil.

—Llevo días muy débil —repliqué—. Deme lo que me tenga que dar y me largo.

—He mandado a su amigo, el otro de la canoa, a Biddiford's, en el pueblo. Les tratarán bien. Pero, si yo fuera usted, me quedaría aquí esta noche.

—No, gracias —dije—. No se preocupe. Informe a la policía de mi paradero. Lléveme allí y cuide de Lewis.

—Lo está atendiendo el otro médico. Parece un caso difícil. Tendrá suerte si no hay un principio de gangrena. Es una fractura endiablada.

—Tenemos suerte de estar en sus manos —dije.
—Y que lo diga. Somos sus ángeles de la guarda.

Me llevó al pueblo en su propio coche, y en una gasolinera vi la camioneta de Lewis y el Olds de Drew. Entré. Tenía el costado rígido, pero ya no me hacía falta sujetarlo con el codo. El propietario me dio la dirección de los hermanos Griner para enviarles el resto del dinero. Lewis lo había arreglado y yo me tenía que asegurar de que se cumpliera. No tenía dinero suficiente, pero se lo pediría a Lewis o lo enviaría por correo cuando volviera a la ciudad. Lo más importante era que las llaves estaban allí. Me despedí del médico y le dije que pasaría por el hospital al día siguiente. Luego llamé a Martha y le dije que había sucedido algo malo, que Drew se había ahogado y Lewis se había roto una pierna. Le pedí que llamara a la mujer de Lewis y le dijera que estaba en el hospital y que tendría que pasar una temporada ingresado, pero que se pondría bien. Si la señora Ballinger llamaba a la mujer de Lewis había que decirle que volveríamos en un par de días. Quería informarla personalmente de la muerte de Drew. Dije que esperaba estar de vuelta en casa a mediados de semana.

Fui en el coche de Drew hasta Biddiford's, una gran casa de madera atestada de gente y de luz. Todo el mundo estaba cenando alrededor de una mesa de pino combada, sobre la que colgaban tiras de papel atrapamoscas. Bobby masticaba a dos carrillos. Le guiñé un ojo. Me hicieron sitio —granjeros, leñadores y viajantes de comercio— y me concentré nada más que en comer. Me ofrecieron pollo frito —me llegaron fuentes desde todas partes—, una y otra vez, y ensalada de patata y unos panecillos gruesos y bastos y salsa de carne y mantequilla y coles y judías y maíz y nabos y tarta de cereza. Estaba bueno, todo estaba bueno.

Después una mujer me guio al piso de arriba, hasta una habitación doble, la única que había libre. Bobby se alojaba en otra habitación. Por alguna razón, me sentía deshidratado; tenía la boca seca y la piel también. Bajé al sótano a darme una ducha, en mitad de la noche azul verdosa del campo, y permanecí un rato bajo el chorro de agua del río, templada, que caía sobre mi cabeza hinchando el vendaje hasta que pareció una mochila y haciendo sangrar levemente la herida. A punto estuve de quedarme dormido, pero me espabilé cuando el agua se empezó a enfriar. Subí a la habitación con el pelo y el vendaje mojados y me tumbé en la cama. Se había acabado. Dormí profundamente toda la noche.

DESPUÉS

Cuando desperté volvía a estar sujetándome el costado, cubierto por un vendaje apretado y flamante. Me espabilé cuando el sol de media mañana me aguijoneó los párpados. Estaba en una habitación grande de una casa de campo, con cortinones rojizos y un espejo inmenso en la pared que tenía enfrente, un aseo a un costado, un aparador al que le faltaban la mitad de los tiradores y una alfombra fijada al suelo con clavos.

Me quedé tumbado pensando. En primer lugar quería ver a Bobby, luego a Lewis. Me levanté, desnudo salvo por el vendaje, que parecía en sí mismo una especie de prenda de vestir, y recogí lo que quedaba del mono de piloto, tieso de sangre seca, sin una manga y hecho jirones. Lo último que me apetecía era volver a ponérmelo. No obstante, lo hice y hurgué en los bolsillos en busca de dinero. Encontré un par de billetes que habían sobrevivido a duras penas al río; pese a todo, seguían siendo dinero, y lo necesitábamos. Dejé el cuchillo y el cinturón en el cuarto y fui en busca de Bobby. En el espejo vi al superviviente de una explosión, con un brazo al aire, la ropa hecha harapos, barbudo, con los ojos enrojecidos y mudo. No obstante, sonreía, una sonrisa amplia y blanca en mitad de la barba.

La mujer que estaba retirando los platos del desayuno me dijo dónde encontrar a Bobby. Subí a su habitación y llamé a la puerta. Todavía estaba durmiendo, pero era mejor hablar con él lo antes posible sobre lo que yo había pensado. Seguí llamando hasta que por fin me abrió.

Me senté en una mecedora y él en la cama.

—Lo primero —dije—, necesito ropa. A ti no te vendría mal tampoco, si nos da el dinero. La tuya está en mejores condiciones que la mía, así que vete a comprarme unos pantalones, unos vaqueros valdrán, y una camisa. Tú coge lo que necesites y, si te sobra algo, cómprame también calzado. Unas botas.

—Muy bien. Seguro que hay una tienda por aquí cerca. En este pueblo todo está muy a mano.

—Y ahora escúchame una vez más. De momento vamos bien, de maravilla. A Lewis lo están atendiendo y nuestras historias, nuestra historia, mejor dicho, está funcionando. No he visto que nadie dude de ella. ¿Y tú?

—Creo que no, pero no estoy tan seguro como tú. ¿Ya ha hablado contigo sobre las canoas el tipo ese?

—No. ¿Qué tipo? ¿Qué pasa con las canoas?

—Un viejo bajito que es policía local o algo así. Me preguntó por la otra canoa: que dónde está, que cuándo la perdimos, que qué llevábamos en ella.

—¿Qué le dijiste?

—Lo que habíamos hablado. Que la perdimos en los últimos rápidos.

—¿Dijo algo más?

—No. Y no tengo ni idea de lo que busca.

—Yo sí —dije—, o eso creo, y podría ser un problema. No grave, pero un problema al fin y al cabo.

—Dios mío, ¿por qué?

—Porque la perdimos anteayer y a lo mejor alguien la ha encontrado, o parte de ella, más arriba del sitio donde hemos dicho que se quedó.

—¡Jesús!

—Tendremos que cambiar la versión. Es probable que ese tipo vaya a la policía estatal a decir que algo no encaja en nuestra historia, y entonces nos interrogarán. Acuérdate de lo que hacen en las películas: separan a los testigos e intentan que se contradigan entre sí. Así que nos tenemos que poner de acuerdo sobre lo que vamos a decir. No puede quedar espacio para contradicciones.

—¿Es posible?

—Lo tenemos que intentar. Yo creo que sí. Repasemos la historia. Perdimos la otra canoa cuando mataron a Drew, ¿correcto?

—Correcto. Pero si los llevamos hasta allí, o si van por su cuenta...

—Espera un momento. Vamos a decir que volcamos por primera vez río arriba, lejos de aquí, y que fue entonces cuando perdimos la otra canoa y cuando Lewis se rompió la pierna. Pero todos sobrevivimos e intentamos seguir bajando el río en la canoa de Lewis. Íbamos sobrecargados y atendiendo al herido y no pudimos controlar la canoa cuando llegamos a los rápidos más duros. En el último medio kilómetro de saltos de agua volcamos y perdimos a Drew. Eso diremos. Nos ceñiremos a eso. Si lo hacemos así, mañana por la noche estaremos en casa, o a lo mejor hoy mismo.

—¿Y si no nos creen? ¿Qué hago cuando ese enano bastardo con cara de rata me vuelva a preguntar dónde perdimos la canoa?

—Le dices, a él y a todos los que estén allí, que la otra vez te entendió mal. ¿Había alguien más presente durante vuestra conversación?

—Creo que no.

—Muy bien. Y creo que yo no hablé de eso con el agente de policía. En cualquier caso, lo más probable es que el tipo no te haga más preguntas, sino que me las haga a mí. Cuando llegue ese momento, le contaré lo que hemos hablado. Estoy listo. Me alegro de que me lo hayas dicho. Me alegro mucho.

—¿Eso es lo único que tenemos que cambiar?

—Creo que sí —dije.

—Pero, Ed, ¿y si no nos creen? ¿Y si tienen dudas y buscan río arriba, lejos?

—Entonces, como te he dicho, podríamos tener problemas. Pero no creo que suceda. Anteayer pasamos por montones de rápidos. Podría haber ocurrido en cualquier sitio. Y donde mataron a Drew y el tramo en el que hundimos al otro tipo es donde las paredes de la garganta son más altas y escarpadas. Solo hay tres formas de llegar allí. Una es bajando el río, lo que obligaría a la partida de búsqueda a pasar por un tramo de rápidos tras otro, durante horas o puede que días, buscando en las aguas bravas y en los tramos intermedios, metro a metro, y no lo van a hacer solo porque un tipo del pueblo no se crea el testimonio de un superviviente. Un fueraborda no tendría ninguna posibilidad de sobrevivir en el río y no van a llevar nada más grande porque no pasaría por los tramos de poca profundidad. Otra forma es remontar la corriente desde aquí, y para eso tendrían que superar los últimos rápidos por los que pasamos, que ya sabes cómo son. ¿Te gustaría tener que repetirlo? Arriesgarían sus vidas y no merece la pena. Además, ¿cómo van a remontar los rápidos al mismo tiempo que buscan?

—Pueden registrar los remansos, que es donde está Drew.

—Es cierto, en uno de ellos. Pero ¿en cuál?

—Tienes razón —dijo—. Supongo.

—La otra forma es descender por el acantilado. Pero tendrían que bajar y subir una y otra vez, y te aseguro que no podrían. Quizá lo intenten, pero no van a seguir hasta el final.

—¿Y si retroceden lo bastante como para encontrar la cuerda rota?

—Hay pocas probabilidades de que eso pase. La cuerda se rompió muy arriba y los acantilados son muy extensos. Además, no podemos hacer nada al respecto.

—¿Eso es todo?

—Falta una cosa. No vimos a nadie en el río. Desde que salimos de Oree no vimos a ninguna otra persona. Esto es sumamente importante y nos debemos ceñir a ello.

—Por supuesto, puedes contar conmigo. No vimos a nadie. Ojalá no hubiéramos visto a nadie.

—No lo hicimos. Espero que no hayan denunciado ninguna desaparición en la zona, ni que se supiera más o menos adónde se dirigían. Eso me preocupa un poco, pero no tanto como lo demás. Los tipos tenían muy mala pinta. ¿A quién le va a importar dónde están?

—A lo mejor a alguien sí.

—Cierto. Es posible. Pero no sabemos si ese alguien estaba al tanto de adónde fueron, a qué zona, o en qué dirección partieron. Eso escapa a nuestro control. Dependemos de la suerte. Y yo me siento afortunado. Tenemos las probabilidades a nuestro favor.

Bobby se rio, en parte sinceramente.

—¿Crees que puede haber micrófonos en esta habitación? ¿O que alguien nos está escuchando?

—No hay micrófonos —dije—, pero bien pensado, amigo.

Me quité las zapatillas de tenis y me acerqué a la puerta.

—Sigue hablando —le susurré a Bobby—. Sigue hablando mientras yo escucho.

Escuché, traté de oír una respiración, y puede que la oyera. Pero siempre, en cualquier sitio, puedes oír una respiración si es lo que quieres oír. No oí nada con tanta claridad como para afirmar que fuera una respiración. O eso me pareció. Agarré la manilla y abrí la puerta de golpe. Nada. ¿Venía algún sonido de las escaleras? No. Estaba seguro. No.

Le hice un gesto a Bobby para darle a entender que todo estaba en orden.

—Estaré en mi habitación —dije—. Ve a por la ropa y luego iremos al hospital. Apuesto a que Lewis sigue sedado, no creo que le hayan apretado las clavijas todavía, pero es mejor que comprobemos si recuerda la historia que tenemos que contar y que lo informemos de los cambios.

Volví a mi cuarto, me quité el mono y me tumbé en la cama a pensar. Estaba ansioso por vérmelas con el sheriff local o lo que fuera; ardía en deseos de enfrentarme a sus artimañas.

El sol estaba más alto. Aparté las sábanas y me tapé. Seguía cansado, pero me había librado de la mayor parte del agotamiento, y la brillante luz lo mantenía alejado. Era maravilloso estar allí tumbado, herido, pero más fuerte. Herido de menos gravedad —los puntos de sutura estaban aguantando— y mucho más fuerte. Sin duda.

Volvió Bobby con la ropa y me puse unos vaqueros, una camisa de faena, calcetines blancos y un par de pesadas botas que me clavaban al suelo a cada paso, aunque me gustaba sentir su peso.

Hice una bola con el mono de nailon y bajamos a la planta baja, vestidos como granjeros. Era vigorizante sentirse tan seco.

La dueña del establecimiento estaba limpiando el polvo.

—¿Podría deshacerse de esto? —le pregunté, tendiéndole el mono ensangrentado.

Me miró.

—Encantada —dijo—. Solo se puede hacer una cosa con ello.

—¿Quemarlo? —propuse.

—Eso pensaba —dijo ella—. Para trapos no sirve.

Sonrió, y nosotros también.

Fuimos al hospital en el Olds de Drew. Había dos coches patrulla aparcados delante.

—Allá vamos —dije—. Prepárate.

Entramos y un hombre de blanco nos indicó dónde se encontraba Lewis. Allí había tres agentes de policía hablando en voz baja, con palillos entre los labios, y Lewis estaba dormido o sedado en un rincón del pabellón desierto, con las piernas cubiertas por una sábana. El médico rubio estaba junto a él, de nuevo anotando algo. Se dio la vuelta al oír mis pesados pasos.

—Hola, amigo —dijo—. ¿Qué tal ha dormido?

—Bien. Mejor que en la orilla del río.

—¿Los puntos resisten?

—Y que lo diga. Nada entra ni sale.

—Perfecto —dijo, en su estilo serio que tanto me gustaba.

Lewis se despertó. Se movió un poco, de cintura para arriba. Fue como una exhibición de musculatura, las venas de los bíceps se le marcaron, tan nítidas como en un grabado de anatomía, y abrió los ojos.

Me volví hacia los agentes.

—¿Ya han hablado con él? —pregunté.

—No —dijo uno de ellos—. Estábamos esperando a que se despertara.

—Creo que ya lo ha hecho —dije—. O está a punto. Denle un minuto.

Me miraba fijamente.

—Hola, Tarzán —dije—. ¿Cómo es el mundo del Gran Médico Blanco?

—Pues blanco —dijo.

—¿Qué te han hecho?

—Dímelo tú. Solo sé que tengo una escayola y un dolor que va y viene. Pero también sábanas limpias, y ya nada cruje cuando me muevo. Así que supongo que estoy bien.

Me coloqué entre Lewis y el agente más cercano, me acerqué a él hasta que nuestras cabezas casi se tocaron, y le guiñé un ojo. Él me devolvió el gesto, aunque nadie se habría dado cuenta.

—No te vuelvas a meter en esos últimos rápidos, colega —dijo él—. Por lo menos hoy.

Lo dijo antes de que yo hubiera tenido tiempo de abrir la boca. Esperé que lo hubiera dicho lo bastante alto como para que los policías lo oyeran.

—Ya ha acabado todo —dije—. Drew ha muerto. ¿Recuerdas que te lo conté?

—Creo que sí —respondió—. Después del accidente, no recuerdo verlo en la canoa. No lo recuerdo.

—¿Te acuerdas del embudo y de los rociones? —pregunté.

—En parte —dijo—. ¿Fue allí donde pasó?

—Allí perdimos a Drew —dije muy despacio—. Lo tuyo y lo de la otra canoa sucedió cuando volcamos la primera vez, *río arriba.*

—No veía nada —dijo—. Miraba hacia arriba y no había cielo.

—¿No veías el cielo? —pregunté.

—En absoluto.

Me volví a medias por el lado de mi herida.

—Esperen a verlo —dije a los agentes—. Entonces entenderán de qué está hablando.

—¿Podrían salir un momento? —nos pidió uno de ellos, que acababa de llegar.

Nos fuimos, pero estaba seguro de que Lewis había recibido el mensaje, y justo a tiempo además.

Bobby y yo recorrimos el largo pasillo con nuestra ropa nueva. No habíamos tenido oportunidad de afeitarnos y nos vendría bien, pero estábamos limpios. Con un afeitado yo habría sido un hombre nuevo, pero estaba a medio camino de serlo, y eso estaba bien: es mejor que las cosas sucedan poco a poco.

Al cabo de quince minutos, el nuevo agente se nos acercó con paso tranquilo.

—¿Por qué no me acompañan al pueblo? —dijo.

—Claro —respondí—. Como quiera.

Me acomodé en el asiento del acompañante del coche patrulla y nos pusimos en marcha. Yo no dije nada y él tampoco. En el pueblo, entró en un café e hizo unas llamadas. Me asustó verlo hablar a través de tres cristales —el del parabrisas, el ventanal del establecimiento y la puerta de la cabina de teléfono—. Me hizo sentir atrapado en una vasta e inexorable red de comunicaciones. No estaba seguro de que aquello no significara la puesta en marcha del inmenso e insondable aparato de investigación criminal del que nadie se halla completamente al margen. Imaginé magnos archivos, ordenadores IBM clasificando incansablemente tarjetas perforadas, detalles contrastados. No sabía si el agente estaba hablando con el mismísimo J. Edgar Hoover. Nuestra historia no resistiría un escrutinio semejante, no me cabía duda. Aunque quizá sí.

El patrullero regresó y se sentó a mi lado, dejando la puerta abierta. No tardaron en aparecer otros dos coches de policía. Se empezó a congregar una pequeña multitud. Una cabeza se volvió hacia nosotros, luego otra. Poco después, todos se habían vuelto a mirarnos al menos una vez. Yo seguí sentado, sin moverme, con mi ropa de granjero. Podía demostrar dónde la había comprado. Sentí el dolor de la herida como algo positivo entre tanta indiferencia.

Un agente de los recién llegados preguntó a un vecino qué caminos remontaban el río. Minutos después nos pusimos en marcha. Busqué a Bobby; iba en un coche patrulla diferente. Cuando arrancamos, se sumó al grupo otro vehículo de policía, que parecía local, y vi al agente, mayor, de aspecto curtido e impasible. Iba a haber una reunión, en alguna parte río arriba. Me picaba la barba y, una vez más, me abandoné a las especulaciones.

Dejamos la carretera y tomamos un camino que cruzaba el patio delantero de una granja y luego su gallinero. Una mujer estaba dando de comer a las gallinas, cubierta con tanta ropa contra el sol como si se protegiera del frío.

Avanzábamos cada vez más despacio. Nada había ocurrido todavía; nada nos había ocurrido. No se habían formulado acusaciones, nada se había descubierto. Mis mentiras parecían más sólidas, cada vez más próximas a la verdad; los cadáveres, en el bosque y en el río, no se habían movido de su sitio.

Nuestro coche iba en cabeza. Atravesamos unos maizales luminosos y una zona forestal de aspecto deslavazado, pinos de reforestación, parecidos a trementinas australianas. Yo iba a la espera de oír el río, pero lo vi antes de oírlo. El camino empeoró a medida que nos acercábamos. Para cuando alcanzamos la orilla, íbamos a paso de tortuga.

—¿Fue por aquí? —me preguntó el agente.

—No —dije, saliendo de un duermevela del que ni siquiera había sido consciente—. Más arriba. No habríamos hecho todo el camino desde Oree hasta aquí para acabar volcando en aguas tranquilas.

Me miró raro, o eso supongo, porque yo tenía la vista al frente, buscando el árbol amarillo y a la espera de oír las cascadas. Me resultaba extraño ir hacia ellas desde esta dirección.

Después de otra hora de marcha lenta, atravesando hondonadas y torrenteras, por un camino por el que apenas podían pasar los coches —si hubiera sido un poco peor habrían hecho falta jeeps o Land Rovers—, vimos el árbol. Reconocí el color y luego la herida producida por el rayo y el corazón me dio tal brinco que casi se me sale por la boca. Los rápidos bramaban a medio kilómetro aguas arriba. Alcancé a verlos, y eran incluso peores de lo que recordaba. El salto de agua tenía sus buenos tres metros, y el único sitio por donde una canoa podría pasar era un embudo de rocas donde el río se concentraba y arremolinaba y del que salía despedido a chorro, pulverizado, con grandísima fuerza.

—¿Su amigo podría estar aquí? —dijo el agente señalando el sitio.

—Eso creo —respondí—. O corriente abajo. O a lo mejor atrapado entre las rocas. Pero supongo que deberíamos empezar por aquí.

Todos nos apeamos. Vi a Bobby por encima del techo de los otros coches. Estaba rodeado de agentes. Estos se movían libremente a su alrededor, y su inmovilidad hacía pensar que él no podía deambular con tanta libertad como ellos, o que no tenía permitido moverse en absoluto. Creo que yo fui el único que se percató de ello, o que lo interpretó de ese modo, pero me inquietó; Bobby parecía un prisionero; por un segundo llegué a pensar que iba engrilletado. Intenté acercarme a él, pero los agentes no dejaban de interponerse, lo que debía de ser deliberado, aunque conseguían que no lo pareciera. Entonces Bobby echó a caminar como todos los demás, en dirección al río.

Mientras tanto, trabajosamente, habían llegado más coches, que ocuparon la orilla hasta más allá de donde alcanzaba la vista. De ellos se apearon granjeros y pequeños comerciantes, en su mayor parte, o eso supuse. Algunos llevaban largas cuerdas con ganchos en el extremo, y comprendí el horror de la frase que tantas veces había leído en los periódicos, sobre todo en verano: «Dragan el río en busca del cadáver».

—¿Es aquí? —me volvió a preguntar el agente.

—Es lo más probable —dije—. Por lo que a mí respecta, es aquí.

Los hombres se desplegaron con las cuerdas y los ganchos. La corriente no era profunda en aquel tramo, solo les llegaba a la cintura o a la parte baja del pecho. El río discurría suavemente entre ellos. Vi las cadenas, las cuerdas y los cables salir vacíos del río, una y otra vez. Los ganchos siempre parecían haber dado con algo cuando estaban en el fondo y luego parecían soltarlo en cuanto los hombres empezaban a tirar. Me senté a la sombra de un arbusto junto al agente con el que había ido en el coche, observando a los hombres ataviados con vadeadores, y me acordé del anillo de Drew y de los callos de sus dedos cuando lo solté y se alejó de mis brazos.

Alguien se nos acercó, de manera despreocupada pero resuelta. Me volví para decirle algo al agente, haciendo como que no me había dado cuenta de que el tipo se aproximaba.

—Amigo —dijo el recién llegado—, ¿puedo hablar un momento con usted?

—Claro —accedí—. ¿Quiere sentarse?

Eso hizo. Nos estrechamos la mano. Era un hombre enjuto, de cara arrugada, con los ojos castaños. Llevaba el sombrero con la idiosincrásica inclinación de la zona, que tanta gracia me hacía. A punto estuve de sonreír, pero en su lugar acepté el cigarrillo que me ofreció.

—¿Está seguro de que es aquí?

—No del todo —dije—. Pero no puedo precisar más. A lo mejor está en aquellas rocas de allí, o aquí, o aguas abajo. Cómo de lejos, no lo sé.

—¿Y dice usted que bajaron el río en una canoa?

—En dos. Empezamos con dos canoas.

—¿Por qué?

—¿Por qué *qué*?

—¿Pues por qué lo hicieron?

—Ah —dije, dudoso, sin saber qué responder, y a día de hoy continúo sin tenerlo claro—. Supongo que queríamos hacer algo diferente. Trabajamos en la ciudad y acabamos cansados de pasar todo el tiempo sentados en una oficina. El que se rompió la pierna había estado antes aquí, pescando. Dijo que teníamos que verlo antes de que embalsaran el río y todo esto se convirtiera en un lago. Nada más. Supongo que no teníamos una buena razón. Salvo el aburrimiento.

—Creo que lo entiendo —dijo al cabo de un rato—. No sabían dónde se metían, ¿verdad?

—Le garantizo que no —dije—. No nos imaginábamos que sería así.

Meditó mi respuesta.

—¿Ve aquellas rocas grandes de allá? ¿Por qué no salieron del agua y llevaron la canoa a cuestas en vez de meterse por ese sitio endemoniado? ¿Cómo se les ocurrió pasar por ahí?

—El río lleva muchísima velocidad aguas arriba. Este es el final de los rápidos. Íbamos muy deprisa. Y esta parte no parece tan mala desde arriba. No vimos el salto de agua hasta que ya casi nos habíamos metido en él e íbamos demasiado rápido como para hacer otra cosa que no fuera atravesarlo. Y volcamos.

—Entonces su amigo no puede estar más allá de aquellas rocas, ¿no?

—No —dije—. Por eso he dicho que lo mejor sería empezar a buscarlo aquí. No puede estar en las rocas corriente arriba, pero sí atrapado en alguna que se encuentre después del salto.

—Entonces no quedará mucho de él, ¿no?

—Supongo que no.

—¿Y dice que se pusieron en marcha anteayer?

—El viernes, a las cuatro de la tarde.

—En dos canoas.

—Eso es.

—¿Y perdieron una aquí?

—No, río arriba, lejos. Para cuando llegamos aquí íbamos en una sola canoa.

Hubo un silencio que se prolongó durante todo un minuto.

—No es eso lo que dice su amigo.

—Imposible —dije—. Pregúnteselo.

—Ya se lo he preguntado.

—Vuelva a hacerlo, o pregúnteselo al que está en el hospital.

—No. Usted ya habrá hablado con ellos.

—Debe de ser usted duro de oído.

—Oigo perfectamente. No vamos a encontrar ningún cadáver aquí. Lo encontraremos más arriba.

—¿Qué coño dice? —exclamé con auténtica indignación. El tipo estaba cuestionando mi historia, que me había costado tanto tiempo y esfuerzo, e incluso sangre—. ¿Tengo que aguantar esto? —le pregunté al agente de policía—. No pienso hacerlo, se lo aseguro. ¿Este hombre tiene alguna autoridad?

—Lo mejor será que responda usted sus preguntas. Luego él procederá como quiera.

—Encontramos la otra canoa, o parte de ella, antes de que usted nos dijera que llegaron a esta parte del río.

—¿Y qué? Ya dije que perdimos la otra más arriba. En una garganta. Si quiere ir allí, le enseñaré dónde fue.

—Usted sabe muy bien que allí no podemos ir.

—Ese es su problema. ¿De qué coño va esto? Lo hemos pasado muy mal y no estoy dispuesto a tolerar esta mierda. ¿Es usted el sheriff?

—Ayudante.

—¿El sheriff está por aquí?

—Allí mismo lo tiene.

—Vaya a buscarlo. Quiero hablar con él.

Se levantó, se dirigió a un hombre fornido, con aspecto de tejano, que llevaba una placa, y volvieron juntos. Le estreché la mano al sheriff. Se llamaba Bullard.

—Sheriff, no sé qué pretende este hombre porque él no me lo dice. Pero, por lo que parece, piensa que arrojamos a uno de nuestro grupo por la borda, o algo por el estilo.

—A lo mejor lo hicieron —dijo el viejo.

—¡Por el amor de Dios! ¿Por qué íbamos a hacer algo así?

—¿Cómo lo voy a saber? Solo sé que sus historias no cuadran y que alguna razón habrá para que nos estén mintiendo.

—Tranquilo, señor Queen —dijo el sheriff. Y dirigiéndose a mí—: ¿Qué tiene usted que decir?

—¿A qué se refiere? Mire, si puede encontrar a alguien, a una sola persona, que respalde lo que él dice, estaré encantado de hacer lo que usted, sheriff, quiera que haga: volver al bosque con ustedes, meterme en el río, unirme a sus hombres y ponerme a dragar, lo que me diga. Pero este hombre solo está confundido. Se está tomando este asunto de manera personal, no le gusta la gente de ciudad, tiene algún interés personal o Dios sabe qué. ¿Cuál es el problema, señor Queen? ¿Sus convecinos creen que no se gana usted el sueldo?

—Te voy a decir cuál es el problema, hijoputa de ciudad —dijo Queen en ese tono asesino de la gente de campo que siempre me hace palidecer—. Mi hermana me llamó ayer y me dijo que su marido había ido a cazar y no había vuelto. No había nadie más en el bosque. Estoy convencido de que se encontraron con él en alguna parte. Y lo voy a demostrar.

—Muy bien, demuéstrelo.

—¿Qué le sucede, señor Queen? —preguntó el sheriff—. ¿Por qué arremete contra esta gente por una cuestión familiar? ¿Es solo porque vienen de la ciudad? A lo mejor su cuñado se cayó y se hizo daño.

—No, seguro que no.

—¿Por qué está tan jodidamente convencido de que le pasó algo? —dije.

—Tengo un pálpito —dijo Queen—. Y mis pálpitos no se equivocan nunca.

—Esta vez sí —dije—. Ahora, deje de molestarme. Vaya a hacer lo que sea que tenga en mente, pero déjeme en paz. Ya he tenido bastante con el río, con el bosque, con toda esta puta historia y, sobre todo, con usted. A no ser que nos quiera acusar de algo, y que tenga pruebas que demuestren lo que dice, sea lo que sea, déjeme tranquilo de una puta vez.

Se alejó mascullando y yo me volví a sentar junto al agente de policía. Queen no tenía ninguna prueba contra nosotros y no la iba a conseguir. Me pregunté si alguno de los hombres a los que habíamos matado era, en efecto, su cuñado, y pensé en el modo de averiguar su nombre, pero decidí que sería mejor dejarlo correr. No había ninguna razón para descubrir cómo se llamaba el cuñado más allá de mi propia satisfacción, y dudé que fuera mucha, en cualquier caso.

En el río, los rastreadores trabajaban corriente abajo. De cuando en cuando un gancho quedaba atrapado en una roca y todo el mundo se congregaba alrededor. Yo veía cómo cambiaba su expresión, que en algunos pasaba a ser de temor, en otros de expectación y en otros de alegría. Cada vez que esto sucedía, se me aceleraba el corazón y me dolía la herida, aunque siempre sin motivo. Durante todo el día, el dolor aumentó y descendió, y en todo ese tiempo la partida de búsqueda no cubrió más que doscientos metros.

El sheriff Bullard se acercó a mí.

—Parece que tendremos que dejarlo por hoy —dijo—. Está oscureciendo.

Asentí y me puse en pie.

—¿Se quedarán esta noche en Aintry?

—Supongo que sí —dije—. Todavía estamos muy cansados. Y quiero ir al hospital para ver qué tal está Lewis. Tiene una mala fractura en la pierna.

—Muy mala —asintió el sheriff—. El médico dice que nunca ha visto otra peor.

—Nos alojamos en Biddiford's —dije—. Pero ya lo sabe.

—Sí, lo sé. Seguiremos buscando por la mañana. Pueden ustedes venir si quieren, pero no tienen por qué hacerlo.

—No veo ninguna razón para que vayamos —dije—. Si el cuerpo no está aquí, no sé dónde está. A lo mejor más lejos, corriente abajo.

—Probaremos a subir por el río, un poco.

—No servirá de nada —dije—. Pero hagan lo que les parezca mejor. Si encuentran algún cadáver allá arriba, no será el de Drew. Fue aquí donde volcamos, y si lo encuentran será aguas abajo.

—A lo mejor nos dividimos, que unos busquen río arriba y otros río abajo.

—Muy bien, como quiera. Pero el sitio es este. Me apuesto el cuello. Tomé aquel árbol amarillo como referencia, no dejé de fijarme en él mientras lo buscábamos. Está río abajo. Solo puede haber ido en esa dirección.

—De acuerdo —dijo el sheriff—. Solo en esa dirección. Le informaremos si damos con él, y en algún momento mañana por la tarde pasaré a verlos. Le estoy muy agradecido por las molestias que se ha tomado.

Bobby y yo engullimos otra cena copiosa y nos fuimos a dormir. No había nada más de lo que hablar; estaba todo dicho. Ya solo quedaba que se descubriera algún cadáver o que no.

Al día siguiente fuimos a ver a Lewis, que se encontraba mucho mejor. Tenía la pierna alzada con poleas y estaba leyendo el periódico del condado, donde figuraba una noticia sobre la desaparición de Drew y una crónica de cómo se estaba dragando el río para buscarlo, acompañada por una foto en la que aparecíamos el ayudante Queen y yo. Él me amenazaba con el puño, por lo que la debieron de tomar al final de nuestra conversación. Mi actitud se podría interpretar como tolerante, como si me limitara a escucharlo por cortesía. Todo ello jugaba a nuestro favor.

No había agentes de policía con Lewis, pero ya no estaba solo en el pabellón. La noche previa había ingresado un granjero al que el tractor le había pasado por encima de un pie. Estaba en el otro extremo, dormido. Le conté a Lewis lo que había pasado y le dije que Bobby volvería con su coche a la ciudad, y que luego su mujer o quien fuera podría venir a buscarlo cuando él ya se pudiera mover. Estuvo de acuerdo.

Más tarde, Bobby y yo volvimos al hospital a despedirnos de Lewis. Estaba recostado contra unas almohadas.

—Saldré en una o dos semanas —dijo.

—Claro que sí —dije—. Descansa y disfruta. El pueblo no está mal.

Bobby y yo regresamos en coche a Biddiford's para esperar al sheriff.

Llegó a las cinco y media, con el enano endemoniado de Queen. El sheriff me tendió un papel.

—Servirá como declaración —dijo—. Compruebe si dice lo que usted nos contó.

Lo leí.

—Es correcto —confirmé—. Pero no conozco los nombres de los sitios. ¿Así se llaman los rápidos donde volcamos?

—Sí —asintió él—. Griffin's Shoot.

—De acuerdo —dije, y firmé.

—Está usted seguro —dijo el sheriff Bullard.

—Por supuesto.

—No está nada seguro —intervino el ayudante Queen levantando la voz—. Miente. Miente más que habla. Hizo algo allá arriba. Mató a mi cuñado.

—Escúchame bien, hijo de puta —dije con voz temblorosa—. A lo mejor es tu cuñado el que ha matado a alguien. ¿Y por qué estamos hablando de matar? El único que ha matado a alguien ha sido el río. Si no lo crees capaz, mete el puto culo en él y compruébalo.

—Cálmese, señor Gentry —dijo el sheriff—. No hace falta usar ese vocabulario. No hay motivo.

—A mí me parece que sí.

—Está mintiendo, sheriff. No deje que se vaya. No deje que este hijoputa se vaya.

—No hay razones para retenerlo, Arthel —dijo el sheriff—. Ninguna. Esta gente lo ha pasado muy mal. Quiere volver a su casa.

—Le digo que no los deje irse. Escuche, mi hermana me llamó anoche, llorando. Benson no ha vuelto a casa todavía. Ella dice que ha muerto. Está segura. Nunca ha pasado tanto tiempo fuera. Y estos tipos fueron los únicos que estuvieron allá arriba al mismo tiempo que él.

—Eso no lo sabes, Arthel —dijo el sheriff—. Como mucho, fueron la única gente de ciudad que andaba por allí.

Yo negué con la cabeza como si no diera crédito a lo que estaba oyendo, y así era, en parte.

—Pueden irse cuando quieran —dijo el sheriff—. Pero antes, denme su dirección.

Se la dimos.

—Avísenos si encuentran algo —dije.

—Descuiden. Serán los primeros a quienes llame.

Volví a dormir sumido en un lugar más allá del sueño, lindante con la muerte, y regresé, flotando, cuando me pareció oír al búho y a los demás pájaros del sonajero eólico que Martha tenía en casa. Era temprano y éramos libres. Me vestí y fui a la habitación de Bobby para despertarlo. La propietaria del establecimiento ya estaba levantada: le pagamos con el dinero que nos quedaba y luego fuimos a la gasolinera a recoger el coche de Lewis. El sheriff estaba hablando con el dueño.

—Buenos días —dijo—. Han madrugado.

—Pensé que sería conveniente —dije—. ¿Qué podemos hacer por usted?

—Nada —respondió—. Solo me quería asegurar de que tenían las llaves de los vehículos y todo lo que necesitaran.

—Estamos bien —dije—. Pero hay una cosa, sheriff. Debemos algo de dinero a unas personas de Oree por traernos los coches hasta aquí. ¿Podría usted decirles que se lo enviaremos en cuanto lleguemos a la ciudad? A usted lo conocen y lo creerán más que a nosotros.

—Encantado —dijo—. ¿Quiénes son?

—Los Griner. Tienen un taller mecánico.

—Se lo diré. Descuide. ¿Y dice que fueron las últimas personas a las que vieron antes de meterse al río?

—Las últimas. Había otro hombre con ellos. No sé quién era.

—Quizá lo averigüe. Puede que vaya hasta allí para hablar en persona con todos ellos. Y no dude de que les diré lo del dinero.

—Gracias. Ya nos vamos.

—Conduzcan con cuidado. Y, amigo, déjeme darle un consejo. No vuelvan a hacer nada parecido. No regresen por aquí.

—Descuide. —Sonreí, al igual que él—. ¿Es su forma de decirnos que nos larguemos del pueblo y que no se nos ocurra volver a asomar las narices por acá?

—Algo así.

—Pero, sheriff, usted sabe que no somos pistoleros —dije, imitando el acento de Texas—. Nosotros somos más de arco y flechas.

—Veo que me ha entendido.

—Debería dedicarse al cine, sheriff. O irse a vivir a Montana. Seguro que por allí abunda la gente peor que yo.

—Puede que lo haga —dijo—. No hay mucha acción por aquí, se lo aseguro. Algún que otro ladrón de gallinas y unos pocos alambiques ilegales. Nada más.

—Hasta que llegamos nosotros.

—Eso es. Y ya hemos tenido suficiente. Dragar el río no está siendo fácil.

—También nosotros hemos tenido suficiente. No nos volverán a ver.

—Adiós. Buen viaje.

—Adiós. Y espero que el ayudante Queen encuentre a su cuñado.

—Aparecerá borracho. Es un cabronazo. La hermana de Queen estaría mejor sin él. Y nosotros también.

Me dirigí al coche de Drew.

—Antes de que se vaya, amigo, déjeme hacerle una pregunta y decirle algo.

—Adelante.

—¿Cómo es que llegaron aquí con cuatro chalecos salvavidas?

—Llevábamos uno de repuesto. De hecho, dos. Puede que encuentren ustedes el otro río abajo. Flota. ¿Qué me quería decir?

—Lo ha hecho usted bien.

—No me quedaba otra opción —dije—. Yo tampoco quería morir.

—Tenía una herida fea, pero, si no hubiera sido por usted, todos habrían acabado en el río, como su compañero.

—Gracias, sheriff. No lo olvidaré.

—Buen muchacho —dijo—. ¿De quién es usted hijo?

—De Tarzán —respondí.

Bobby se subió a la camioneta de Lewis. Yo compré un mapa en la gasolinera y me puse al volante del otro coche.

—Vamos a por la canoa —grité.

—Por Dios, no —dijo—. Olvídate de ella. No quiero volver a verla ni a tocarla ni a olerla. Olvídate de ese puto trasto.

—No. Vamos a recogerla. Sígueme. Será un momento.

Había unos niños jugando en la canoa y me pareció buena señal: eso quería decir que el ayudante Queen no andaba cerca. Además, a lo mejor habían limpiado el vómito de Lewis, al menos en parte. Pedí a los críos que se apartaran y examiné el casco. Estaba muy abollado, no solo por el fondo, sino también por los costados, hasta la altura de la borda en algunos sitios. Solo de verlo volví a sentir los impactos contra las rocas. Había un par de agujeros pequeños, uno al lado del otro en el centro del casco, pero la canoa podría haber aguantado a flote, aunque seguramente no mucho más.

Antes de cargarla, miré por casualidad al otro lado del río y vi a unos hombres que se movían entre los árboles. Había allí un pequeño cementerio, tan escondido que no me habría fijado en él si no hubiera sido por ellos.

Le pregunté a uno de los críos qué pasaba.

—¿Hay un funeral?

—No —dijo una niña manchada de barro—. Se llevan a la gente a otro sitio antes de que terminen la presa. Los están desenterrando.

Ya me había dado cuenta de que no era un velatorio; había demasiada actividad. Pero no me había imaginado nada como aquello. Me fijé con más atención y vi unos ataúdes verdosos apilados y a un par de hombres desaparecer en un agujero en el suelo y volver a salir cargados con algo.

—Como en los tiempos de la TVA —le dije a Bobby.

—Supongo —dijo—. Vámonos ya, por Dios. Larguémonos de este sitio.

Acarreamos la canoa entre el kudzu y la atamos al techo de la camioneta.

—En marcha, Bobby —dije—. Ya sabes dónde vive Lewis. Cuéntale a la señora Medlock lo que pasó, y recuerda lo que tienes que decir. Ella se ocupará de todo. Luego llama a Martha y dile que volveré enseguida.

—Sé lo que tengo que decir —respondió—. ¿Cómo me voy a olvidar?

Yo volví al canal de desagüe y miré el río por última vez. Me agaché y bebí.

El viaje de regreso fue fácil y agradable, pese a que iba conduciendo el coche de un muerto y todo en el vehículo me recordaba a él: el buen estado del motor, la limpieza del interior y la pegatina con el logotipo de su empresa en el parabrisas. El truco era mirar más allá del coche, fijarme en el paisaje y ver cómo mi mundo se volvía a desplegar a medida que me acercaba a la ciudad. Al cabo de cuatro horas dejé atrás el Condado de la Gente con Nueve Dedos y el de Prepárate para Conocer a Tu Creador y entré en el territorio de los cafés de carretera, los moteles y las hamburgueserías, pero yo solo veía el río. Lo veía discurrir entre rocas —y aceleraba el coche involuntariamente—, lo veía trazar lentas curvas, veía su quietud verde, los árboles, los acantilados y los puentes.

No podía dejar de rumiar los detalles de la historia que habíamos contado y las implicaciones que podían tener. Estaba tranquilo respecto a lo que Lewis pudiera hacer o decir, tan seguro de él como de mí mismo, aunque ¿era posible estar seguro de otra persona en tal medida? Con Bobby no lo tenía tan claro. Bebía mucho, y se pueden decir las cosas más perversas y autoinculpatorias cuando uno está borracho, y más cuando se trata de alguien como Bobby. Pero lo que haría que tuviera la boca cerrada y no revelara la verdad sería el recuerdo de sí mismo tumbado sobre el tronco, con una escopeta apuntándole a la cabeza, chillando, llorando y sacudiendo los pies como un bebé. No querría que nadie lo supiera, bajo ningún concepto, por muy borracho que estuviera. No, se ceñiría a mi versión de los hechos.

La versión era fiable. Yo le había dado forma y la había puesto a prueba, y había resistido. Había ganado tanta fuerza en mi mente que me costaba ver la realidad más allá de ella. Pero cuando lo conseguía, la verdad seguía allí: la luna brillaba sobre el río salvaje, la pared del acantilado presionaba sobre mi corazón y me devolvía mis latidos, y una aguja de pino se me clavaba en una oreja mientras yo esperaba en el árbol a que amaneciera.

Ya estaba en la autopista de cuatro carriles. Había comido en casi todos los restaurantes ante los que pasaba. Había comprado en la mitad de las tiendas del centro comercial frente al que ahora estaba girando, y Martha había comprado en todas. Comencé a subir la colina cubierta de urbanizaciones, dejando atrás el bramido de los tráileres y las torres petrolíferas. Giré de nuevo y entré plácidamente en mi casa.

Eran las dos de la tarde. Aparqué en el patio y llamé a la puerta trasera. Allí me iban a rescatar. Martha me abrió la puerta. Nos abrazamos fuerte y entramos. Me quité las botas, las dejé en un rincón y caminé sobre la moqueta. Volví descalzo al coche, cogí el cuchillo y el cinturón y los arrojé entre los árboles de la urbanización.

—Me vendría bien una copa, mi amor —dije.

—Cuéntame —me pidió, mirándome el costado—. Cuéntame. ¿Qué pasó? Ya me imaginaba que os sucedería algo así.

—No —dije—. No te imaginabas nada como lo que nos pasó.

—Túmbate, cariño. Déjame echarte un vistazo.

La acompañé al dormitorio, donde extendió una sábana vieja sobre la cama y yo me tendí encima. Me quitó la camisa, me examinó amorosamente, pero de manera muy profesional, y fue al cuarto de baño. El armario de las medicinas parecía un hospital en miniatura. Regresó con cuatro o cinco frascos.

—Primero dame esa copa, mi amor —dije—. Luego juegas a los médicos.

—Los médicos nunca dejan de serlo —dijo—. Y las enfermeras tampoco, sobre todo a la hora de cuidar de alguien a quien quieren.

Me llevó una botella de Wild Turkey y bebí del gollete. Luego empapó el vendaje con alguno de sus líquidos misteriosos y las vendas se desprendieron de una en una, las últimas ensangrentadas. Los puntos de sutura estaban pegajosos de sangre y de algún otro fluido corporal.

—Estás bien —dijo—. Es una buena cura. La herida se está cerrando.

—Buenas noticias. ¿Me puedes volver a vendar?

—Sí —respondió—. Pero ¿qué te pasó? La mayoría son cortes limpios. ¿Te apuñalaron? ¿Con un cuchillo increíblemente afilado?

—Fui yo mismo —dije.

—Pero ¿qué clase de accidente…?

—No fue ningún accidente —dije—. Escucha, ahora tengo que ir a ver a la mujer de Drew. Luego volveré y pienso dormir una semana entera. Pegado a ti. Pegado a ti.

Fue profesional, tierna y firme, lo que yo necesitaba, lo que sabía que podía esperar de ella, lo que antes no había valorado lo suficiente. Aplicó pomada antibiótica sobre la zona y varias capas de gasa, y luego esparadrapo, de manera que la herida respirara. Cuando me puse en pie, no me sentía tan entumecido y mi costado volvía a formar parte de mí; aún me dolía bastante, pero ya no me daba tirones cada vez que me movía.

—¿Me sigues con nuestro coche y me traes de vuelta?

Asintió.

En la casa de Drew me abrió la puerta su hijo, con su cuerno en la frente y un uniforme de *boy scout.* Entré con las llaves del coche en la mano mientras él iba a buscar a la señora Ballinger. Esperé rodeado por las pertenencias de Drew, las paredes cubiertas de equipos de sonido y de estanterías de discos, los premios al mejor vendedor y las menciones de su empresa. Las llaves tintineaban en mi mano.

—Señora Ballinger —dije cuando ella apareció—, Drew ha muerto.

Fue como si lo hubiera dicho para detenerla, para impedir que se me acercara.

Se paró. Alzó una mano muy poco a poco, casi como en un sueño, y se tapó la boca con ella, y luego hizo lo mismo con la otra, como para retener la primera. Entre los dedos, su cabeza se empezó a sacudir, un gesto breve pero intenso de incredulidad.

—Se ahogó —dije—. Lewis se rompió una pierna. Bobby y yo tuvimos suerte. Podríamos haber muerto todos.

Ella seguía tapándose la boca. Las llaves volvieron a tintinear.

—He traído su coche.

—Qué forma tan inútil de morir —dijo entre los dedos—. Qué inútil.

—Sí, lo fue. No deberíamos haber ido. Pero fuimos. Fuimos.

—Qué forma tan absurda e inútil de morir.

—Supongo que todas son inútiles —dije.

—No tanto.

—Nos quedamos allí mientras fuimos de ayuda para buscar el cadáver. Lo siguen buscando. No creo que lo encuentren, pero siguen buscando.

—Inútil.

—Drew era el mejor de nosotros —dije—. Lo siento. Lo siento muchísimo. ¿Hay algo que pueda hacer? Lo que sea. ¿Puedo...?

—Puede largarse de aquí, señor Gentry. Puede largarse e ir a buscar a ese tarado que tiene por amigo, Lewis Medlock, y puede pegarle un tiro. Eso puede hacer.

—Está malherido. Y lo siente tanto como yo. Por favor, compréndalo. No es culpa suya. Es culpa del río. Es culpa nuestra por haber ido.

—Muy bien —dijo desde algún lugar muy lejano, desde el futuro, desde todos los años venideros, desde la primera noche a solas—. Muy bien, Ed. Nadie puede hacer nada. Nadie puede hacer nada nunca. Todo es inútil. Lo ha sido siempre.

Se quedó sin palabras.

—Martha se puede quedar con usted unos días —ofrecí, en un último intento por consolarla.

—No quiero a Martha. Quiero a Drew.

Rompió a llorar y yo intenté acercarme a ella, pero negó violentamente con la cabeza y retrocedí, di media vuelta, dejé las llaves en una mesilla de café, junto a la historia de la empresa, y me fui.

Mientras volvíamos a casa me pregunté si habría sido mejor decirle la verdad. ¿Habría sido más fácil para ella saber que Drew yacía en un tramo salvaje del Cahulawassee con el cráneo machacado por una bala o por una roca, lastrado con una piedra y una cuerda de arco, meciéndose un poco, atrás y adelante y a los lados, al ritmo del río? No creí que le hubiera servido de nada saberlo. Solo podía despertar en ella el instinto animal de venganza, si es que a Drew de veras le habían disparado, y no se podía hacer por él nada más que lo que ya estaba hecho. Ni la silla eléctrica ni la horca ni la cámara de gas serían una venganza mejor, ni parecida.

En casa, acerqué una mecedora a la ventana y me acomodé con una manta y una almohada a mirar la calle, con el teléfono al lado, durante toda la tarde. Estaba temblando. Martha se sentó en el suelo, apoyó la cabeza en mi regazo y me dio la mano. Luego fue a por una botella de whisky y dos vasos.

—Cariño —dijo—. Cuéntame qué pasa. ¿Te busca alguien?

—No lo sé —respondí—. Creo que no. Pero no estoy seguro. Puede que alguien me esté buscando. A lo mejor la policía. Tengo que estar preparado. Si en un par de semanas no pasa nada, me parece que estaremos a salvo.

—¿No me lo puedes contar?

—No, ahora no. Quizá no pueda contártelo nunca.

—¿Quién te atacó, Ed? ¿Quién apuñaló a mi marido?

—Fui yo —dije—. Me caí encima de una de mis flechas y tuve que cortarme con el cuchillo para sacarla. No me quedó otra. No podía llevarnos río abajo con una flecha clavada. Así que corté. Menos mal que el cuchillo estaba bien afilado; si no, todavía estaría cortando.

—Vete a dormir, cariño. Yo te aviso si pasa algo. No me moveré de aquí. Se acabaron el río y el bosque. A dormir.

Pero no pude. Vivíamos en una calle sin salida, así que todos los coches que pasaban por allí eran de los vecinos o iban a ver a alguno de ellos. Vi varios coches conocidos. A eso de las diez de la noche, un vehículo se detuvo delante de nuestra casa. Las luces de los faros nos barrieron lentamente y Martha me tapó la boca con la mano cuando me erguí de golpe, cegado por la luz. Nuestra casa era la última de la calle y el conductor solo estaba dando media vuelta. Se alejó, y por fin me dormí.

Cuando desperté, Martha seguía a mi lado. Ya era de día. Estaba preciosa con el pelo revuelto. Seguía dormida, y con toda la delicadeza que pude me levanté, le posé la cabeza en el respaldo, cogí el vaso y la botella de whisky y fui al cuarto de baño. Cuando regresé, ella ya estaba despierta. Me dio un beso, volvimos al baño y ella se sentó en el inodoro para revisarme la herida. Retiró las tiras de esparadrapo con tirones rápidos y profesionales.

—Está mejor —dijo—. Te pondrás bien. Estás en forma.

—No me siento en forma, te lo aseguro. Sigo cansado.

—Pues descansa.

—No. Me voy a la oficina.

—No, de eso nada. Es la idea más absurda que he oído en la vida. Te vas a la cama.

—De verdad, quiero ir. Lo necesito. Por muchas razones.

—Muy bien, tipo duro. Si lo que quieres es matarte…

—Para nada —dije—. Pero si no encuentro algo en lo que ocuparme, me voy a venir abajo. No puedo seguir aquí vigilando los coches.

Me vendó la herida y fui al centro. Mi objetivo era volver a sumergirme, lo más rápido posible, en mi vida de antes, como si nunca la hubiera abandonado. Dejé abierta la puerta de mi despacho para que quien quisiera me pudiera ver revolviendo papeles y diseños.

A la hora de comer fui a comprar el periódico. Había una noticia sobre la muerte de Drew, y una foto antigua de él, sacada del anuario del instituto. Eso era todo. Me concentré en el trabajo durante el resto del día y, cuando volví a casa por la autopista, la sensación de movimiento y de libertad me pareció milagrosa.

Y así concluyó todo, salvo en mi cabeza, que se aferró a lo que había sucedido de verdad y a lo que aquellos sucesos significaron para mí y para nadie más. Sigo sintiendo un poco de miedo cuando las luces de un vehículo desconocido se acercan a casa, o cuando suena el teléfono y no reconozco la voz al otro lado, o cuando Martha me llama al trabajo. Durante mucho tiempo seguí revisando los periódicos a diario, titular a titular, pero solo me encontré con el nombre de Cahulawassee una vez, cuando concluyó la construcción de la presa de Aintry. El gobernador acudió a la inauguración, hubo una ceremonia en la que actuaron bandas de institutos y de colegios, y, al parecer, el gobernador pronunció un discurso muy entusiasta acerca de los beneficios, sobre todo eléctricos e industriales, que la presa traería a la zona, e hizo mención a las instalaciones de recreo que se construirían una vez que se hubiera formado el lago. Cada noche, a medida que el agua iba subiendo, dormía mejor, imaginando cómo el color verde oscuro trepaba por el acantilado, por ambas paredes de roca a la vez, tanteando en busca de los mismos agarraderos de los que yo me había servido, arrastrándose hacia arriba centímetro a centímetro, hasta que una noche, por fin, dormí tan profundamente como lo estaba haciendo Drew. Pocos días después de haber visto la noticia en el periódico tuve la certeza de que la tumba del hombre al que habíamos enterrado en el bosque se hallaba bajo el agua, y Drew y el otro estaban un poco más abajo cada día desde el comienzo de la inundación, debajo de metros y de cientos de toneladas de agua, cada vez más ocultos, cada vez menos capaces de ejercer influencia sobre los vivos.

Sucedió otra cosa extraña. El río y cuanto de él recordaba pasaron a ser de mi propiedad, una pertenencia personal, incomparable a ninguna que nadie haya poseído jamás. Ahora el río solo discurre en mi mente, pero en ella discurre sin cesar. Lo sentía —lo siento— en diferentes partes de mi cuerpo. De un modo curioso, me complace que el río no exista en la realidad y aun así yo lo posea. En mi interior continúa existiendo y existirá hasta que yo muera: verde, rocoso, profundo, rápido, lento y de una belleza irreal. Allí quedó un amigo que, en cierto modo, murió por mí, y también un enemigo.

De un modo u otro, el río discurre por debajo de todo lo que hago. Siempre encuentra la forma de ayudarme, ya sea cuando tiro con arco o con mis últimos anuncios y con los *collages* que he hecho últimamente para los amigos. George Holley, el entusiasta de Braque, me compró uno cuando lo volví a contratar, y lo tiene colgado en su cubículo, una obra de formas sinuosas y amenazadoras, entremezcladas con titulares bélicos y de huelgas estudiantiles. George se ha convertido en mi mejor amigo, después de Lewis, y tenemos conversaciones profundas sobre arte, seguramente más de las que deberíamos, dada la carga de trabajo que el estudio ha venido adquiriendo.

A Bobby lo vi un par de veces en la ciudad, y nos limitamos a saludarnos con un gesto de la cabeza. Por su aspecto no supe qué tal estaba, pero había recuperado la actitud afable, un poco chocante, de siempre, y lo cierto es que me alegré de no tener que volver a tratar con él. Cuando me acordaba de Bobby, lo veía como un peso muerto, lo veía gritar, y eso no me hacía ningún bien. Más tarde me enteré de que había dejado la empresa donde trabajaba para abrir junto con un socio un local de comida para llevar, especializado en pollo frito, al lado de una facultad de Ingeniería, pero no tuvieron éxito y al cabo de un año se mudó a otra ciudad y luego, por lo que oí, a Hawái.

A Thad y a mí nos va mucho mejor que antes. El estudio sigue siendo aburrido, pero menos. Dean está creciendo bien, aunque es un niño un poco callado. A veces me observa de reojo y parece como si estuviera a punto de decirme algo que no me ha dicho nunca. Pero seguramente son solo imaginaciones mías. Nunca me ha dicho nada fuera de las cosas habituales que un niño habla con su padre. Es fuerte y de trato fácil, y está empezando a ser atractivo. Lewis es su ídolo. Ha empezado a hacer pesas.

Por las connotaciones que tenía para mí, busqué a la chica del anuncio de Kitt'n Britches y la invité a cenar un par de veces. Me seguía gustando mucho, pero la mancha dorada de su ojo había perdido poder de fascinación. Su lugar se hallaba en el río nocturno, en la tierra de lo imposible. Para mí, allí era donde residía su magia. Lo dejé estar, aunque me habría gustado volver a verla sostenerse un pecho en una habitación repleta de hombres. Me la encuentro de cuando en cuando, y el estudio suele llamarla para encargos. Es una parte agradable de mi mundo, pero una parte menor. Es imaginaria.

Martha no lo es. En verano vamos a una casita junto a un lago —no el Cahula, el nuestro está al otro lado del estado— y al atardecer nos sentamos a tomar una cerveza y mirar el agua.

En la otra orilla hay un puerto deportivo. Vemos zarpar los barcos y a los turistas haciendo esquí acuático, alzando una estela plumosa en la verde superficie. Lewis se acerca cojeando a veces desde su cabaña e intercambiamos miradas de entendimiento, sabedores ambos del peso y la utilidad de una masa de agua semejante. Él también ha cambiado, pero no de una manera obvia. Ahora está preparado para morir. Sabe que la muerte es mejor que la inmortalidad. Es un ser humano, y de los buenos. A veces me llama C. D., que significa —para él y para mí— «Crimen Desorganizado», un apelativo que a veces ha sido motivo de conversación en fiestas y en comidas con desconocidos en la ciudad.

En ocasiones también tiramos con arco en el lago, donde Lewis ha colocado una bala de paja con una diana en un sitio bonito, al pie de una colina, entre árboles, donde podemos tirar desde cincuenta metros de distancia. Lanzamos docenas de flechas de aluminio, pero yo nunca he vuelto a usar una punta ancha. Mi costado no me lo permitiría. La mera idea hace que se ponga a gritar. Además, no hay necesidad; el arco que uso ahora es demasiado ligero para cazar.

Lewis continúa siendo un buen tirador y sigue dando gusto verlo.

—Creo que mi suelta ha llegado a un nivel zen —me dijo una vez—. Los asiáticos tienen razón. No tienes que luchar contra ello. Es mejor cooperar. Te ayudará. Llevará la flecha al blanco.

Aunque el lago Cahula no se ha urbanizado tanto como el nuestro, hay indicios de que llegará a hacerlo, como suele ocurrir con los sitios nuevos, bonitos y que, como dicen los agentes inmobiliarios, aún conservan su belleza natural. Espero que siga habiendo ciervos en los alrededores del Cahula —en los terrenos elevados de la cima de la garganta—, pero seguramente en pocos años habrán desaparecido y solo quedarán los conejos, con los que es imposible acabar. Ya se está construyendo un gran puerto deportivo en la orilla sur, y el hermano pequeño de mi mujer dice que la zona empieza a tener éxito, sobre todo entre las nuevas generaciones, las que acaban de salir del instituto.

Esta edición de *Liberación,* de James Dickey,
terminó de imprimirse el día 10 de febrero de 2025
en los talleres de la imprenta Kadmos, en Salamanca,
sobre papel Coral Book Ivory de 90 g
y tipografía Adobe Garamond Pro de 12 pt.